Von der gleichen Autorin

Das Rousegäertchen-Komplott (Monique Feltgen, 2006; Crime.lu, 2023)

Endstation Steeseler Plateau (Saint-Paul, 2006)

Tatort Rollengergronn (Saint-Paul, 2008); Prix littéraire luxembourgeois.

Todesfalle Knuedler (Saint-Paul, 2009)

Showdown in Esch (Saint-Paul, 2010)

Verschwörung op der Musel (Saint-Paul, 2012)

Verschollen im Uelzechtdall (Saint-Paul, 2016)

Im Labyrinth der Gefahr (Éd.Schortgen, 2021)

SCHATTEN ÜBER DIEKIRCH

MONIQUE FELTGEN

ISBN 978-2-9199684-8-0

Éditions Crime.lu
Baobab Luxembourg sàrl.
9, rue Nic Wirtgen
L-8338 Olm
www.crime.lu
www.krimi.lu

Widmung und Danksagung

Ich möchte mich von Herzen bei all den wunderbaren Menschen bedanken, die mir bei der Erstellung dieses Buches geholfen haben. Eure Unterstützung, euer Feedback und eure Inspiration haben dazu beigetragen, diese Geschichte Wirklichkeit werden zu lassen.

Ein besonderer Dank gilt Valerie, Christian und Gaston, die mich mit Rat und Tat unterstützt haben, Massimo für seine unermüdliche Motivation, Pierre für die Erstellung des Covers und Linda für ihre wertvolle Einschätzung. Eure Beiträge haben dieses Buch bereichert und mir geholfen, meine Vision zum Leben zu erwecken.

Ich danke außerdem meiner Familie und meinen Freunden für ihre Geduld und ihr Verständnis während des Schreibprozesses.

Zuletzt, aber keinesfalls am wenigsten, möchte ich all meinen Lesern danken. Ohne euch würde dieses Buch keine Bedeutung haben. Ich hoffe, dass ihr beim Lesen genauso viel Freude empfindet, wie ich beim Schreiben hatte.

In diesem Sinne widme ich dieses Buch all meinen Lesern, die es seit 2006 ermöglichen, dass ich meine Leidenschaft leben darf. Eure Unterstützung und Treue über die Jahre hinweg haben mir die Motivation gegeben, immer weiterzuschreiben und Geschichten zu teilen. Dieses Buch ist ein Ausdruck meiner Wertschätzung für euch alle.

Mit tiefer Dankbarkeit

Eure Monique

Wie alles begann

Mai 2013
Der Esel auf dem Glockenturm

Vor der Laurentiuskirche in Diekirch bildete sich eine Menschentraube. Aufgeregtes Stimmengewirr prallte an den Fassaden der Gebäude ab, die einen Kreis um den kleinen Platz bildeten. Das Risiko, sich eine Genickstarre zuzuziehen, war groß, doch alle Anwesenden starrten immer wieder hoch zum Glockenturm. Einige Menschen reagierten aufgebracht, andere amüsiert und wiederum andere verstanden den Grund für diese Aufregung nicht.

„Wat is er gebeurd?“, fragte ein niederländischer Tourist mit einer orangefarbenen „I love Diekirch“-Kappe.

Verständnislos sah ihn die alte Frau neben ihm an. Sie war klein und zierlich, hatte einen Buckel und unzählige Falten im Gesicht.

„Was ist passiert?“, wiederholte der Tourist seine Frage.

Die Frau richtete ihren langen, dürren Finger auf den Glockenturm. „Ein Alptraum. Sehen Sie, da oben!“

„Ezel! Mooi.“

„Bitte?“, erwiderte sie verständnislos.

Die Kappe auf seinem Kopf wackelte auf und ab. „Schön der Esel.“

„Eben nicht“, begehrte die alte Frau auf. „Der Hahn ist weg! Hundertdreizehn Jahre lang wachte er über Diekirch.“

Der Niederländer zuckte die Schultern, da ihm nicht bekannt war, dass anstelle des von Herrn Wunsch im Jahre 1900 gestifteten Hahnes sich nun ein Esel auf der Spitze des Glockenturms niedergelassen hatte. Als gut informierter Tourist hatte er gelesen, dass der Esel das Wahrzeichen Diekirchs, einer der ältesten Städte des Luxemburger Landes, war. Die Stadt hatte sich ab 1260 genau um diese Sankt-Laurentiuskirche gebildet.

„Ezel, mooi“, wiederholte er und wandte sich kopfschüttelnd ab.

Nicht weit von ihm entfernt tuschelten zwei Frauen. Es handelte sich um Claudia und Nicole, zwei stadtbekannte Klatschtanten aus der Broutgaass. Sie wussten alles über jeden; fast alles!

„Ein Skandal“, zischte Claudia und fuhr sich durch die moderne Kurzhaarfrisur. „Das wird die ältere Generation von Diekirch ganz schön erschüttern.“

„Ich bin weiß Gott nicht engstirnig“, erwiderte Nicole. „In diesem Fall aber bleibt mir die Spucke weg. Der Hahn muss wieder her!“, ereiferte sie sich. „Es muss etwas unternommen werden.“

„Wenn der nicht schon auf dem Schrottplatz gelandet ist.“

Nicole sah ihre Freundin entgeistert an. Dabei blitzten ihre grünen leuchtenden Augen vor Wut. „Das wäre der nächste Skandal. Das müssen wir heute noch klären. Sollte der Hahn verschrottet worden sein, gibt es Mord und Totschlag.“

Claudia wiegte ihren Kopf hin und her. „Übertreib mal nicht Nicole."

„Ich übertreibe nicht, Claudia. Hier geht es um ein wichtiges Element der Geschichte unseres Städtchens. Ich werde einen Protestzug zum Stadthaus organisieren, hier und jetzt." Sie zog ihr Handy aus der Tasche und suchte in ihren Kontakten nach einer Nummer. „Einen Augenblick", flüsterte sie Claudia zu.

„Luigi, hier ist Nicole. Kannst du mir einen Gefallen tun und bitte das Schild ‚Vorübergehend geschlossen' an die Tür meines Ladens hängen? ... Nein, es geht mir gut. Ich muss was ganz Dringendes erledigen ... wie lange ... früher Nachmittag ... danke Luigi."

„Das ist der Vorteil, wenn man selbständig ist!"

Nicole verdrehte die Augen. „Glaub mir, es hat definitiv auch Nachteile. Ich höre die Kundschaft schon meckern, weil sie ihre Tageszeitung oder ihre Zigaretten nicht haben können. Aber das hier hat absolute Priorität."

„Gotteslästerung", schrie ein Mann mittleren Alters in karierten Hauspantoffeln und blauem Frottee-Bademantel.

„Da gönnt man sich mal einen Tag Urlaub, öffnet das Schlafzimmerfenster, um den Wetterhahn zu konsultieren, und was sieht man: einen Esel!"

Ein Passant, der weder etwas mit dem Hahn noch mit dem Esel am Hut hatte, verkniff sich ein Lächeln.

Ein Mann schoss ein Foto von der Person im Bademantel.

„Verschwinden Sie", schrie dieser.

Der Fotograf zog seinen Presseausweis aus der Tasche. „Bob Majerus. Ich arbeite für die *Nordpost* und der Herausgeber von *Luxusbuerg*. Möchten Sie vielleicht etwas zu dem Vorfall sagen?“

Bevor der Bademantel antworten konnte, ereiferte sich eine Frau mit vor Aufregung hochrotem Kopf. „Es ist ein Skandal!“, polterte sie los. „Gott wird uns dafür bestrafen. Ein Esel auf der Spitze des Glockenturms. Ein Esel!“

„Reg dich doch nicht so auf, Jeanny, denk an dein schwaches Herz“, versuchte der Bademantel die Frau zu beruhigen. „Der Esel ist doch das Wahrzeichen unserer Stadt.“

Wütend starrte Jeanny den Mann an. „Wahrzeichen hin oder her, Mich. Auf diesen Kirchturm gehört ein Hahn und kein Esel.“ Sie wandte sich an den Jungen neben sich. Dabei presste sie beide Hände an die Brust. „Komm mein Sohn. Das sehen wir uns nicht länger an.“

„Geh nach Hause, Jeanny, und gib acht auf deine Gesundheit“, schlug Mich vor. „Aufregung tut dir nicht gut.“

„Ach was. Wir gehen jetzt in die Kirche und bitten Gott um Verzeihung für diesen Frevel.“ Sie warf einen letzten Blick zum Turm und bekreuzigte sich. „Und überhaupt. Schämst du dich nicht, hier in Hauspantoffeln und Bademantel zu stehen?“ Sie gab ihrem Sohn einen kleinen Schubs und zwängte sich durch die Menschenmenge.

„Ciao, Onkel Mich“, flüsterte der Junge dem Bruder seiner Mutter zu und folgte ihr.

Bademantel-Mich zwinkerte seinem fünfzehnjährigen Neffen zu. „Pass auf sie auf. Einen weiteren Herzanfall wird sie nicht überleben.“

Paul zuckte die Schultern und hastete seiner Mutter hinterher.

Nachdenklich drehte Mich sich um. Seine Schwester war Frührentnerin, sie hatte von Kindesbeinen an ein Herzleiden. Dass sie Pauls Geburt überlebt hatte, grenzte schon an ein Wunder. Er dachte an das Jahr zuvor, als sie neben ihm in der Küche zusammengebrochen war. Er hatte ihr damals das Leben gerettet. Die Ärzte waren sich jedoch einig, einen weiteren Herzanfall würde sie aller Wahrscheinlichkeit nach nicht überleben.

Der Fotograf zwängte sich an Mich vorbei und hielt aufgebrachte Menschen im Bild fest.

„Für welche Zeitschrift arbeiten Sie?“, fragte ein Mann in beiger Hose, kurzärmeligem Hemd und Krawatte. Unter seinem linken Arm klemmte eine Tageszeitung, in der rechten Hand hielt er eine braune Aktentasche. Trotz seines altbackenen Aussehens schätzte Bob ihn um die fünfunddreißig.

„Für die *Nordpost* und *Luxusbuerg*. Wollen Sie ein Statement abgeben?“

„Und ob ich das will!“

Journalist Bob Majerus zog einen Notizblock und einen Stift aus seiner Jacketttasche. Seine Kamera baumelte um seinen Hals. Erwartungsvoll blickte er den Bürokraten an.

„Die Laurentiuskirche ist ein geschütztes nationales Monument, an dem nichts verändert werden darf. Unseren Gemeinderat kümmert das einen Dreck.“

„Meinen Informationen nach waren einige Renovierungsarbeiten bitter nötig“, unterbrach Bob den Mann. „Der Bürgermeister persönlich bestätigte mir vor einiger Zeit, als ich mich für diese Arbeiten interessierte, dass alles bei der nationalen Denkmalschutzbehörde angefragt wurde."

„Das kann man auslegen, wie man möchte! Mit Sicherheit nicht das Ersetzen des Wetterhahns durch den Esel, da können Sie Gift drauf nehmen! Ich weiß das hundertprozentig", zischte der Bürokrat.

„Darf ich fragen, woher sie das so genau wissen?", forschte der Journalist hellhörig weiter.

„Das tut nichts zur Sache", wich dieser aus. „Das Ausschlaggebende sind die Fakten." Bedrohlich fuchtelte er mit dem Zeigefinger. „Das ist wieder einmal eine willkürliche Entscheidung der Wichtigtuer im Stadthaus. Ein Affront gegenüber der Demokratie und allen Diekircher Mitbürgern. Das bleibt nicht ohne Nachspiel. Sie werden schon sehen." Abrupt drehte der Mann sich um und stapfte davon. Bob wollte unbedingt ein Foto von dem Mann. Er hüpfte auf die vierte Stufe der Treppe vom Friedensgericht und erwischte den Bürokraten noch von der Seite, bevor er das Gleichgewicht verlor und gegen einen Mann in Armeeuniform prallte.

„Können Sie nicht aufpassen", schimpfte dieser mit voluminöser Baritonstimme.

„Tut mir leid", stotterte der Journalist und rieb sich den schmerzenden Oberarm. Er musterte den Mann im Feldanzug, mit schwarzen Kampfstiefeln und schwarzem Barett. Ein Stern und eine Krone bestückten das Revers seiner Jacke. Offensichtlich handelte es sich um einen Offizier aus den Kasernen des Herrenbergs.

„Bob Majerus", stellte er sich vor und zückte seinen Presseausweis. „Möchten Sie ein Statement abgeben?"

„Ich verstehe die Aufregung nicht. Was ist denn dabei. Ob Hahn oder Esel! Ist doch originell, der Esel."

Bobs Augen verengten sich. „Und die wären, Herr Pfarrer?"

„Sie halten sie in der Hand."

Bob blickte überrascht auf seine Hände. „Stift und Papier!"

„Genau. Ich werde noch heute an höchster Stelle intervenieren und Protestbriefe verfassen."

„An wen denn?", forschte Majerus interessiert nach.

„An die Gemeindeverwaltung, an den Bischof, an das Kulturministerium mit Kopie an den Staatsminister, und nicht zu vergessen an den Vatikan."

„Dieser Esel macht ganz schön Furore", entgegnete der Journalist.

„Ich freue mich auf die Touristenscharen", reagierte Zora. „Endlich habe ich mal eine neue Geschichte zu erzählen."

„Mir reicht das hier", mischte sich nun Major Robert Lannerts ein. „Darf ich dich zu einem Kaffee auf dem Marktplatz einladen, Zora?"

Maryse verdrehte die Augen. „Wenn du mich nicht mehr Zora nennst!"

„Das kann ich dir nicht versprechen, wir könnten beim Kaffee darüber verhandeln."

„Bevor Sie gehen, erlauben Sie mir doch bitte eine Frage", meldete sich Bob zu Wort.

Der Major zuckte missmutig mit den Schultern. „Kurz und bündig, bitte."

„Was haben diese Abzeichen auf Ihrem Barrett mit Ihrer Karriere zu tun?"

Stolz schwellte der Major die Brust. „Medaillen werden niemals am Feldanzug getragen, sondern nur an der Uniform und dies auch nur bei speziellen Gelegenheiten. Diese Abzeichen stehen stellvertretend für meinen Titel. Einen schönen Tag noch."

Bevor Bob etwas erwähnen konnte, schubste der Major Zora bereits durch die schmale Passage Saint Laurent in Richtung Marktplatz.

Mittlerweile hatte sich eine weitere Schar von Schaulustigen, mehrere Presseleute und die Polizei eingefunden. Der Tumult war außergewöhnlich für das sonst so behäbige Diekirch. Plötzlich ertönte eine feste Frauenstimme aus einem Megafon.

„Wo ist der Hahn?" Nicole war den meisten keine Unbekannte. Die Rebellin nutzte die Gelegenheit für einen Aufruf zum Protest.

„Ich bitte alle betroffenen Diekircher Bürger und Sympathisanten, sich mir und dem Protestzug zum Stadthaus anzuschließen. Wir werden die Verantwortlichen um eine Erklärung bitten. Der Hahn muss wieder her." Dann stimmte sie ihren Slogan wieder an: „Wo ist der Hahn - wo ist der Hahn - wo ist der Hahn?"

Sogleich schlossen sich erste Stimmen an. „Wo ist der Hahn?"

„Dem Hahn soll Gerechtigkeit widerfahren! Folgt mir!", schrie Nicole ins Megafon.

Einige mittlerweile vor Ort eingetroffene Journalisten hatten ihre Freude am Geschehen, schossen Fotos und notierten ihre Eindrücke. Zwei Polizisten versuchten, für etwas Ordnung zu sorgen.

„Wo hast du das Megafon her?", schrie Claudia ihrer Freundin Nicole zu. „Aus dem Fundus meines Ex. Christian hat doch so gerne an Demos teilgenommen; er liebte dieses Teil, weil er damit aus der Menge herausragen konnte, um sich bei den jungen Dingern beliebt zu machen. Als er mich wegen dieser jungen Tussi verlassen hat, habe ich damals all seine Sachen in den Keller verbannt und behauptet..."

Claudia unterbrach den Redefluss ihrer Freundin. „Ich kenne die Geschichte auswendig, Nicole. Du hast behauptet, du hättest alles ins Recyclingcenter gebracht!"

„Das Megafon nicht. Ich dachte, es könnte noch mal von Nutzen sein. Es bedurfte nur neuer Batterien." Sie betätigte den On-Off-Knopf. „Wo ist der Hahn - wo ist der Hahn - wo ist der Hahn?"

Wo ist der Hahn?

Um die hundert Personen schlossen sich der Rädelsführerin an und folgten ihr Richtung Fußgängerzone. Vier Polizisten begleiteten den Protestmarsch.

„Sollen wir abbrechen, Paul?“, fragte eine junge Beamtin über Funk ihren älteren Kollegen.

„Das bringt jetzt nichts, Svenja“, antwortete Schiltz seiner Kollegin, die frisch von der Polizeischule kam. „A priori ist dies kein gefährlicher Mob, es bleibt wahrscheinlich bei einem belanglosen Protestmarsch. Der Mensch muss sich auch mal kundtun!“

„Du bist also gegen den Esel?“, fragte Svenja Szabo.

Schiltz rümpfte die Nase. „Weiß nicht genau. Schauen wir einfach, wie das Ganze sich entwickelt.“

„Merci Paul, *Terminé*.“

Paul Schiltz schickte seiner Kollegin einen ‚Daumen hoch‘ durch die Menschenmenge, die friedlich, aber unter lautem Gejohle durch die Grand-Rue zog.

„Was für ein Tamtam“, murrte Major Robert Lannerts und schlürfte seinen Kaffee.

Maryse Kohl wischte Zuckerkrümel vom Tisch, die auf den Terrassenboden rieselten. Eine Taube hüpfte herbei. „Weißt du Robi, der Mensch braucht seine Traditionen mehr denn je. Bräuche sind wichtig, und für Gläubige ist es halt der Hahn auf dem Kirchturm. Auch wenn das altmodisch und engstirnig klingt, so ist es doch verständlich.“

„Ja, schon."

„Ich denke, die Sache wird schnell vergessen sein. Gib dem Ganzen ein paar Tage und du wirst sehen, dass schon bald niemand mehr von dem Esel spricht."

Major Lannerts musste derart lachen, dass er sich dabei verschluckte. Er spuckte den Kaffee auf den Beton vor seinen Füssen.

Rasch zog Maryse Kohl ihre teure Birkin-Bag von Hermès aus der Gefahrenzone.

„Pardon, entschuldige!" Lannerts wischte sich ein paar Lachtränen aus den Augen.

Maryse Kohl zeigte auf die Kaffeespritzer auf dem Boden. „Gott sei Dank sind wir auf einer Terrasse."

„Ist deine Tasche okay?", fragte Lannerts. „Eine Hermès, wenn ich mich nicht irre."

„Richtig. Die Birkin-Bag. Sie wurde nach der französischen Schauspielerin Jane Birkin benannt."

„Ich habe davon gehört", erwiderte Lannerts. „Ein Klassiker und nicht ganz billig."

Maryse Kohl nickte. „Man gönnt sich ja sonst nichts."

Er zeigte auf ihre Schuhe und lächelte. „Das ist nicht zu übersehen!"

Maryse reagierte überrascht, über sein geschultes Auge. „Monsieur ist ein Connaisseur."

„Das ist eine lange Geschichte, die erzähle ich dir beim nächsten Kaffee!"

Maryse mimte die Ahnungslose: „Es gibt einen nächsten Kaffee?"

„Das will ich doch hoffen", erwiderte Lannerts prompt. „Weißt du was, lass uns ebenfalls zum Stadthaus ziehen. Wird bestimmt witzig."

„Hast du denn Zeit?", fragte Maryse.

„Die nehme ich mir. Ich kann bedenkenlos ein Stündchen später antreten.“

„Darfst du das denn überhaupt. Du bist in Uniform.“

„Ich schließe mich dem Marsch ja nicht an. Wie steht es mit deiner Zeit?“

„Ich habe heute Morgen frei. Die Gemeindeverwaltung ist mein Arbeitgeber!“

Robert hob eine Augenbraue. „Du, in einem langweiligen Beamtenjob?“

Maryse’ Locken wippten auf und ab, als machten sie sich über ihn lustig. „Ich bin nicht nur Touristenführerin, ich arbeite in der *Tourist Info Diekirch*.“

„Kannst du dir deine Arbeitszeit einfach so einteilen?“

Wieder wippten Maryse’ Locken auf und ab. „Ich habe das große Glück und arbeite nachmittags; von Dienstag bis Samstag. Gelegentlich führe ich vormittags und an Sonntagen Touristen durch Diekirch. Dadurch habe ich im Winter viel Freizeit. “

„Perfekt.“ Robert Lannerts schob einen Zehn-Euro-Schein unter seine Tasse. „Dann steht unserem Vorhaben ja nichts mehr im Wege.“

„Ach du!“ Maryse schüttelte ihre Frisur in Form, bis sich die roten Locken wie ein Schal um ihre Schulter schmiegten.

Robert steckte sein Portemonnaie in die obere Tasche seines Feldanzuges, ohne die Frau aus den Augen zu lassen. „Bist du eigentlich verheiratet?“

Sie lachte auf. „Nein! Mir ist der Richtige noch nicht begegnet. Und du?“

„Meine Freunde prophezeien mir, das Zeitliche als ewiger Junggeselle zu segnen.“ Er musterte sie. „Du hast dich ganz schön gemausert seit der Schule. Du bist eine wunderschöne Frau, Zora."

Maryse Kohl errötete und ermahnte ihn nicht wegen des Spitznamens. Sie empfand ihn sogar fast als Kosename. Sie tat sein Kompliment mit einer Handbewegung ab. „Komm jetzt, sonst verpassen wir den Anschluss."

So zogen sie hinter der Menschenmenge durch die Grand-Rue zum Stadthaus.

Die Polizei hatte bereits vor dem Gebäude Posten bezogen. Der Bürgermeister, umgeben von einigen Beamten, stand mit ernster Miene auf dem obersten Treppenabsatz.

Die Menschenmenge drängte sich am Fuße der Treppe und brüllte weiter ihren Schlachtruf.

Der Bürgermeister bat mit beschwichtigenden Gesten um Ruhe. „Danke, ich danke euch, dass ihr mich zu Wort kommen lasst!"

„Wo ist der Hahn?", brüllte Nicole ins Megafon.

Der Bürgermeister erkannte Nicole Rizzo sofort. Es wunderte ihn nicht, dass sie den Protestmarsch anführte. Seit ihr Mann, der dem technischen Dienst der Verwaltung vorstand, sie verlassen hatte, ließ sie keine Gelegenheit aus, bei der Gemeinde Beschwerden einzureichen. Sie fand überall ein Haar in der Suppe. Dabei konnte er verstehen, dass sein Mitarbeiter sie verlassen hatte. Er hätte es keinen einzigen Tag mit Nicole Rizzo ausgehalten.

„Liebe Bürgerinnen und Bürger!" Seine feste Stimme brachte die Menge zum Schweigen. Autofahrer hatten ihre Wagen an den Bordstein gefahren und hörten dem Bürgermeister bei offenem Fenster zu.

„Liebe Diekircher!“ Mit umherschweifendem Blick verlieh er seinen Worten eine gewisse Dramatik. „Mea culpa. Ich gebe zu, einen Fehler gemacht zu haben!“

Ein Raunen ging durch die Menge. Würde dieses Schauspiel nun etwa schon ein Ende nehmen?

Robert sah Maryse an. „Das wars“, flüsterte er. „Er bricht ein.“

Maryse blinzelte und zuckte mit den Schultern.

In Nicoles Gesicht breitete sich bereits ein triumphierendes Lächeln aus. „Natürlich war es ein Fehler!“, schrie sie laut und schubste ihre Freundin beschwingt.

„Es tut mir leid“, fuhr der Bürgermeister unbeirrt fort. „Der Austausch war nicht von langer Hand geplant, die Konsequenzen waren mir so nicht bewusst.“

Maryse zwinkerte Robert zu. „Es würde mich wundern, wenn er klein beigeben würde.“

„Dass der Hahn zugunsten des Esels ausgetauscht wurde, geht auf eine spontane Reaktion zurück. Ihr müsst wissen, der Hahn war kaputt, die Halterung war dem Zahn der Zeit zum Opfer gefallen. Als der Vorsteher des technischen Dienstes, Christian Theis“, er zeigte auf Nicoles Ex-Mann, „an mich herantrat, kam mir spontan die Idee mit dem Esel.“

Wieder ging ein Raunen durch die Menge.

Der Bürgermeister fuhr fort. „Ich hatte jedoch nicht damit gerechnet, dass meine Idee so schnell in die Tat umgesetzt werden würde.“

„Spontan!“, schrie Nicole hasserfüllt. Allein die Erwähnung ihres Ex-Gatten schürte ihre Wut. „Unüberlegt, ohne Argumente! Wir wollen den Hahn!“ Es blieb still. Niemand unterstützte Nicole. Irritiert senkte sie den Blick. Ihre Freundin Claudia strich beruhigend über ihren Arm.

„Natürlich habe ich meine Überlegungen angestellt“, untermauerte der Bürgermeister seine Aussage. „Wir sind in Alt-Diekirch, es handelt sich um die alte Laurentiuskirche, im Zentrum unserer schönen Stadt ... da bot sich für mich der Esel an.“

Erneutes Raunen durchzog die Menge, dieses Mal von Zustimmung begleitet.

„Léif Dikkricher, wir sind doch gerne Esel!“ Er lachte herzlich. „Der Esel gehört zu Diekirch, so wie das Amen in die Kirche.“

Viele der Anwesenden schmunzelten amüsiert.

„Ich mache euch ein Friedensangebot.“ Mit ausgestreckter Hand zeichnete er einen Kreis über die Menschenmenge. „Ihr bestimmt drei Personen, die sich mit meiner Kulturabteilung zusammensetzen und das Ganze noch einmal besprechen. Wenn die Gemüter weniger erhitzt sind, dann sieht die Welt ganz anders aus.“ Nach einer kurzen Pause fuhr er fort: „Beim nächsten Bürgertreff werden wir das Thema ebenfalls aufgreifen. Ich nehme an, ihr seid einverstanden, wenn Frau Rizzo, Verteidigerin dieser noblen Chose, in dieser Arbeitsgruppe dabei ist.“

Nun klatschte die Menge begeistert. Der Bürgermeister nickte zufrieden und hob die Hand. Es wurde wieder still. „Christian Theis sowie die Kulturbeauftragte der Gemeinde werden ebenfalls Teil der Arbeitsgruppe sein.“ Er sah den Chef des technischen Dienstes an.

„Du warst doch oben auf dem Gerüst, als der Hahn ausgetauscht wurde?“

Nicoles Exmann nickte. Er war bei der freiwilligen Feuerwehr tätig und die Höhe machte ihm gar nichts aus.

„Dann kannst du der Arbeitsgruppe die Details vom kaputten Hahn erläutern. Bei Bedarf stehe ich natürlich zur Verfügung."

Christian warf dem Bürgermeister einen verständnislosen Blick zu. Warum tat er ihm das an? In einer Arbeitsgruppe mit seiner Exfrau, die ihn bereits jetzt am liebsten mit Blicken töten würde. Bevor er etwas erwidern konnte, zerriss ein lautes Handyklingeln die Stille. Unzählige Blicke trafen Bademantel-Mich der hektisch nach seinem Telefon suchte. In der Aufregung aktivierte er die Freisprechfunktion.

Die Umstehenden hörten Wortfetzen eines aufgeregt redenden Anrufers: „... umgefallen ... blass ... Atmung ... Krankenwagen ..."

„Ich hole schnell meinen Wagen und komme umgehend ins Krankenhaus! Alles wird gut, Paul." Mich beendete das Gespräch. Er war kreidebleich. „Meine Schwester ... Jeanny ... Herzinfarkt!"

Juni 2014

Aus der Tagespresse:

Esel darf auf Turm der Laurentiuskirche in Diekirch bleiben
Der Esel an der Turmspitze der alten Kirche in Diekirch darf nun doch bleiben. Dies entschied die neue Kulturministerin, Maggy Nagel.

Der Esel bleibt auf dem Kirchturm
DIEKIRCH - Ein Esel statt eines Wetterhahns thront seit Mai 2013 auf der alten Kirche in Diekirch. Nun ist klar: Das bleibt auch so.

Die Debatte um den Esel auf dem Kirchturm in Diekirch ist beendet – zumindest politisch. Kulturministerin Maggy Nagel hat am Samstag bei der offiziellen Einweihung der renovierten Laurentiuskirche in Diekirch bestätigt, dass der Staat nicht vorhat, etwas gegen das Diekircher Wappentier auf dem Kirchturm zu unternehmen.

Kapitel 1

Bitte gib acht auf das Auto“, warnte Catherine Becker ihren Mann, als er einstieg. „Ich finde es wirklich nett von Martine, dass sie es uns geliehen hat.“

„Ich bin doch kein Anfänger“, erwiderte Tom Becker missmutig. Während der Fahrt würde er sich eine Maske überziehen, damit ihn ja niemand in diesem Citroen Nemo erkennen würde. Die Marke war nicht einmal das Problem, sondern der Look des Autos. Die weiße Karosserie war mit unzähligen rosa Blümchen versehen. ‚Einen echten Hingucker‘ hatte die Nachbarin den Wagen bei der Übergabe der Schlüssel genannt.

Seit Kommissar Tom Becker Jahre zuvor den Mordfall an Pit Luyck, Martine Schleichs Mann und Vater ihrer Zwillinge, aufgeklärt hatte, war eine Freundschaft entstanden. Die Jungs waren mittlerweile junge Männer in ihren Zwanzigern. Sie wehrten sich vehement mit dem rollenden Blumentopf zu fahren.

„Schau dir den Schreibtisch noch einmal genau an, bevor du zahlst. Nicht dass er doch beschädigt ist.“

„Das mache ich.“

Catherine Becker schenkte ihrem Mann ein Lächeln. „Ich hätte dich gerne begleitet, aber Jessy schwächelt noch etwas.“

Becker hob beide Hände. „Mir ist auch lieber, du bleibst bei ihr.“

Wie auf Kommando trippelte der anderthalb Jahre alte Mini-Setter-Mischling aus dem Haus. Jessy lebte seit einem halben Jahr bei den Beckers. Mit dem Gehorchen hatte sie es jedoch nicht so. Weil sie jedem und allem hinterherrannte, war ihr am Vortag ein Chip implantiert worden. Sollte ihr etwas zustoßen, konnte man sie identifizieren. Zur Ortung trug sie ein Halsband mit einem GPS-Sender. Catherine tätschelte der Hündin den Kopf.

„Hast du die Decken?“, fragte sie ihren Mann.

„Habe ich.“

„Das Geld?“

Tom klopfte auf seine Brusttasche. „Alles hier.“

„Perfekt. Sei bitte, bitte vorsichtig.“

Tom verdrehte leicht die Augen. „Ich fahre vorsichtig nach Diekirch damit dieses wundervolle Auto unversehrt bleibt, ich lade deine wertvolle Antiquität behutsam in den Wagen und tuckere dann vorsichtig wieder hierher zurück. Ist das so genehm?“

„Spar dir deinen Sarkasmus“, entgegnete Catherine.

Becker richtete seinen Blick auf seine Frau. „Wenn ich jetzt losfahre, bin ich ziemlich sicher vor dem Mittagessen zurück.“

„Zur Belohnung koche ich dir deine Lieblingsnudeln.“

„Linguini Carbonara?“

Catherine nickte.

Das war Musik in Toms Ohren. „Dafür würde ich dir deinen Schreibtisch vom Ende der Welt holen“, feixte er.

„Mach dich jetzt vom Acker“, rief sie lachend.

Tom Becker legte sein Handy und sein Portemonnaie auf den Beifahrersitz, winkte seiner Frau zum Abschied zu und fuhr los. Sein letzter Blick in den Rückspiegel galt dem Hang mit den Weinreben, die er im Frühjahr gepflanzt hatte. Er hatte das Weingut in Greiweldingen einige Jahre zuvor erworben, um damit seinen lebenslangen Traum in die Tat umzusetzen, seinen eigenen Wein zu produzieren und abzufüllen. Nächstes Jahr, mit dem Eintritt in den Ruhestand, würde er diesem Ziel einen Schritt näher rücken. Die Dienstmarke würde dem Winzerdasein weichen.

Catherine lag ihm in den Ohren einen Garten anzulegen, in dem sie ihr eigenes Gemüse anbauen konnten. Das jedoch war Tom wiederum zu anstrengend. Allein der Gedanke an körperliche Gartenarbeit versetzte ihn ins Schwitzen. Der Weinberg sollte sein Hobby werden, da würde er schon ein paar Anstrengungen in Kauf nehmen, jedoch nicht die, einen Garten zu bewirtschaften. Nein, das kam nicht in Frage!

In Greiweldingen kreuzte er zwei Kinder auf ihren Fahrrädern, ein ihm bekanntes Ehepaar, das ihm jedoch den Rücken zukehrte, sowie einen älteren Mann mit Rollator. Er dankte Gott, dass ihm niemand Beachtung schenkte. Dies änderte sich allerdings beim Verlassen des Dorfes. Eine Mutter stand mit ihrer Tochter am Zebrastreifen. Tom hielt an und senkte den Blick, doch Frau Denzer erkannte ihn und winkte ihm überschwänglich zu. Während sie den Zebrastreifen überquerte, zeigte sie immer wieder auf die rosa Blumensticker. Fasziniert hüpfte das Kind von Streifen zu Streifen.

Es kam Tom wie eine Ewigkeit vor, bevor er endlich den ersten Gang einlegen und weiterfahren konnte.

An der Auffahrt der E44 klingelte sein Handy. Er linste zum Display. Der Anrufer war Marc, ein aus den Augen verlorener Schulfreund. Nach dem Umzug auf ihr Weingut in Greiweldingen waren sie sich auf einem Weinfest in Remich begegnet. Seither standen sie in Kontakt. Becker nahm das Gespräch über Lautsprecher an.

„Moie Marc."

„Salut Tom. Bist du unterwegs?"

„Ja. Ich fahre nach Ettelbrück. Ich hole was für Catherine. Was liegt an?"

„Wir haben schon über vier Wochen nichts mehr voneinander gehört."

„Das stimmt. Ich wollte dich tatsächlich dieser Tage anrufen."

Marc schmunzelte vor sich hin. „Keine Toten in der Pipeline?"

„Hält sich momentan in Grenzen. Du weißt ja, es ist immer was los in meinem Job. Und bei dir?"

Marc Koster war Chef einer Detektei mit sechs Mitarbeitern: drei Männern und drei Frauen. Das Geschäft florierte. Er verdiente gutes Geld und lebte in einer Villa in Remich oberhalb der Weinberge mit Blick auf die Mosel.

„Ein paar schmutzige Scheidungen, in denen zwei meiner Jungs Beweise sammeln. Eines meiner Mädels bändelt gerade mit einem Ehemann an. Ein Schürzenjäger, kann ich dir sagen. Wir müssen es nur beweisen."

„Findest du das denn fair?", fragte Becker.

„Du meinst, dass meine Mitarbeiterin mit ihm anbändelt, um mehr zu erfahren?“

„Genau das meine ich.“

„Was ist schon fair, Tom. Sie sammelt Beweise. Der Typ hat an jedem Finger eine Freundin. Ich tue jeder einzelnen dieser Frauen einen Gefallen, wenn der auffliegt. Das ist mein Job, und ich habe Mitarbeiter, die wollen ein Gehalt.“

„Dann wünsche ich dir viel Glück. Der hat nichts Besseres verdient, als aufzufliegen.“

„Hast du heute oder morgen Zeit für einen Drink?“, fragte Koster.

„Gerne. Ich kläre das mit Catherine und melde mich.“

„Perfekt.“

Sie verabschiedeten sich und legten auf.

Becker beschloss in Ettelbrück abzufahren. Seine Finger krampften sich um das Steuer. Seit dem Mord an seiner Kollegin Jeannette, als seine Ermittlungen und die Suche nach dem Psychopathen ihn bis hoch nach Brandenburg geführt hatten, war er nicht mehr in dieser Gegend gewesen. Eigentlich hatte er sie geflissentlich gemieden, denn der Psychopath hatte Jeannette ermordet, um sich an ihm zu rächen. Dieser Gedanke schmerzte noch immer. Die Geschichte hatte auf Sylt begonnen, wo er einen abgetrennten Finger am Strand gefunden hatte. Alles war schlau eingefädelt und bis ins kleinste Detail geplant gewesen. Fast wäre er selbst dabei draufgegangen, aber schlussendlich siegte die Gerechtigkeit. Doch das machte Jeannette nicht wieder lebendig!

Plötzlich entspannten sich seine Hände und der Druck auf seiner Brust ließ nach. Instinktiv blickte er zum Himmel. Er fragte sich, was Jeannette wohl sagen würde, wenn sie ihn in diesem fahrenden Blumentopf sehen würde. Vielleicht schaute sie gerade auf ihn herab. Er lächelte bei dem Gedanken. „Bye Jeannette, mach's gut!"

Zwischen Ettelbrück und Ingeldorf hatte sich die Verkehrsführung geändert. Rund um das Patton-Denkmal und den restaurierten Sherman M4A1 Panzer waren die Straße und die Sauerbrücke erneuert und ein Kreisverkehr angelegt worden.

Auf der Avenue de la Gare hatte sich nicht viel geändert. Becker steuerte den Wagen am Bahnhof vorbei, am Gymnasium entlang bis zur *Esplanade* auf den Parkplatz nahe der alten Laurentiuskirche.

Becker stieg aus dem Wagen. In einigen Tagen hielt der Monat Oktober Einzug und darauf würde der feuchte, dunkle November folgen, den Becker so gar nicht mochte. Er streifte seinen Pullover über das kurzärmelige Hemd, stopfte eine Mund-Nasen-Schutzmaske in die Hosentasche und schloss den Wagen ab. In dieser Situation war die Maske nicht mehr obligatorisch, denn COVID-19 war abgeklungen und die Gesetzgebung gelockert worden. Leider gab es aber Mutationen und die Pflicht war noch nicht überall aufgehoben.

Mit einem Blick auf seinen Zettel überprüfte er die Hausnummer und schlenderte auf das charmante Reihenhäuschen zu. Alle Häuschen waren renoviert und liebevoll dekoriert worden, ob mit Pflanzen, Blumen oder Dekorationsartikeln. Jedes zweite Haus hatte in irgendeiner Weise einen Esel in die Ausschmückung integriert. Tom lächelte vor sich hin. Diekirch und der Esel waren auf immer und ewig miteinander verknüpft. Er sah auf seine Uhr. Genau neun Uhr, die richtige Zeit. Er würde den Schreibtisch schnell aufladen und sich anschließend einen Latte Macchiato mit viel Zucker genehmigen. Angesichts seiner überflüssigen Pfunde wäre seine Frau nicht sehr froh darüber, aber sie würde es nicht erfahren.

Die Haustür war nur angelehnt. Becker trat in den langen, schmalen Flur und bewegte sich einige Schritte vorwärts. „Hallo! Ist jemand zu Hause? Mein Name ist Tom Becker. Ich komme wegen des Schreibtisches." Sein Blick wanderte suchend umher. Eine Wendeltreppe führte zum oberen Stockwerk.

„Ist da jemand?", rief er und öffnete eine Tür, die sich rechts von ihm befand. Angezogen vom Kaffeeduft betrat er den Raum. Sehr ordentlich schien der Hausbesitzer nicht zu sein. Der Frühstückstisch war nicht abgeräumt und schmutziges Geschirr stapelte sich im Waschbecken. Becker verließ die Küche und rief lautstark: „Hallo!!! Jemand zuhause?" Blitzartig beschlich ihn das Gefühl, dass etwas nicht stimmte. Energisch stieg er die Treppe nach oben. Er klopfte kurz an die erste Tür und stieß sie auf. Das Badezimmer! Becker arbeitete sich durch mehrere Schlafzimmer. Es schien niemand zu Hause zu sein. Er rannte die Wendeltreppe hinunter und öffnete eine weitere Tür: das Wohnzimmer. Es schien ihm etwas unordentlich, eine Decke lag auf dem Boden, ein leeres Schnapsglas stand auf einem Beistelltisch. Ihm fiel die geschmackvolle Einrichtung auf. Die Schublade einer Kommode im skandinavischen Stil war geöffnet, eine Tür der Fernsehkommode stand offen. „Hallo. Ist jemand zu Hause?“, rief Becker erneut. Es blieb still. Nachdenklich blickte er auf die Tür, auf der ein Mann-Frau-Wandtattoo klebte. Die Gästetoilette. Becker ergriff den Knauf und drückte die Tür nach innen. Sie gab nur schwerfällig nach. Ein Geräusch aus dem Wohnzimmer ließ ihn aufhorchen. Er ließ den Knauf los und sprintete hin. Das Fenster stand nun sperrangelweit offen. Becker spähte in die Gasse. Abgesehen von einem kleinen Mädchen, das an einem Hauseingang mit Puppen spielte, war niemand zu sehen.

„Hey Kleine“, rief Becker. „Hast du eben jemanden hier aus dem Fenster steigen sehen?“

Das Mädchen hob den Kopf. „Ich darf nicht mit fremden Leuten reden. Mami hat mir das verboten.“ Dann sprang sie auf und rannte ins Haus.

„Vorbildliches Verhalten, nur im Moment fehl am Platz“, knurrte Becker. Es war jemand im Haus gewesen und er hatte sie oder ihn übersehen. Nur warum versteckte sich jemand vor ihm? Becker begab sich wieder zum Gäste-WC. Er stemmte sein ganzes Körpergewicht gegen die Tür. Diese öffnete sich so weit, dass er den Lichtschalter betätigen und Schulter und Kopf hineinzwängen konnte. Er erschrak! Ein Mann kniete vor der Toilettenschüssel, während sein Kopf auf der Klobrille lag und seine Arme leblos an seinem Körper herabhingen. Mit einem kräftigen Ruck öffnete Becker die Tür so weit, dass er sich zwischen Tür und Zarge knien konnte. Er legte seinen Finger an die Hauptschlagader des Mannes und spürte einen schwachen Puls. Er nestelte sein Handy aus der Tasche, wählte den Notruf und forderte einen Rettungswagen an. Anschließend kontaktierte er die Polizei. Mit wenigen Worten schilderte er die Lage. Auch wenn er sich keinen Reim auf die Situation machen konnte, forderte er Verstärkung an, um nach der flüchtigen Person zu suchen.

* * *

„Hallo Schatz. Es gibt da ein Problem."

Catherine rechnete mit dem Schlimmsten. „Hast du einen Unfall gebaut?"

„Dem Auto geht es gut, aber als ich im Haus des Verkäufers ankam, habe ich eine halbtote Person auf der Toilette entdeckt und eine andere Person in die Flucht geschlagen."

Catherine sackte auf einen Stuhl. „In was bist du denn da wieder hineingeraten, Tom?" Jessy sprang mit den Vorderpfoten an ihrem Bein hoch. Catherine streichelte ihr liebevoll die Schnauze.

„Habe ich diesen Schreibtisch etwa für mich geholt?", brummte Tom.

„Was hast du gesagt?", hakte Catherine nach.

„Dass du meine Lieblingsnudeln zum Mittagessen vergessen kannst!"

„Die bekommst du dann heute Abend, okay?"

„Gut. Ich melde mich. Die Kollegen rücken gerade an. Bis später."

Dem Rettungswagen folgten der Notarzt sowie ein Polizeiwagen mit Blaulicht. Tom gab ihnen ein Zeichen.

„Wo ist der Verletzte?“, rief der Sanitäter, während er aus dem Wagen sprang. Über einer Mundschutzmaske fixierten dunkelbraune Augenschlitze Becker.

Er wies die Richtung an.

Zwei Rettungssanitäter und der Notarzt folgten ihm. Natürlich trugen alle Mund- und Nasenschutz.

„Ziemlich eng hier. Bitte warten Sie draußen, damit wir unsere Arbeit verrichten können“, murrte der Pfleger.

Tom nickte und begab sich wieder an die frische Luft. Ein Polizeiwagen fuhr vor. Ambulanz, Notarzt, Polizei! Das Ereignis verbreitete sich wie ein Lauffeuer in der kleinen Straße. Die Bewohner schnatterten wie aufgescheuchte Enten und mutmaßten wild durcheinander.

„Sind Sie Tom Becker?“

Tom musterte den Kollegen, der in seinem Alter zu sein schien. „Das bin ich.“

„Paul Schiltz. Das ist meine Kollegin Svenja Szabo. Was ist passiert?“

Beckers Blick blieb einen Augenblick an Svenja hängen. Irgendwie kam sie ihm bekannt vor. Er berichtete im Detail, was sich zugetragen hatte.

„Haben Sie die flüchtige Person gesehen?“

„Leider nein.“

Schiltz sah seine Kollegin an.

„Ich frage mal, ob jemand in der Umgebung etwas Verdächtiges gesehen hat”, sagte sie in stiller Übereinkunft.

„Danke Svenja. Wir sehen uns derweil drinnen um.“

Becker sowie Schiltz zwängten sich an der Fahrtrage vorbei, auf der der Verletzte mittlerweile zum Abtransport platziert war. Abrupt hielt Schiltz inne. „Verdammt, das ist ja Christian Theis!“

„Sie kennen den Mann?“, fragte Becker.

„Durchaus. Er arbeitet bei der Gemeindeverwaltung im technischen Dienst. Ich wusste, dass er in dieser Straße wohnt, wusste aber nicht in welchem Haus.“

„Platz da!“, fuhr der Krankenpfleger sie an.

Schiltz hielt ihm seine Marke unter die Nase. „Können Sie mir bitte den Zustand des Patienten beschreiben und erklären, was passiert ist?“

„Ich tippe auf einen Herzanfall oder Hirnschlag.“

Becker wandte sich an den Arzt. „Warum hockte der Mann in dieser Position über der Toilettenschüssel?“

Der Arzt sah ihn fragend an. „Und Sie sind?“

„Hauptkommissar Tom Becker.”

„Ihm wurde wohl übel und er hat die Symptome falsch gedeutet.“

„Oh nein, Doktor“, erwiderte Schiltz. „Nicht dieser Mann. Er ist seit ewig bei der freiwilligen Feuerwehr und war Rettungsdienstfahrer. Der kennt die Symptome aus dem Effeff.“

Der Arzt zuckte die Schultern. „Ich kann Ihnen zu diesem Zeitpunkt nicht mehr sagen. Lassen Sie uns nun mit unserer Arbeit fortfahren.“ Dann eilte er den Pflegern und dem Patienten hinterher.

„Irgendwie merkwürdig“, murmelte Becker.

„Zuerst schaue ich mich hier um“, erwiderte Schiltz. „Sie kommen mit. Schließlich waren Sie als Erster vor Ort.“

Becker nickte. „Bitte nennen sie mich Tom, ich bin ein Kollege, nicht ihr Vorgesetzter.“

Schiltz reichte ihm die Hand. „Mein Name ist Paul.“

„Ich glaube nicht an einen Herzanfall“, fügte Becker hinzu.

Paul zuckte die Schultern. „Ein Verbrechen?“

„Ich bin mir ziemlich sicher, dass das Fenster im Wohnzimmer noch geschlossen war, als ich das erste Mal hineinsah“, erwiderte Becker.

„Es könnte durch einen Luftzug geöffnet worden sein, weil es angelehnt war.“

Becker überlegte einen Moment. „Die Möglichkeit besteht.“

Sie durchstreiften das Haus, ohne etwas zu berühren.

„Sag mal Tom. Was führte dich überhaupt zu Christian Theis?“, fragte Paul.

„Ein Schreibtisch.“

Paul sah Tom verständnislos an. „Schreibtisch?“

Tom entglitt ein gequältes Lächeln. „Meine Frau hat über eine Internetplattform einen Schreibtisch von ihm erworben.“

„Den du abholen wolltest?“

„Wollen! Da gab es keine Verhandlungsbasis. Ich musste!“ Becker grinste bittersüß. „Leider habe ich weder ein Arbeitszimmer noch einen Schreibtisch gesehen.“

Gleichzeitig wandten sich beide der Treppe zum Obergeschoss zu und stiegen die Stufen nach oben. Sie lugten hinter jede einzelne Tür. „Tatsächlich, kein Arbeitszimmer!“, rief Paul überrascht.

„Zumindest nicht auf den ersten Blick.“ Becker betrat ein Schlafzimmer. Im Doppelbett waren die Bettlacken auf einer Seite zerwühlt. An einer Wand stand ein großer Schrank, an der anderen eine Kommode. Daneben befand sich eine Tür. Becker öffnete sie. „Da haben wir es, das Arbeitszimmer." Becker kratzte sich an der Stirn und blickte in das leere Zimmer. „Kein Schreibtisch!"

Schiltz deutete mit dem Zeigefinger in die Mitte des Raumes. „Siehst du die Abdrücke auf dem Teppich? Da befand sich definitiv einer."

„Theis hat ihn wahrscheinlich bereits an einen anderen Ort für den Transport gebracht."

Plötzlich erklang eine Stimme aus dem Untergeschoss. „Christian. Hallo, ich bin zu Hause!"

Schiltz und Becker begaben sich ins Erdgeschoss. Eine junge Frau sah ihnen erschrocken entgegen. Neben ihr stand ein Koffer. „Wer sind Sie?", fragte sie schrill. „Wo ist mein Mann?"

Becker zeigte seine Dienstmarke. „Hauptkommissar Tom Becker. Das ist mein Kollege Hauptkommissar Paul Schiltz. Sind Sie die Frau von Christian Theis?"

Sie nickte irritiert. „Laetizia Theis-Perreira. Genau, ich bin seine Frau. Was geht hier vor?"

Schiltz fixierte die junge Frau, deren Augen nervös flackerten. Er schätzte sie auf höchstens dreißig.

Stolz hielt sie Schiltz den goldenen Ehering unter die Nase. „Wir haben am Valentinstag geheiratet. Wo ist mein Mann?", fragte sie nachdrücklich.

Schiltz hasste diese Momente, wenn er ohne Umschweife die Realität verkünden musste. „Es tut mir leid, Frau Theis. Ihr Mann liegt im Krankenhaus."

„Im Krankenhaus. Was ist passiert?"

„Es sieht nach einem Schlaganfall aus", meldete sich Becker zu Wort.

Sie wurde leichenblass. „Ein Schlaganfall. Das ist unmöglich. Christian ist gesund wie ein Fisch im Wasser."

Becker hob entschuldigend die Schultern. „Die definitive Diagnose steht noch aus."

„Wo ist er?"

„Er wurde vor gut dreißig Minuten ins Krankenhaus nach Ettelbrück gefahren."

„Ich muss zu ihm!"

„Das geht leider nicht", erwiderte Becker. „Sie müssen uns zuerst ein paar Fragen beantworten."

„Fragen?", entfuhr es Schiltz und Laetizia Theis gleichzeitig.

Becker deutete auf den Koffer. „Wo haben Sie die letzten Stunden verbracht und woher kommen Sie?"

Ihre großen grauen Augen versprühten eisige Kälte. „Eigentlich geht Sie das nichts an, aber es ist kein Geheimnis. Ich habe an einem Casting in Deutschland teilgenommen."

„Wir sollten Frau Theis erstmal ins Krankenhaus fahren. Es gibt keinen Grund, sie hier festzuhalten", schlichtete Schiltz.

„Sehen Sie", meinte Laetizia zufrieden. Sie machte auf dem Absatz kehrt und befand sich Nase an Nase mit Svenja Szabo.

„Einbruch wäre möglich. Im Erdgeschoss deutet einiges darauf hin", wandte sich Szabo an Laetizia Theis.

„Ich breche doch nicht in mein eigenes Haus ein."

„Ein junges Mädchen aus dem Haus gegenüber hat eine Person aus dem Fenster steigen und weglaufen sehen. Sie ist sich ziemlich sicher, dass es sich um eine Frau gehandelt hat", fügte Szabo hinzu.

„Das kann ich nicht gewesen sein, denn ich komme soeben vom Bahnhof. Ich bin in Ettelbrück in den Zug gestiegen und vom Bahnhof Diekirch zu Fuß hierhergelaufen. Dafür gibt es sicher Zeugen."

Becker zog Szabo beiseite. „Konnte die Zeugin die Person beschreiben?"

„Nicht so richtig. Sie saß bei offenem Fenster auf dem Sims, hörte Musik aus Kopfhörern und spielte ein Spiel auf einer Konsole. Sie meinte, die Person sei von schmaler Statur. Es könnte sich also um eine Frau handeln."

„Gesicht, Haarfarbe?"

„Sie trug eine COVID19-Maske, die ihr Gesicht verbarg. Sie hatte kurze oder zusammengebundene Haare, meinte sie."

„Es besteht doch gar keine Maskenpflicht mehr im Privatleben", knurrte Tom.

„Christian hat eine Hausstauballergie. Er benutzt diese Masken regelmäßig und bewahrt sie im Wohnzimmer in einer Schublade auf", erklärte Laetizia.

Becker nickte. „Danke für diese Information. Er wandte sich wieder an Szabo.

„Konnte die Zeugin etwas zur Kleidung sagen?"

Szabo blickte kurz auf den Notizblock in ihrer Hand. „Schwarze Hose, und eine blaue Jeansjacke."

„Schuhe?"

„Nach Ausschlussverfahren bleiben schwarze Sneaker mit weißer Sohle."

Becker schüttelte den Kopf und stemmte die Hände in die Seiten. „Recht wenig für eine Fahndung."

Da klingelte Laetizia Theis' Handy. Sie fischte es aus ihrer Handtasche. „Ja, hier Laetizia Theis-Perreira ... ich weiß, ein Schlaganfall ..."

Ihre Miene verriet, dass sie konzentriert zuhörte. „Hören Sie auf mit Ihrem Geschwätz. Mir ist klar, dass Sie in der Regel am Telefon nichts sagen dürfen, aber ich bin seine Frau.“ Sie nicke einige Male, dann sackte sie ächzend zu Boden.

Becker beobachtete die Szene skeptisch. Die Frau kam von einem Casting. Sie war Schauspielerin. Er nahm ihr diesen Schwächeanfall nicht so richtig ab.

Kapitel 2

Samstag – Ettelbrück

Eine Obduktion? Was hat man dir eigentlich mitgeteilt, nachdem du Frau Theis' Handy an dich genommen hattest?", fragte Schiltz und sah Becker dabei neugierig an.

„Der Zustand des Patienten sei bei seiner Einlieferung stabil gewesen. Dann setzte unerwartetes Herzrasen sowie Atemnot ein, gefolgt von einem Herzstillstand. Selbst nach zahlreichen Reanimationsversuchen konnte Theis nicht wiederbelebt werden und die genaue Todesursache bleibt ungewiss. Der behandelnde Arzt bestand auf eine Obduktion."

Eineinhalbstunden waren seit Laetitia Theis' Schwächeanfall vergangen. Becker hatte derweil den Staatsanwalt kontaktiert. Da Becker der zuständigen Einheit angehörte, die nun in diesem Fall ermitteln würde, war es ihm ein Leichtes dem Staatsanwalt genau die Informationen zu liefern, die ihm grünes Licht für die Ermittlungen geben würden. Es gab zwar noch keine Angaben zu einem Kapitalverbrechen, aber einige Indizien und vor allem Beckers Gespür sprachen dafür. Aufgrund der Aussagen des Arztes und Beckers Informationen gab der Staatsanwalt grünes Licht für die Ermittlungen.

Becker hatte seine Kollegen von der Mordkommission angefordert. Nach ihrer Ankunft vor Ort hatte er alle möglichen Informationen übermittelt und ihnen versprochen, gleich nach dem Krankenhausbesuch zurückzukehren. Es sollten weder Zeit verloren gehen noch Spuren verwischt werden. Bevor er das Haus verließ, flüsterte er einem Kollegen zu: „Falls ihr irgendwo einen Schreibtisch aufspürt, lasst es mich nachher wissen!“

Becker hatte Laetizia Theis gebeten, einige Kleidungsstücke mitzunehmen.

„Ich bleibe keine Nacht im Krankenhaus“, hatte sie erwidert.

„Es ist nicht wegen des Krankenhauses, Frau Theis. Bis die beantragte Autopsie und die kriminaltechnischen Untersuchungen im Haus abgeschlossen sind, sollten Sie vielleicht bei Freunden oder Verwandten Unterschlupf suchen.“ Er zeigte auf ihren mitgebrachten Koffer und fragte, ob der Inhalt wohl für ein paar Tage ausreichen würde.

„Das hängt davon ab, wann ich wieder in mein Haus darf.“

„Das wiederum hängt von den Ermittlungen ab. Hätten Sie schon eine Unterkunft in Aussicht?“

„Sie bestätigt dies mit einem einfachen „Ja.“

Paul Schiltz steuerte seinen Wagen durch die Avenue Salentiny in Ettelbrück Richtung Krankenhaus. Becker saß nachdenklich und still auf dem Beifahrersitz. Auf der Rückbank starrte Laetizia Theis aus dem Fenster. Becker hatte darauf bestanden, den vermeintlichen Schwächeanfall durch einen Arzt überprüfen zu lassen. Plötzlich fiel Becker der Schreibtisch ein. Er räusperte sich und blickte nach hinten.

„Entschuldigung Frau Theis, dürfte ich Ihnen eine Frage stellen, ein privates Anliegen?“

Sie schaute ihn mit Skepsis an und nickte nachdenklich.

„Wissen Sie, wo der Schreibtisch aus dem Arbeitszimmer in Ihrem Haus verblieben ist.“

„Dieses hässliche Ding!“

„Meine Frau hat ihn gekauft, ich sollte ihn heute abholen.“

Theis verzog das Gesicht zu einer Grimasse. „Warum in aller Welt würde jemand so etwas kaufen?“

Tom bewahrte die Ruhe. „Geschmäcker sind halt verschieden, Frau Theis.“

„Mir soll das recht sein. Er steht in der Garage. Christian und einer seiner Freunde haben ihn dort abgestellt.“

„Garage? Ich konnte keine Garage sehen?“

„Unsere Garage befindet sich fünfzig Meter vom Haus entfernt in einem Garagenblock.“

Tom überlegte. „Hätten Sie etwas dagegen, wenn ich ihn noch heute mitnehmen würde?“

„Absolut nicht, je eher desto besser! Der Schlüssel hängt hinter der Eingangstür des Hauses an einem Brett. An einem Teddybär Anhänger.“

„Danke, das ist sehr nett. Meine Frau wird es Ihnen danken.“

Laetizia verzog den Mund zu einem schiefen Lächeln. „Und ich ihr.“

Im Krankenhaus herrschte noch Maskenpflicht. Paul Schiltz übergab Laetizia Theis an eine Krankenschwester. Er zeigte seinen Polizeiausweis. „Sie hatte einen

Schwächeanfall, ausgelöst durch eine schlechte Nachricht per Telefon. Ihr Ehemann ist vorhin verschieden, hier im Krankenhaus."

Die Schwester berührte Laetizia Theis mitfühlend am Arm. „Geht in Ordnung, Herr Kommissar."

„Ich möchte meinen Mann sehen", flüsterte sie.

Erst jetzt nahm Becker sich die Zeit, Laetizia Theis etwas genauer anzusehen. Sie maß um ein Meter siebzig, vielleicht etwas mehr, war schlank und von südländischem Hauttyp. Ihr volles kurzes Haar leuchtete in einem modernen Grauton, der sie sehr attraktiv wirken und absolut nicht alt scheinen ließ, was sie sowieso nicht war. Die Frisur passte hervorragend zu ihren großen grauen Augen. Ihre glatte Stirnhaut und das, was sonst um die Maske herum zu sehen war, versprühte einen jugendlichen Charme.

„Das dürfen Sie leider erst nach der Autopsie. Das sind die Vorschriften."

Die Krankenschwester drückte Laetizias Hand. „Kommen Sie mit mir."

Becker und Schiltz machten sich auf die Suche nach Christian Theis' Arzt.

Am Empfang in der Notaufnahme herrschte reges Treiben. „Hauptkommissar Tom Becker. Police Judiciaire. Das ist mein Kollege Hauptkommissar Paul Schiltz."

„Oh, guten Tag. Was kann ich für Sie tun?"

„Vor ungefähr zwei Stunden wurde ein Christian Theis hier eingeliefert. Ich möchte umgehend den behandelnden Arzt sprechen."

Die Sekretärin griff nach dem Telefon. „Doktor Weyland! Hier sind zwei Kommissare für Sie." Sie lauschte.

„Es scheint dringend." Wieder hörte sie zu. „Ja, wegen Christian Theis ... Danke Doktor." Sie legte auf. „Sie kommt sofort."

Becker lief nervös auf und ab. Zehn Minuten waren bereits vergangen, vom Arzt weit und breit keine Spur. Er wollte sich eben im Sekretariat beschweren, als eine Frau zu der Sekretärin trat, die dann mit dem Finger Richtung Becker zeigte. Die Frau schritt schnurstracks auf Becker zu. „Doktor Weyland", stellte sie sich vor. „Es geht um Christian Theis?"

„Genau. Haben Sie schon Erkenntnisse zu seinem Tod?"

Die Ärztin schob ihre Brille auf den Nasenrücken und zupfte ihre Maske zurecht. „Sein Ableben kommt mir verdächtig vor. Deswegen möchte ich, dass er obduziert wird."

„Können Sie uns Ihren Verdacht genauer erklären?", fragte Schiltz.

„Der Patient wurde bewusstlos eingeliefert, der Puls schlug schwach, er war aus ärztlicher Sicht jedoch stabil. Ich stellte einen hohen Flüssigkeitsverlust fest. Ich verordnete eine Infusion mit physiologischer Kochsalzlösung und einigen kreislaufstabilisierenden Mitteln. Auf den Monitoren war nichts Beängstigendes festzustellen. Und dann, ganz plötzlich, zack, Kreislaufkollaps, Herzrhythmusstörungen, Blutdruckabfall, Herzstillstand." Entschuldigend hob sie die Arme, drehte die Handflächen nach außen und schüttelte den Kopf. „Wir konnten ihn nicht mehr wiederbeleben. Eine äußerst merkwürdige Situation."

„Merkwürdig? Könnten Sie uns das erläutern?"

„Die Sanitäter haben berichtetet, dass der Mann bewusstlos über seiner Toilettenschüssel gefunden wurde. Die Autopsie wird uns sagen, woran er gestorben ist. Ich schließe eine körperliche Ursache so gut wie aus.“

„Mit dieser Aussage lehnen sich sehr weit aus dem Fenster, Frau Doktor“, sagte Becker.

Sie nickte. „Stimmt! Bevor wir wild spekulieren, möchte ich die Resultate der Autopsie abwarten. Der Alkoholpegel des Verstorbenen war hoch.“

„Wie hoch?“

„Null Komma neun!“

Becker sah die Ärztin an. „Kann das vom Feiern von gestern sein. Restalkohol?“

„Möglich wäre es, aber nicht zwingend.“

Becker nickte. „Er sollte so schnell wie möglich nach Düdelingen ins Nationale Gesundheitslabor überführt werden und ich werde dafür sorgen, dass die Obduktion am Montag prioritär ausgeführt wird. An seinem Ableben ist etwas faul. “ Becker sah seinen Kollegen an.

„Hier übernimmt die Police Judiciaire.“

Schiltz nickte. „Natürlich. Ich kann dich gerne unterstützten.“

„Nicht können Paul, müssen! Ich integriere dich in mein Team. Du kennst die Diekircher und ihre Eigenarten besser als ich. Wäre das für dich in Ordnung?“

„Mit Vergnügen. Was ist mit Szabo, meiner Kollegin. Sie ist eine sehr gute Polizistin und eine exzellente Spürnase.“

„Ich muss das absegnen lassen. Wo befindet sich der Tote, Frau Doktor?“

„In unserer Leichenhalle.“

„Passen Sie gut auf ihn auf, bis er für die Autopsie abgeholt wird."

„Wie soll ich das verstehen?"

„Das ist nur so eine Floskel. Wir bleiben in Kontakt, Frau Doktor."

Am Empfang erkundigten sie sich nach Laetizia Theis.

„Die Dame wartet in der Cafeteria auf Sie."

Becker und Schiltz begaben sich zur Cafeteria. „Sie sind schon durchgecheckt?"

„Der Arzt wollte mich eine Nacht zur Beobachtung hierbehalten. Ich habe abgelehnt. Mir geht es gut."

„Sind Sie sicher", forschte Schiltz nach.

„Wenn Sie etwas für mich tun wollen, fahren Sie mich zu Freunden nach Diekirch. Sie erwarten mich bereits."

Schiltz ergriff ihren Koffer. „Sehr gerne."

Kapitel 3

Diekirch

Laetizias Freunde wohnten in einer vornehmen Villa am Rand von Diekirch, Richtung Hosingen. Feudal wäre übertrieben, eine gewisse Eleganz war aber nicht zu leugnen. Die rothaarige Frau, die sie am Eingang erwartete, war Becker auf Anhieb sympathisch.

Sie eilte Laetizia Theis entgegen und schloss sie mitfühlend in die Arme „Es tut mir so leid, Tiz." Sie schlang den Arm um ihre Schulter. „Es ist unbegreiflich. Komm, lass uns reingehen."

„Hauptkommissar Tom Becker", stellte Becker sich unaufgefordert vor. „Das ist mein Kollege Paul Schiltz. Wir nehmen ihre Personalien auf, dann sind wir wieder weg."

Die Frau deutete den Polizisten an, ihr zu folgen. Im Wohnzimmer wandte sie sich an die Beamten. „Entschuldigen Sie. Mein Name ist Maryse Lannerts. Kein Wasser, Tee oder Kaffee?"

„Nein, danke."

Ein Mann betrat den Raum. „Guten Tag Leutnant-Colonel Lannerts", begrüßte Schiltz ihn.

Becker bemerkte, dass Schiltz eine geradere Haltung annahm.

„Das ist Hauptkommissar Tom Becker. Er ermittelt in dem Fall."

Der Leutnant-Colonel streckte Becker die Hand entgegen.

„Meine Frau hat mir kurz berichtet, was passiert ist." Sein autoritärer Tonfall ließ keinen Zweifel daran, dass dieser Mann Teil der Armee war. „Was genau ist denn vorgefallen?"

„Wir wissen noch nicht viel und dürfen keine Informationen mitteilen. Das verstehen Sie doch, Leutnant-Colonel Lannerts", antwortete Becker.

Lannerts warf ihm einen verständnisvollen Blick zu. „Natürlich verstehe ich das. Dennoch sind wir für den gleichen Arbeitgeber tätig."

Becker wiegte den Kopf hin und her.

„Nachdem was Laetizia meiner Frau am Telefon erzählt hat, könnte es sich um einen Mord handeln!"

„Es deutet einiges darauf hin. Wir warten auf das Ergebnis der Autopsie. Wir informieren Frau Theis und Sie werden dann sicher sofort erfahren, was passiert ist."

Die rothaarige Frau tätschelte Laetizia Perreiras Schulter. „Es tut mir so leid für Christian. Tiz kann natürlich so lange bei uns wohnen, wie sie möchte. Platz haben wir genug." Sie suchte Laetizias Blick. „Wir kümmern uns um dich. Hier ist dein zweites Zuhause."

Becker richtete sich an die Gastgeber. „Darf ich Ihnen trotzdem eine Frage stellen, bevor wir gehen?"

„Natürlich", erwiderte Colonel Lannerts.

„Hatte Christian Theis Feinde?"

Laetizia Theis riss den Kopf herum. „Sicher nicht", zischte sie. „Er war der liebenswerteste, mitfühlendste, menschlichste Kerl, den ich je kennengelernt habe. Er opferte viel Zeit für Projekte für Bedürftige, für die freiwillige Feuerwehr sowie für den freiwilligen Rettungsdienst."

„Reg' dich nicht auf Tiz. Die Beamten müssen das fragen." Maryse Lannerts wandte sich an Becker. „Sie hat recht. Christian war ein guter Mann."

„Ich begleite sie zur Tür", bot Colonel Lannerts an.

„Danke Leutnant-Colonel. Auf Wiedersehen die Damen."

Maryse Lannerts schenkte Becker zum Abschied ein wohlwollendes Lächeln, ohne Laetizia Theis von der Seite zu weichen.

„Wissen Sie Leutnant-Colonel, mein Gefühl sagt mir, dass es sich hier um ein Tötungsdelikt handelt, auch wenn das Opfer liebenswert und hilfsbereit war. Ich befürchte, wir müssen sehr tief graben."

Lannerts räusperte sich. „Es gibt da eine Geschichte", flüsterte er.

Becker zog eine Augenbraue hoch. „Und die wäre?"

„Die vom Hahn und vom Esel. Sie ereignete sich vor vielen Jahren."

Becker neigte den Kopf. „Hahn und Esel? Da bin ich gespannt."

„Der Hahn auf der alten Laurentiuskirche hier in Diekirch wurde durch einen Esel ersetzt. Christian nahm den Austausch vor, natürlich auf Anweisung des Bürgermeisters. Da waren einige Leute wütend."

„Wie meinen Sie, er hat ihn ersetzt?"

„Er hat den Einsatz geleitet und den Austausch höchstpersönlich ausgeführt."

„Das war aber doch sein Job."

„Ja natürlich, wie gesagt, auf Geheiß des Bürgermeisters. Die Arbeit fiel in den Zuständigkeitsbereich seiner Abteilung."

„Ich frage mich, ob jemand ihm wegen so einer Kleinigkeit nach dem Leben trachten würde?" Becker presste die Lippen zusammen.

„Wann wurde denn der Hahn ausgetauscht?"

„2014." Er kratzte sich am Hinterkopf. „Oder 2013. Um den Dreh."

„Das ist sehr lange her."

„Hass verhält sich manchmal wie eine Bombe, die mit Zeitverzögerung explodiert. Hass verjährt nie, mein lieber Kommissar."

Becker nickte. „Danke Leutnant-Colonel. Wir notieren das und werden ein paar Nachforschungen anstellen."

Schiltz hatte still zugehört. Erst im Wagen sprach er Becker an. „Ich kann dir einiges von dem Fall um den Esel auf dem Kirchturm berichten. Ich war an dem Tag im Einsatz, als der Austausch für Furore sorgte."

„Sehr gerne. Erzähl!"

„Eine aufgebrachte Menschenmenge befand sich auf dem Platz vor der Kirche und zog anschließend durch Diekirch zur Gemeinde, um den Bürgermeister zur Rechenschaft zu ziehen. Die Presse war vor Ort, Journalisten und Fotografen."

Becker zog die Stirn kraus. „Wir werden der Spur nachgehen, auch wenn sie mir doch sehr unwahrscheinlich scheint. Ich lasse mir sämtliche Artikel heraussuchen. Erinnere mich nachher dran."

„Mach ich."

Als Becker und Schiltz in Diekirch eintrafen, herrschte noch immer reges Treiben im Haus von Christian Theis.

„Hallo Tom!"

Überrascht wandte Becker sich der bekannten Frauenstimme zu. „Sandra! Was machst du denn hier?" Sandra Biren war seine Berufspartnerin.

„Lara war bei mir zuhause, als du sie und Sam zur Spurensicherung angefordert hast. Da bin ich gleich mitgekommen."

Dann wandte er sich Lara und Sam zu. Mit ihnen arbeitete er bereits einige Jahre. Im Fall um den verschollenen Pit Luyck, hatten sie exzellente Arbeit geleistet. „Schön, dass ihr da seid. Mit euch beiden sind wir das perfekte Team."

„Es scheint so", mischte sich Paul Schiltz ein und stellte sich vor. „Das ist meine Kollegin, Svenja Szabo."

„Freut mich. Dann lasst mal hören. Was haben wir bis jetzt?"

Becker berichtete, wie er das Opfer vorgefunden hatte, Paul Schiltz fügte hier und da ein Detail hinzu und Svenja berichtete von ihren Recherchen bei den Nachbarn.

„Raubüberfall ausgeschlossen?", fragte Sandra Biren.

Becker rieb sich die Nase. „Ich denke schon."

„Etwas Spezielles, worauf wir unser Augenmerk richten sollten?"

„Schwierig, weil die Autopsie noch nicht gemacht wurde." Becker stockte. „Das Opfer hatte Alkohol im Blut. Sämtliche angebrochenen Flaschen, die ihr findet, müssen mit ins Labor."

Anschließend gab Becker den Auftrag, ihm sämtliche Zeitungsartikel zum Austausch des Hahns durch den

Esel zukommen zu lassen. Dann wandte er sich an Schiltz. „Einen Gefallen könntest du mir tun."

„Der da wäre?"

„Würdest du mir helfen, den Schreibtisch in meinen Wagen zu verfrachten? Wenn ich ohne den nach Hause komme, werde ich gesteinigt."

Schiltz zögerte. „Ich möchte nur darauf hinweisen, dass das möglicherweise nicht ganz legal ist."

Becker nickte. „Die Garagen sind fünfzig Meter vom Tatort entfernt. Ich übernehme die Verantwortung."

„Einverstanden, aber ich untersuche das Objekt, bevor wir es aufladen."

Becker stimmte zu.

Schiltz führte Becker zum Garagenblock. Da es keine Namen an den Garagentoren gab, fanden sie erst im vierten Anlauf das richtige Tor. Becker öffnete es und atmete auf. Das Schmuckstück stand vor ihm, und sah nicht einmal schlecht aus.

„Ein Juwel", raunte Schiltz bewundernd. „19. Jahrhundert, aus England."

„Du verstehst was davon?"

„Ich interessiere mich für Antiquitäten. Meine freien Wochenenden verbringe ich gerne auf Flohmärkten, in Antiquariaten oder auf Ausstellungen. Dieses Objekt mit dieser klappbaren Schreibfläche und den vielen kleinen Schubladen ist einzigartig. Was hast du denn dafür bezahlt?", fragte Paul.

Becker schlug sich auf die Stirn. „Oh verdammt, das Geld! Das habe ich in bar dabei und völlig vergessen, es Frau Theis zu geben."

„Ich kann es hinbringen", bot Schiltz an.

Ohne zu zögern, reichte Becker Schiltz das Geldbündel. „Tausend Euro. Du würdest das wirklich tun?“
„Sieh es als erledigt an.“

Anschließend fand der Sekretär seinen Platz im Laderaum von Beckers geliehenem Wagen. Er schätzte sehr, dass weder Schiltz noch Szabo sich lustig machten über die rosa Blümchen, die sein Vehikel schmückten.
„Ich danke euch für eure Hilfe. Dann kutschiere ich das gute Stück jetzt sicher nach Greiweldingen.“
„Tu das. Wir fahren dann rüber zu Frau Theis und überbringen ihr die tausend Euro. Du begleitest mich sicher, Svenja?“
„Natürlich Paul, bei so viel Geld benötigst du doch eine Eskorte“, neckte sie ihn.
„Ihr habt was gut bei mir“, fügte Becker noch hinzu.
„Ist notiert. Gute Fahrt und pass auf das Schmuckstück auf!“
„Das werde ich. Wir hören voneinander.“ Becker startete den Motor und fuhr los.
Svenja kicherte. „Der stattliche Hauptkommissar sieht in dem Auto aus, wie der Gärtner vom Dienst!“
Schiltz schmunzelte. „Lass uns das Geld abliefern.“

Kapitel 4

Greiweldingen

Es dämmerte bereits, als Becker zu Hause eintraf. Er parkte den Wagen rückwärts vor der Eingangstür und stieg aus. Aus dem Inneren des Hauses hörte er Jessys freudiges Bellen. Dann flog die Eingangstür auf und Catherine stürmte auf ihn zu.

„Ist er so schön, wie auf den Fotos?“

Catherine beobachtete gespannt, wie ihr Mann die Türen öffnete.

„Oh Tom! Er ist unglaublich schön.“ Sie umarmte ihren Mann. „Danke.“

„Gerne Schatz. Ich schlage vor, wir lassen ihn im Wagen bis morgen früh. Dann können Martines Zwillinge mir beim Ausladen helfen.“

Catherine zog einen Schmollmund. „Du weißt schon, dass ich ab morgen bis Mittwoch zu Emilia in die Eifel fahre. Bitte, wir holen ihn jetzt rein“, bettelte sie. „Ich hole die Zwillinge.“

Bevor er etwas erwidern konnte, war Catherine schon auf dem Weg zum Nachbargrundstück.

„Hallo Jungs. Hallo Martine.“

„Hi Tom“, antworteten die Zwillinge. „Der Wagen ist noch unversehrt“, stellte Guillaume fest.

„Schade“, fügte sein Zwillingsbruder Henri hinzu.

„Das ist ein richtiges Schmuckstück“, sagte Martine Schleich.

„Ja, ein Traum“, schwärmte Catherine, während sie den Flügel der Eingangstür öffnete. „Passt gut auf, dass ihr nirgendwo anstoßt, bitte.“

Der Sekretär konnte nun mühelos hineingetragen werden. Da Catherines Arbeitszimmer sich im Erdgeschoss befand, fand das edle Stück schnell seinen neuen Bestimmungsort. Inmitten von Bücherregalen und einem Schaukelstuhl, der neben einem elektrischen Kaminofen stand, wurde er vorsichtig abgestellt.

„Der Bürostuhl wird ersetzt“, erklärte sie sofort. „Ich fahre morgen zu meiner Freundin in die Eifel und gemeinsam klappern wir einige Flohmärkte und Trödler ab, um ein passendes Pendant zum Schreibtisch zu finden.“

Becker reichte Martine die Wagenschlüssel. „Danke.“

„War mir eine Freude. Habt einen schönen Abend.“

„Ihr auch.“ Catherine schloss die Eingangstür hinter ihnen ab und ging schnurstracks in ihr Arbeitszimmer.

„Halt“, stoppte Becker sie.

Erschrocken sah sie ihn an. Jessy bellte aus der Küche.

„Wenn es dir nichts ausmacht, meine allerliebste Gattin“, er lächelte „würde ich es schätzen, wenn Sie sich zuerst um mein leibliches Wohl kümmern würden. Ich habe den ganzen Tag nichts gegessen.“

„Entschuldige, Tom.“ Sie gab ihrem Mann einen Kuss. „Die Sauce ist fertig, das Wasser für die Pasta muss nur aufkochen, und dann steht deinen Linguini nichts mehr im Weg.“

Wenig später saßen sie am Küchentisch und genossen beide die Linguini Carbonara mit einem Glas Chianti, während Becker seiner Frau erzählte, was sich tagsüber zugetragen hatte. Jessy lag gemütlich zwischen ihnen auf dem Boden und sah mit großen Augen zu ihnen auf, als würde sie jedes Wort verstehen.

„Das ist ja unglaublich, Tom! Die Geschichte vom Hahn und dem Esel kenne ich. Ob es wohl einen Zusammenhang gibt, so viele Jahre später?"

„Ich bezweifele es, nur müssen wir jeder Spur nachgehen. Der Kollege aus Diekirch hat mir einiges über den besagten Tag erzählt. Ich habe sämtliche Zeitungsartikel angefordert. Sag mal, wann fährst du denn morgen los in die Eifel zu Karina?"

„Ich dachte, nach dem Frühstück. Warum?"

„Dann habe ich ausreichend Zeit, die Zeitungsartikel zu studieren, ohne dass du mir eine Moralpredigt hältst, weil ich am Sonntag arbeite."

Catherine ging um den Tisch und drückte Becker einen Kuss auf die Stirn. „Genau. Und deswegen bleibt der Computer heute Abend aus. Sehen wir noch etwas fern oder wollen wir schlafen gehen."

„Du verzichtest sogar darauf, deinen Schreibtisch anzuhimmeln?", wunderte sich Becker lachend.

Catherine grinste verschmitzt. „Was tut man nicht alles für den Hausfrieden."

* * *

„Fahr vorsichtig", ermahnte Becker seine Frau. „Und schreib mir eine SMS, wenn du angekommen bist."

„Und du denk an die Fische. Es ist wichtig, dass du dich gut um sie kümmerst. Der Zettel mit den Anweisungen liegt neben dem Aquarium."

Becker wusste, wie wichtig das Aquarium, die Fische und die Korallen für Catherine waren.

„Mach dir keine Sorgen. Es ist nicht das erste Mal, dass ich mich um sie kümmere."

Becker begab sich in sein Büro im ersten Stock. Jessy blieb ihm auf den Fersen. Es war das erste Mal, dass Catherine fort war, seit Jessy ein Familienmitglied geworden war. Tom war nicht gewohnt alleine zu sein und mochte es nicht. Diesmal war es anders. Es war jemand bei ihm, auch wenn Catherine für ein paar Tage weg war.

Becker startete seinen neuen Laptop. Er hatte so lange an seinem alten festgehalten, bis es tatsächlich keine Updates zu zeitgemäßen Programmen mehr gab.

Dieser war nun handlicher und zwei Kilo leichter. Zufrieden stellte Becker fest, dass es nur einiger Sekunden bedurfte, bis sein Passwort abgefragt wurde. Bei seinem vorherigen Computer konnte er gemütlich einen Espresso aufbrühen.

Er tippte sein Passwort ein und blickte auf den ihm immer noch fremden Bildschirm. Wo war nun das Icon für die E-Mails. Er blinzelte. Sein Augenlicht wurde nicht besser. Er setzte seine Lesebrille auf und öffnete das Programm mit den E-Mails. Die Mail seines Kollegen sprang ihm direkt ins Auge.

Hi Tom,

Über den WeTransfer-Link kannst du dir sämtliche Zeitungsartikel und Fotos (vielleicht wichtig) herunterladen! Stehe gern zur Verfügung.

Beste Grüße, Philippe

Einige Augenblicke später öffnete Becker die ZIP-Datei, legte sich Block und Stift zurecht und begann zu lesen. Bei solchen Aufgaben liebte Tom es, seine Gedanken handschriftlich niederzuschreiben. Es war elf Uhr vormittags. Er hatte bereits drei DIN A4 Seiten mit Notizen vollgeschrieben, als sein Magen knurrte. Er ging ins Erdgeschoss. Jessy lief bellend zur Haustür. Becker nahm die Leine vom Haken und befestigte sie an Jessys Halsband. Er beschloss, eine kleine Runde zu drehen und im Laufe des Nachmittags einen ausgiebigen Spaziergang zu unternehmen.

Das Mittagessen bestand aus Croque Monsieur und Kirschtomaten, für Jessy gab es Hundekroketten. Anschließend widmete Becker sich wieder den Artikeln über Minister und Ministerien, den Bürgermeister und die Wichtigkeit des Esels für Diekirch. Die Fotos erwiesen sich als aufschlussreich. Bob Majerus, Journalist bei der Zeitung *Nordpost*, war genau in dem Moment vor Ort gewesen, als der Aufstand begonnen hatte. Er war Zeuge der gesamten Protestbewegung. Becker rückte seine Lesebrille zurecht, als er die Fotos prüfte. Emotionen spiegelten sich in den Gesichtern der Menschen. Becker erkannte den um einige Jahre jüngeren Christian Theis, sowie Personen, die sowohl auf Fotos vor der Laurentiuskirche als auch vor der Gemeinde abgebildet waren. Er druckte die Fotos aus. Er würde am Montag nach Diekirch fahren und mit Paul Schiltz darüber reden.

Dann kam die Nachricht von Catherine:

Hallo Schatz. Ich bin bei Karina angekommen. Kuss
Viel Spaß

Der Abend verlief nicht viel anders als der Tag. Abendessen für sich, Jessy und die Fische, dann wieder Artikel studieren, noch einmal kurz Gassi gehen mit Jessy. Gegen zwanzig Uhr klingelte es an der Haustür.

„Wer das wohl ist?“, sagte Becker zur Hündin.

Gemeinsam gingen sie zur Haustür. Becker staunte nicht schlecht, als Marc Koster vor ihm stand.

Der lächelte verschmitzt. „Hi. Catherine hat mir gesagt, dass du allein bist.“

„Catherine?“

„Ja. Ich habe sie heute Vormittag an einer Tankstelle getroffen.“

„Komm rein. Ich habe mich heute in einen Fall eingearbeitet und alles um mich herum vergessen.“

Koster trat in den Flur. „Ein neuer Fall?“

„Ein Mord in Diekirch. Trinkst du ein Bier?“

„Gerne.“

Becker kam mit zwei Flaschen kühlem Bier zurück. „Du brauchst kein Glas, richtig?“

„Genau. Wie immer, prost.“ Koster trank genüsslich einen Schluck. „Erzähl mir von dem Mord.“

„Du darfst aber nichts weitergeben. Alles streng vertraulich.“

„Natürlich, Tom. Du hast mein Wort.“

Becker berichtete Marc Koster, was sich am Vortag zugetragen hatte. „Dabei sollte ich bloß einen Sekretär für Catherine abholen."

„Sollte es einen Zusammenhang zwischen diesem Fall und den Protesten rund um den Esel geben, dann stell' dich auf mühselige Ermittlungen ein."

„Das wurde mir bereits beim Lesen der Zeitungsartikel klar."

„Kann ich mir die Artikel ansehen?"

„Jetzt?"

„Du kannst sie mir mailen. Falls du Hilfe brauchst Tom, also die Art von Hilfe, die ich dir anbieten kann, dann zögere nicht."

Becker lachte. „Du meinst Undercover?"

„Genau. Ich bin schließlich Privatdetektiv und du bist doch der Tom Becker, der nicht immer die Regeln einhält, um in seinen Ermittlungen voranzukommen."

Becker prostete seinem Freund zu. „Ich komme vielleicht darauf zurück. Es muss aber unter uns bleiben, wie immer!"

Die Bierflaschen klirrten aneinander.

„Ich bin verschwiegen wie ein Grab", erwiderte Koster.

Nachdem Koster sich verabschiedet hatte, mailte Becker ihm die Datei mit den Artikeln und Fotos. Um dreiundzwanzig Uhr ging er zu Bett. Jessy lag auf dem Teppich neben ihm. Dieser Regelverstoß war einzig und allein Catherines Abwesenheit geschuldet. Ansonsten nächtigte Jessy in der Küche.

Becker träumte in dieser Nacht von Esel und Hahn, aber nicht von denen aus Diekirch, sondern von den Bremer Stadtmusikanten.

Marc Koster hingegen tat in dieser Nacht kein Auge zu. Er wollte so viel wie möglich von dieser Story wissen, um bereit zu sein, falls sein Freund seine Hilfe benötigte. Er las sämtliche Artikel, begutachtete die Fotos unter einer Lupe und fertigte eine Liste mit Notizen an. Dann versank er in den Tiefen des Internets. Wie es sich für einen guten Detektiv gehörte, recherchierte er in Quellen, die einem durchschnittlichen Verbraucher nicht zugänglich sind. Er hackte sich in Server und Datenbanken und checkte Fakten und Lebensumstände von Christian Theis und seinem Umfeld.

Kapitel 5

Montag – Greiweldingen / Diekirch

Becker öffnete die Augen und blickte geradewegs in Jessys Unschuldsmiene. Die Hündin schien nicht erst seit fünf Minuten auf Catherines Kissen zu liegen. Verschlafen linste Becker auf seine Uhr. Sechs Uhr dreißig. Er schlüpfte in einen bequemen Jogginganzug und stieg die Treppen hinab in die Küche. Jessy bellte freudig.

„Zuerst Kaffee für Papa", sprach er zur Hündin.

Sie jaulte unzufrieden. Becker lachte. Während der Kaffee lief, steckte er Jessy einen Hundekeks zu.

Nach der zwanzigminütigen Tour stellte Becker erstaunt fest, wie gut er sich fühlte. Normalerweise war er ein Morgenmuffel, aber der Spaziergang hatte seinen Tatendrang geweckt. Er beschloss, die Hündin mit nach Diekirch zu nehmen. Eigentlich sollten die Nachbarin und ihre Zwillinge sich um Jessy kümmern. Becker rief die Nachbarin an.

„Naja, Tom. Die Jungs haben sich schon so gefreut. Wenn Jessy dann morgen bei uns bleiben könnte?"

„Das machen wir so, Martine. Morgen um sieben Uhr dreißig ist Jessy bei dir."

„Gut. Dann freuen wir uns auf sie."

Um 8:15 fuhr Becker los. Sein erster Weg führte ihn nach Kalchesbruck ins Einsatzgebäude, um mit Sandra Biren den Tagesablauf und die ersten Resultate der Autopsie zu besprechen.

„Hi, Tom, guten Morgen."

„Hi, Sandra. Wie geht es dir heute?"

Sandra beäugte ihn argwöhnisch. So viele Worte am frühen Morgen war sie von Becker nicht gewohnt. Sie bemerkte die Hündin. „Du hast Jessy dabei. Und ja, danke, mir geht es gut." Sie streichelte den schwarz gesprenkelten Kopf der Hündin.

„Catherine ist bis Mittwoch zu einer Freundin in die Eifel gefahren. Ich habe heute leider keinen Hundesitter für Jessy", log er.

„Was ist denn der Plan für heute?"

„Ich fahre nach Diekirch und bespreche mit Schiltz erstmal die Zeitungsartikel und die Fotos. Ich hatte gestern viel Zeit, alles zu lesen und auszuwerten."

„Oh, da bist du mir eine Nasenlänge voraus."

„Fein. Dann arbeitest du dich heute ein und morgen früh gleichen wir ab, was wir so herausgefunden haben. Ich fahre derweil allein nach Diekirch."

„Einverstanden."

„Was sagt der Obduktionsbericht?"

„Es ist noch nichts reingekommen."

„Frag doch mal nach, wann wir mit den Resultaten rechnen können."

Sandra griff zum Telefonhörer. „Bin schon dabei." Sie führte ein kurzes Gespräch, während Tom Jessy den Nacken kraulte.

„Wir müssen uns bis morgen gedulden, Tom. Die bis jetzt geführten Untersuchungen sind negativ."

„Wie ist das zu verstehen?"

„Es wurde nichts Auffälliges gefunden. Da Theis weder erschossen noch erwürgt wurde und auch keine blauen Flecken aufweist, wird eine toxikologische Untersuchung eingeleitet."

„Der toxikologische Bericht wird dann vom Untersuchungsrichter geprüft, und dieser leitet ihn dann weiter an uns", erklärte Becker.

„Genau. Also nicht vor morgen Nachmittag, würde ich meinen."

„Das nehmen wir dann so hin. Wir leisten Vorarbeit, indem du dir die Artikel vornimmst und ich bei Schiltz in Diekirch mit den Artikeln und Fotos vorstellig werde. Er kennt sicher einige der Personen auf den Bildern namentlich."

„Eigentlich warte ich darauf, dass du Zeter und Mordio schreist, weil dir alles zu lange dauert", sagte Biren.

Tom schmunzelte. „Stress ist schädlich fürs Herz, Sandra." Er griff nach der Hundeleine. „Wir fahren dann mal los."

Biren sah den beiden kopfschüttelnd, aber lächelnd hinterher.

Aus zwei Gründen hatte Becker beschlossen nicht mit einem Dienstwagen nach Diekirch zu fahren: erstens, weil er sowieso lieber mit seinem Wagen fuhr, und zweitens, damit Jessy ihr gewohntes Umfeld inklusive Decke und Kuscheltier genießen konnte.

Becker hatte sich erst kürzlich einen neuen Wagen gekauft. Lange hatte er zusammen mit Catherine gerätselt, welches Auto zu ihnen passen würde. An Catherine sollte es nicht scheitern, da sie eine Durchschnittsstatur hatte. Becker jedoch mit einer Körpergröße von 1,90 m und einer gewissen Körpermasse sollte sich natürlich auch wohlfühlen. Ein Fiat 500 wäre nicht angebracht gewesen. Und da war natürlich noch Jessy, die Hündin, die es auch bequem haben sollte. Ein nicht zu ignorierendes Kriterium war der Preis: Das Anwesen in Greiweldingen verschlang immer noch einen Großteil ihres Geldes, da es noch vieles zu renovieren gab. Eigentlich war es eine Lebensaufgabe, denn um Beckers Pläne alle zu realisieren, hätte er ein zweites Leben gebraucht.

Auf der Suche nach einem passenden Gebrauchtwagen, stieß Becker im Internet auf sein Traumauto. Ein Land Rover Defender 110, Baujahr 2011 in ‚Buckingham Blue'. Ein lang gehegter Wunsch! Der Wagen hatte nur wenige Kilometer auf dem Tacho und eignete sich perfekt für Fahrten durch die Weinberge, wenn Becker erstmal in Rente sein würde. Und die stand schon vor der Tür. Theoretisch konnte er bereits jetzt seinen Anspruch auf die Pensionierung geltend machen, da Polizeibeamte mit fünfundfünfzig in Rente gehen dürfen.

Um 11:45 stellte Becker seinen Geländewagen auf dem Parkplatz des Kommissariats in der Rue Alexis Heck ab. Mit Jessy an der Leine wurde er an der Rezeption vorstellig.

„Das tut mir leid, Herr Hauptkommissar", erklärte ein Beamter, der sich als Jim Keller vorstellte. „Paul und Svenja wurden vor fünfzehn Minuten zu einem Einsatz gerufen. Einer Frau wurde ihre Brieftasche in einer Kunstgalerie in Diekirch gestohlen. Hatten Sie sich angemeldet?"

„Leider nein."

„Ich kann ihn sofort informieren, Herr Hauptkommissar."

„Danke, ich komme klar. Ich besorge mir erstmal etwas Essbares und schreibe ihm dann eine SMS."

„Wie Sie wünschen. Einen guten Appetit, Herr Hauptkommissar, und, wenn Sie erlauben, einen braven Hund haben Sie da."

„Vielen Dank." Becker verließ das Kommissariat und holte ein Päckchen Trockenfutter für Jessy aus dem Kofferraum. Entgegen seinen Gepflogenheiten ließ er den Wagen stehen und machte sich zu Fuß auf die Suche nach einem Restaurant. Auf der *Esplanade* kehrte er in die *Sandwicherie* ein. Er setzte sich an einen Tisch in der hintersten Ecke und studierte die Speisekarte.

„Was darf es sein?", rief die Bedienung von der Theke aus.

„Ein Cappuccino und ein Caesar-Sandwich."

„Mit oder ohne Mayo?"

„Mit, bitte."

„Für ihren Hund etwas Wasser?"

„Sehr gerne. Danke schön."

Die Bedienung brachte die Bestellung und das Wasser für Jessy. Auf ihrem Namensschild stand Carole D. „Das ist eine süße Hündin."

Becker sah sie verwundert an. „Sie sind die erste Person, die gleich feststellt, dass Jessy mein Mädchen ist."

„Das sieht man doch sofort. Ich würde sie gerne streicheln, aber ich darf das nicht. Sie verstehen, Hygiene und so."

„Natürlich verstehe ich das. Darf ich ihr Trockenfutter geben?", fragte Becker.

Carole D. sah sich um. „Eigentlich mag mein Chef das nicht. Er kommt heute sicher nicht. Ich bringe Ihnen einen kleinen Teller für das Futter."

„Sie sind sehr nett", erwiderte Becker. Er zückte sein Handy für die SMS an Paul Schiltz, da klingelte es. Es war Marc Koster.

„Hi, Tom."

„Marc, Salut. Wie geht es dir?"

„Sehr gut. Bei dir alles im grünen Bereich?"

„Ich bin eben in Diekirch angekommen, esse jetzt was und treffe mich anschließend mit Paul Schiltz vom Kommissariat hier. Ich werde mit ihm die Fotos besprechen. Er kann mir sicher einige Namen nennen. Was kann ich für dich tun?"

„Ich eher etwas für dich. Ich habe mir die ganze Nacht diese Artikel und Fotos reingezogen und meine Recherchen gemacht. Du weißt, meine Quellen..."

„Natürlich. Mach es jetzt nicht so spannend, du bist bestimmt auf etwas gestoßen."

„Sagen wir mal so: Ich kann dir mehr Informationen geben als Paul Schiltz."

„Aha. Erzähl."

„Bob Majerus war tatsächlich der einzige Reporter, der von Anfang an am Ort des Geschehens war. Ich habe mich heute Nacht in seine Datenbank gehackt. Er arbeitet zwar nicht mehr bei Nordpost, aber in seiner Cloud befindet sich so ziemlich alles, was er irgendwann zusammengetragen hat. Von diesem berüchtigten Tag in Diekirch gibt es einen ganzen Ordner. Viele Namen, Adressen, Telefonnummern, Gespräche die er geführt hat. Steht nicht alles in der Zeitung."

„Mark, du bist dir bewusst, dass ich deine Ermittlungsmethoden eigentlich nicht gutheißen darf. Gib mir also nicht zu viel von deinen unkonventionellen Methoden preis."

„Natürlich nicht!", entrüstete sich Koster gespielt. „Du findest das alles selbst im Zuge deiner Ermittlungen heraus. Ich zeige dir nur den Weg. In diesem speziellen Fall wirst du dir, falls notwendig, mit einem Durchsuchungsbefehl alles von Majerus herausgeben lassen."

„Du vergisst das Pressegeheimnis, den Schutz journalistischer Quellen."

„Du findest einen Weg, falls es notwendig sein wird."

Becker nickte. „Das bringt mich in meinen Ermittlungen weiter. Verschone mich unbedingt mit Infos zu deiner Vorgehensweise."

Koster lachte. „Bei einem Bier darf ich meinem Freund schon erzählen, wie ich so arbeite!" Er machte eine Pause. „Ich hätte da eine sehr interessante Information für dich."

„Ich höre."

„Gestern Morgen hat Majerus den Ordner geöffnet und einen Unterordner hinzugefügt. Du darfst raten."

„Christian Theis?"

„Richtig. Der Name des Ordners lautet: „Christian Theis". Erstes und einziges Dokument darin trägt den Namen: Mord? Er war schon im Krankenhaus, hat sich Notizen gemacht, hat unter anderen die Namen von Laetizia, der Ex-Frau und Jeanny notiert."

„Das muss ich sehen, Marc. Können wir uns heute Abend treffen?"

„Klar, sag mir wo und wann."

„Um 18:00 bei mir."

„Klappt. Dann bis heute Abend. Ich bringe alles mit."

Becker wollte gerade in sein Sandwich beißen, da klingelte das Telefon erneut. „Becker."

„Tom, hier Paul. Keller hat mich informiert, dass du in Diekirch bist. Wo befindest du dich?"

„Ich mache gerade Mittagspause."

„Wir können uns um 13:00 im Kommissariat treffen."

„Das passt. Ich bin dann da. Bis gleich." Endlich konnte Becker sein Sandwich in Ruhe verspeisen. Da ihm noch Zeit blieb, schrieb er eine Nachricht an Catherine.

Ich bin in Diekirch. Jessy geht es gut. Schon fündig geworden?

Mit seiner Aktentasche in der Hand und Jessy an der Leine, betrat Becker das Kommissariat. Natürlich wurde Jessy zuerst begrüßt.

„Da hast du ein hübsches Tierchen", meinte Paul Schiltz und streichelte der Hündin den Kopf. „Wie heißt es denn!"

‚Schlau, schlau', dachte Becker, der natürlich bemerkt hatte, dass Schiltz das Geschlecht der Hündin geschickt umgangen hatte. „Jessy."

Schiltz lachte auf. „Okay, Jessy ist ein Unisex-Name. Da musst du mir jetzt weiterhelfen."

„Mein Mädchen ist achtzehn Monate alt. Sie ist noch sehr verspielt."

Schiltz hob den Zeigefinger. „Wir sollten jetzt nicht spielen, sondern arbeiten. Willst du Kaffee?"

„Nein danke. Im Moment nicht."

„Ich habe einen kleinen Sitzungsaal reserviert. Da sind wir ungestört. Svenja wird dabei sein, da sie damals auch vor Ort war."

Das Konferenzzimmer war spartanisch eingerichtet, der Farbton grau in grau. Ein Tisch, vier Stühle, grauer Teppichboden, weiße Wände. Ein vergittertes Fenster zeigte Richtung Innenhof. Svenja lehnte an der Wand neben dem Fenster. Sie trug ihre blaue Diensthose und ein hellblaues Hemd. Ihre rabenschwarzen Haare und dunkle Augen standen im starken Kontrast zu dem hellen Hemd.

„Hi, Tom."

„Svenja." Er nickte. ‚Attraktive Frau', dachte er.

„Wie ist es mit der Autopsie?", fragte Schiltz.

„Das dauert wohl bis morgen. Da die ersten Befunde keine Erkenntnisse brachten, wurde eine toxikologische Untersuchung angeordnet. Das hindert uns nicht daran, die Personen, die 2013 im Zusammenhang mit dieser ‚Hahn/Esel-Story' auffällig waren, unter die Lupe zu nehmen. Eine andere Spur haben wir derzeit nicht." Becker breitete seine Artikel und Fotos auf dem Tisch aus. „Wer ist die Frau mit dem Megafon?"

Schiltz lehnte sich zurück und kreuzte die Arme vor der Brust. „Nicole Rizzo, die Ex-Frau von Christian Theis. Er hat sie damals verlassen wegen Laetizia Theis-Perreira, der heutigen Witwe."

„Da muss die heutige Frau Theis noch sehr jung gewesen sein."

„Anfang zwanzig. Ich glaube das war ein herber Schlag für Nicole Rizzo."

Becker sinnierte. „Laetizia Theis erwähnte doch, dass sie und das Opfer am Valentinstag geheiratet hätten."

„Ja, das stimmt."

„Das ist erst ein paar Monate her. Das hat der Rizzo vielleicht nicht gefallen."

„Könnte sein."

„Okay, lass uns festlegen, wem wir einen Besuch abstatten. Kandidatin eins wäre Nicole Rizzo."

„Wer ist die Frau neben Nicole Rizzo?"

„Das ist Claudia Koch. Die beste Freundin von Rizzo. Die beiden sind noch heute viel gemeinsam unterwegs."

„Und wer ist das?" Becker zeigte auf einen Mann in karierten Pantoffeln und Morgenmantel.

„Das ist Mich. Sein Familienname fällt mir gerade nicht ein, bekommst du später von mir."

„Der sieht nicht glücklich aus. Er befand sich auch vor der Gemeinde." Becker beäugte einige Fotos, zog dann seine Lesebrille aus der Tasche und setzte sie auf. „Ah, da ist er. Schau her, der mit Handy und dem entsetzten Gesichtsausdruck."

„Das hast du gut erkannt. Er erhält da eine schlechte Nachricht."

Becker warf einen Blick auf Jessy, die friedlich auf dem weichen Teppichboden vor sich hinschlummerte, während Schiltz die Fotos beäugte.

„Schau, das ist Jeanny und daneben, der Junge, das ist ihr Sohn Paul. Jeanny ist Michs Schwester, sorry, war, denn sie ist an dem Tag gestorben."

„Deswegen der entsetzte Blick?", fragte Becker.

„Er erhielt da einen Anruf von Paul, seinem Neffen. Jeanny war Frührentnerin wegen Herzproblemen. Sie war gottesfürchtig, streng gläubig und auf dem Platz vor der Laurentiuskirche war sie damals auch anwesend. Wie das Schicksal so spielt, verstarb sie an dem Tag an einem Herzinfarkt.

Becker stieß die Luft aus. „Mord aus Rache?"

Schiltz zog die Augenbrauen hoch. „Ein Motiv wäre es, da stimme ich zu. Aber nach so vielen Jahren?“

„Wie sagte Lannerts: Hass verjährt nie! Wir statten Mich und Jeannys Sohn einen Besuch ab.“

Während der nächsten zwei Stunden erfuhr Becker noch einiges mehr über die verschiedenen Personen auf den Bildern und kritzelte eifrig Notizen in sein Heft. Auch Lannerts und seine Frau waren auf einem Foto, der damalige Pfarrer und natürlich viele Bewohner Diekirchs, die allem Anschein nach eher schaulustige Statisten waren.

Gegen sechzehn Uhr klappte Becker sein Notizheft zu. „Für heute reicht es. Ich schlage vor, ich komme morgen wieder und wir statten unseren ‚Kandidaten‘ einen Besuch ab. Könntest du bitte Adressen und Telefonnummern sowie Arbeitsplätze ausfindig machen? Ich würde gern als erstes diesen Majerus sprechen.“

„Ich kümmere mich drum“, bot Svenja an.

„Perfekt“, sagte Schiltz. „Ich begleite dich noch hinaus, Tom.“

„Ich versuche gegen 10:00 hier zu sein. Ich fahre vorher noch ins Büro und bespreche mich mit meiner Kollegin Sandra.“

„Das klingt nach einem Plan. Hoffentlich bringt die Autopsie Licht ins Dunkel.“

„Hi, Marc, ich bin auf dem Weg nach Greiweldingen. Passt 18:00 noch immer?“

„Natürlich.“

„Isst du noch immer gerne Mettbrötchen?“

„Das ist mein zweiter Name“, scherzte Marc.

„Okay, dann hole ich uns etwas Proviant. Bierchen habe ich zu Hause."

„Coole Idee. Ich bringe meine Infos mit und dann kann uns heute nichts mehr aus der Fassung bringen."

Becker ließ sich den kleinen Abstecher nach Remich zu Ben, seinem Metzger des Vertrauens, nicht nehmen.

„Herr Hauptkommissar." Der Metzger deutete eine leichte Verbeugung an. „Wie geht es deiner lieben Jessy."

Mit einer Scheibe Lyoner trat der Metzger vor die Theke. Jessy trabte freudig auf ihn zu.

Ben kniete sich vor die Hündin. Sanft nahm sie die Wurstscheibe in die Schnauze, tapste zu Becker zurück, legte sich die Scheibe zurecht und verspeiste sie genüsslich.

„Danke Ben", sagte Becker.

„Für dich Mettbrötchen. Zwei?"

„Sind es die kleinen oder die länglichen?"

„Die Baguettebrötchen sind alle weg."

„Dann schmiere mir sechs von den Kleinen."

Ben hob eine Augenbraue. „Deine Frau ist wohl nicht zuhause."

Becker lachte. „Erraten! Ein Freund besucht mich heute Abend. Pack' mir noch vier *Wirschtercher* dazu, und", er blickte zu Jessy hinab, „ein Stück Lyoner."

„Wäre das alles?"

„Ja."

„Das macht dann 21,30 Euro."

Becker legte 22 Euro auf die Theke. „Stimmt so." Er schmunzelte. So hatte er wie immer Jessys Leckerli selbst bezahlt.

Nach einer kurzen Runde mit einer offensichtlich erschöpften Jessy war Becker auf der Couch eingeschlafen, bis das aufgeregte Bellen der Hündin ihn hochfahren ließ. An der Haustür klingelte jemand Sturm. Schlaftrunken öffnete Becker die Tür.

„Sag mal, hast du Oropax in den Ohren?“, erkundigte sich Marc Koster. „Ich dachte schon, es sei dir was zugestoßen.“

Becker gähnte. „Ich bin in meinem Leben noch nicht so müde gewesen, wie vorhin. Ich kann mich nicht mal mehr erinnern, wie ich eingeschlafen bin. Das muss an den vielen Spaziergängen mit Jessy liegen.“

„Darf ich eintreten?“

„Natürlich. Wir machen es uns im Wohnzimmer bequem.“

Eine halbe Stunde später war alles bereit. Brötchen, Bier, Dokumente, Notizen, Laptop.

„Prost!“

Becker zog eine Grimasse beim ersten Schluck. „Ist das Bier immer so bitter?“

„Du wirst mir doch nicht krank werden?“, fragte Marc besorgt.

Die beiden Männer lachten, prosteten sich noch einmal zu und tranken einen weiteren Schluck.

„Dann mal los“, sagte Marc. „Erzähl mir, was du erfahren hast, und ich denke, ich kann dir ergänzende Informationen liefern.“

„Ich nehme an, die kommen aus der ‚Mord‘-Cloud dieses Reporters.“

Koster schmunzelte. „Genau. Er hat damals alles sehr detailliert niedergeschrieben. Er muss enttäuscht gewesen sein, dass er nur einen Bruchteil davon für seine Artikel verwenden durfte."

Becker setzte seine Lesebrille auf und zog seine Notizen an sich heran. „Also ich gehe von Mord aus."

„Ich habe es nicht anders erwartet."

„Fangen wir mal mit Nicole Rizzo an."

„Sie ist die Exfrau. Damals hatte ihr Mann sie wegen einer Jüngeren verlassen. Er hat diese Jüngere vor einigen Monaten geheiratet."

„Genau. Also ein Motiv", erwiderte Tom.

„Kommen wir nun zu einem tragischeren Fall. Betroffen sind Mich, Jeanny und ihr Sohn Paul."

Becker zeigte Marc die Personen auf den Fotos.

„Das hat Majerus detailliert beschrieben. Er war damals im Krankenhaus, hat mit Jeannys Bruder Mich und seinem Sohn Paul gesprochen und alles niedergeschrieben. Kann ich dir alles zukommen lassen. Mich hat kein gutes Haar an Theis gelassen. Hurensohn und Schnapsdrossel sind einige von unzähligen Flüchen."

Becker kritzelte Schnapsdrossel auf seinen Notizblock.

„Du brauchst nichts zu notieren. Ich habe dir alles zusammengeschrieben." Koster las das Wort, das Becker notiert hatte. „Schnapsdrossel?"

„Ich glaube Theis hatte ein Alkoholproblem."

„Woher stammt diese Erkenntnis?"

„Er hatte Alkohol im Blut, als er ins Krankenhaus eingeliefert wurde. 0,9 Promille. Und das bereits am frühen Morgen! Und hier wird er als Schnapsdrossel betitelt. Das muss ich hinterfragen."

„Komisch, dass der Reporter davon nichts erwähnt hatte."

„Das wundert mich auch.“ Becker biss herzhaft in sein Brötchen.

„Der Pfarrer. Majerus hat mit ihm gesprochen“, fuhr Koster fort.

Becker nickte kauend. „Lies.“

Koster analysierte den Bericht des Reporters Majerus. „Der Pfarrer schien gefasst, wenn auch nicht ganz zufrieden. Ich sprach ihn darauf an. Er erwiderte: Das bin ich wahrlich nicht und ich werde meinen Unmut kundtun. Wissen Sie, es ist sinnlos die Menge aufzuwiegeln. Gott gab uns andere Waffen als Radau und Gewalt. Ich fragte ihn welche?

Er antwortete: Stift und Papier! Er würde an den höchsten Stellen intervenieren und Protestbriefe verfassen. Protestbriefe an die Gemeindeverwaltung, an den Bischof, an das Kulturministerium mit Kopie an den Staatsminister und nicht zu vergessen, an den Vatikan.“

„Und du glaubst, dass der Pfarrer sich heute noch rächen würde?“, fragte Becker nachdenklich.

„Der Esel ist noch immer auf dem Kirchturm und dem Pfarrer sind die Sicherungen durchgebrannt. Vielleicht ist dir bekannt, was Chapman, der Mörder von John Lennon und fanatischer Christ, damals als Mordmotiv angab?“

„Da muss ich passen.“

„Er gab an, Lennon ermordet zu haben, wegen seiner Aussage ‚Die Beatles sind bekannter als Jesus Christus‘. Dabei hatte er sich am Tag vorher noch ein Autogramm von Lennon geben lassen.“

Becker überlegte. „Hass verjährt nie, sagte Lannerts. Kennst du den Namen des Pfarrers?“

„Es dürfte nicht schwierig sein, den rauszufinden.“

„Ich frage Schiltz. Der hilft mir sicher weiter."

„Es gibt eine weitere interessante Person", fuhr Koster fort. „Der Direktor des Geschichts-Museums von Diekirch!"

„Den hat Schiltz nicht erwähnt. Der ist vielleicht nicht auf den Fotos."

„Majerus schrieb in seinem Bericht, dass er nach der Aussage des Direktors unbedingt ein Foto von ihm schießen wollte, was ihm gelungen war. Dabei prallte Majerus mit einem Mann aus der Armee zusammen."

„Lannerts!"

„Möglich."

„Nein, sicher! Auf den Fotos, die ich in Majerus' Dateien gefunden habe, war nur eine Person in Armeekleidung. Das war Lannerts."

„Okay. Hör zu. Ich lese dir Majerus' Notizen zum Direktor vor. „Ich erkannte den Mann nicht. Er trug eine beige Hose, ein kurzärmliges Hemd und eine Krawatte. Unter seinem linken Arm klemmte eine Tageszeitung, in der rechten Hand hielt er eine braune Aktentasche. Erst während meiner Recherchen fand ich heraus, dass er der Direktor des Museums war. Er fragte mich, für welche Zeitschrift ich arbeite. Er hielt mir einen Vortrag darüber, dass die Laurentiuskirche ein nationales Monument sei, an dem nichts verändert werden dürfe. Der Gemeinderat schien sich darum einen Dreck zu scheren. Ich sagte ihm, dass Renovierungen bitter notwendig seien. Der Bürgermeister hatte mir im Zuge eines Artikels über die Kirche bestätigt, dass Renovierungsarbeiten bei der nationalen Denkmalschutzbehörde angefragt worden waren. Der Mann meinte echauffiert, man könne das auslegen, wie man möchte. Aber mit Sicherheit nicht als Austausch des Wetterhahns gegen den Esel! Da könne ich Gift drauf nehmen. Ich weiß das hundertprozentig, zischte er mich an. Ich fragte, woher er das so genau wisse. Er meinte, das tue nichts zur Sache. Dann wetterte er gegen die Wichtigtuer im Gemeindehaus, ein Affront gegenüber der Demokratie und allen Bürgern. Er beendete das Gespräch mit den Worten, das bliebe nicht ohne Nachspiel und ich würde schon sehen."

Becker nahm Augenkontakt zu Marc auf. „Ein weiterer Kandidat für einen Besuch."

„Jetzt bleiben noch drei."

„Und die wären?"

„Laetizia Theis, Leutnant-Colonel Lannerts (damals noch Major) und Maryse Kohl (alias Zora), die heutige Frau Lannerts."

„Zora?"

„Das erkläre ich dir gleich. Majerus Bericht zufolge, hatten weder er noch sie ein Problem mit dem Esel. Er meinte, es gäbe immer Menschen, die etwas zu meckern hätten. Sie war damals Fremdenführerin in Diekirch und verstand die Aufregung nicht. Was wäre denn dabei? Ob Hahn oder Esel! Sie fand den Esel originell. Außerdem würde diese Story wieder einige Touristen mehr bringen. Der Bericht besagt, dass Maryse Kohl in der Schule wegen ihrer roten Haare gehänselt und rote Zora genannt wurde. Lannerts war auf der gleichen Schule. An dem „Esel-Hahn-Tag" trafen die beiden sich seit Jahren zum ersten Mal wieder. Das Ende der Geschichte kennst du."

„Verliebt, verlobt, verheiratet!", scherzte Becker.

„So ist es!"

„Die beiden sind im Moment nicht relevant. Ich schreibe sie auf, für den Fall der Fälle. Vielleicht brauchen wir irgendwann ihre Hilfe, da sie damals dort waren."

Becker blickte auf die Uhr. Schon halb neun. „Ich muss gleich nochmal mit Jessy raus."

„Wir sind gleich durch, es bleibt noch Laetizia."

„Laetizia? Die war damals doch nicht dabei, oder?"

„Nein, das war sie nicht. Majerus erwähnt sie erst in seinem rezenten Dokument. Was er da notiert, ist interessant!"

„Na dann schieß los. Ich bin ganz bei dir."

„Es ist schnell berichtet. Ich lese dir vor, was er hier schreibt. Laetizia Theis-Perreira. Lernte Theis 2013 kennen, sie war einundzwanzig Jahre alt. Sie sah sich als Filmschauspielerin. Arbeitete als Statistin in Filmen in Luxemburg, kleine Nebenrollen im Ausland. Meine Recherchen haben ergeben, dass sie sich seit 2014 regelmäßig in psychiatrische Behandlung begab. Sie war sowohl im In- als auch im Ausland in Therapie. In den letzten zwölf Monaten besuchte sie ihren Psychiater zweimal im Monat."

„Welche Diagnose?", fragte Becker.

„Majerus hat die wohl nie ermitteln können. Ich werde der Sache auf den Grund gehen."

„Auch wenn ich es eigentlich gar nicht wissen darf, erlaube mir die Frage, warum hast du den Computer ihres Seelenklempners nicht gehackt?"

Koster schüttelte den Kopf. „Ob du es glaubst oder nicht, der hat keinen. Der macht noch alles analog, so wie früher. Er ist achtundsechzig Jahre alt, nimmt keine neue Patienten an, und … er ist auf Alkohol- und Medikamentenabhängigkeit spezialisiert!"

„Interessant! Laetizia Theis-Perreira muss befragt werden. Sowie dieser Psychiater." Becker und Koster betrachteten die Liste mit den Verdächtigen:

Nicole Rizzo,
Mich und Neffe Paul,
Bob Majerus,
Pfarrer,
Direktor des Museums,
Laetizia Theis-Perreira,
(Bürgermeister als Informant - nicht als Täter),
(Psychiater),
(Major Lannerts samt Ehefrau, Informant nicht im Visier der Ermittlungen, könnten eventuell von Nutzen sein für Informationen).

„Das sieht nach Arbeit aus. Danke dir, Marc, deine Recherchen sind Gold wert."

„Hat Spaß gemacht. Ich hänge mich noch ein wenig rein, bleibe an Majerus dran und lasse dich wissen, falls er etwas zu seinem ‚Mordordner' hinzufügt."

„Immer gerne. Wenn du erlaubst, führe ich Jessy kurz aus. Anschließend trinken wir gemütlich noch ein Bierchen. Ich habe noch Würstchen im Kühlschrank."

„Aber nur mit Luxemburger Senf."

„Natürlich. *Lëtzebuerger Moschter*."

Becker lachte, nickte und holte Jessys Leine.

Um 23:00 Uhr schaltete Becker das Licht aus. Er hatte sich gar nicht die Mühe gemacht, Jessy von Catherines Kissen zu verscheuchen, denn sie schlief bereits, als er das Schlafzimmer betreten hatte.

Kapitel 6

Dienstag – Greiweldingen / Stadt Luxemburg

Genau wie am Vortag hatte Becker mit Jessy einen frühen Spaziergang absolviert und sich anschließend für den Arbeitstag zurecht gemacht. Als er zur Haustür ging, um das Haus zu verlassen, bellte Jessy freudig.

Becker beugte sich zu ihr runter und kraulte sie. „Dich bringe ich nun zu Martine und den Zwillingen."

Martine Schleich erwartete Becker bereits. „Schau nicht so betrübt, sie wird einen schönen Tag haben. Die Jungs planen nach der Uni einen Besuch in Remich auf der Hundewiese. Die Vorlesungen sind heute Vormittag, sodass sie schon um 13:00 Uhr hier sein werden."

„Ich bin gespannt, wie Jessy auf ihre Artgenossen reagiert."

„Das berichten wir dir heute Abend."

Becker reichte Martine eine Tüte mit Jessys Futter. „Bis heute Abend, und danke."

„Das machen wir doch gerne. Bis später."

Um acht Uhr zwanzig betrat Becker das Einsatzgebäude in Kalchesbruck. Er klopfte an Sandra Birens Tür und öffnete sie.

„Hi, Tom. Guten Morgen."

„Morgen."

Sandra hob kurz den Kopf.

„Ist Jessy heute bei Catherine?“

„Nein. Sie ist bei den Nachbarn. Ist der Obduktionsbericht eingetroffen? “

„Noch nicht. Damit ist frühestens am späten Nachmittag zu rechnen.“

„Hast du etwas Zeit, damit wir den Diekircher Fall besprechen können.“

„Natürlich!“

Becker kramte sein Heft und die Fotos aus seinem Aktenkoffer und nahm vor dem Schreibtisch seiner Kollegin Platz. Er informierte sie, wer die Personen auf den Bildern waren, und was er bereits über sie wusste. Die Informationen, die er von Koster hatte, verheimlichte er ihr jedoch. “Was denkst du Sandra?“

„Ich gestehe, dass sich Parallelen zu der Hahn-Esel-Story finden lassen. Trotzdem, wenn ich ehrlich sein darf, Tom, finde ich es etwas an den Haaren herbeigezogen, dass es einen Zusammenhang geben soll.“

„Ich fasse mal grob zusammen. Erstens: Theis‘ Umfeld ist sich einig, dass er ein feiner Typ war. Zweitens: Dieser Leutnant-Colonel Lannerts, hat einen klaren Verdacht geäußert.“ Becker legte eine Pause ein. „Ich verfolge selbstverständlich auch andere Spuren!“

„Das beruhigt mich. Wie sieht es aus mit der Ex-Ehefrau?“

„Nicole Rizzo, sowie die Witwe stehen unter Verdacht. Wir brauchen Informationen bezüglich Lebensversicherung, Erbschaft und so weiter. Perreira und Theis sind ungefähr zehn Jahren zusammen, haben aber erst am letzten Valentinstag geheiratet. Und nun ist er tot!“

„Ich hatte befürchtet, dass du die Hahn/Esel-Story zu ernst nimmst.“

„Diese Geschichte ist ein Teil meiner Ermittlungen im Mordfall Theis."

„Wir stecken jetzt allerdings in einer Sackgasse, bis die Ergebnisse der Toxikologie vorliegen."

„Ruf doch trotzdem in Düdelingen an und frage, wie weit die sind. Ich informiere Kommissar Schiltz in Diekirch, dass wir die Ergebnisse abwarten."

Becker blätterte durch sein Heft und tippte auf die Zeitungsartikel und Fotos. „Ich verfasse inzwischen den offiziellen Bericht."

Biren hob den Zeigefinger. „Eine gute Idee!"

Becker begab sich in sein Büro und schaltete den Computer an. Bing. Er holte sein Handy aus der Hosentasche.

Hi Schatz. Wie geht es dir? Hier ist alles super. Ich habe einen wunderbaren Bürostuhl gefunden, passend zum Sekretär und noch einige Dekorationsartikel. Ich schicke dir ein paar Bilder. Ich weiß noch nicht, ob ich morgen schon zurückkomme, oder erst am Donnerstag oder Freitag. Wir haben über die Hälfte der Trödlerläden durchforstet. Schaffen sicher nicht mehr alle heute. Okay für dich? Kommst du mit Jessy klar? Und das Aquarium?

Kein Thema Schatz. Ich habe viel zu tun und ja, alles okay bei mir und Jessy und den Fischen. Liebe dich.

Ich liebe dich auch.

Fast zwei Stunden hatte er an seinem Bericht gefeilt. Immer wieder musste er Passagen löschen, da er Kosters Informationen nicht mit einfließen lassen durfte. Um dreizehn Uhr war er zufrieden. Der Bericht bestand aus vier Seiten. Beckers Bauch grummelte. Er fischte seine Kantinenkarte aus der Schublade und begab sich zu seinem Wagen. Da das Gebäude noch keine eigene Kantine beherbergte, fuhr er in die Kantine der Einsatzzentrale in Luxemburg-Verlorenkost. Die Fahrt dauerte knapp zehn Minuten. Sandra Biren saß allein an einem Fensterplatz.

Becker begab sich zur Essensausgabe.

„Bonjour, Monsieur le Commissaire“, begrüßte ihn die Bedienung.

„Bonjour, Lucie. Vous allez bien?“

„Sehr gut“, sagte sie mit charmantem französischem Akzent. „*'eute* gibt es *'ähnchenfilet à la provençale* mit Reis, Spaghetti Carbonara oder vegetarisch gefüllte Zucchini mit Bulgur.“

Becker hätte ihr gerne länger zugehört, ihr Akzent war himmlisch.

„Ich nehme das Hähnchenfilet.“

„Gerne. Ein' Nachtisch? Vanilleeis mit *'eisse 'imbeeren* oder Apfeltarte?

Becker konnte sich ein Lächeln nicht verkneifen. „Apfeltarte, bitte.“

Mit geübten Handgriffen bereitete Lucie den Hauptspeisenteller zu und stellte ihn auf Beckers Serviertablett. Dazu gesellte sich die Apfeltarte. „Das macht elf Euro.“

Becker legte seine Kantinenkarte auf das Kartenlesegerät und begab sich mit seinem Tablett zu Sandra Biren. „Darf ich?“

„Gerne. Ich muss in zehn Minuten los. Ich habe was zu erledigen."

Damit war Beckers ungestellte Frage beantwortet, warum Biren ohne ihn hergekommen war.

„Du hättest die Zucchini nehmen sollen. Die sind köstlich."

„So weit kommt es noch, dass ich mich von Grünzeug ernähre. Es reicht, dass Catherine zu oft gesund kocht."

„Weißt du Tom, ein vegetarisches Menu ist keine Strafe, es ist fleischfreies Essen. Es gibt unendlich viele schmackhafte Rezepte."

Becker pickte ein Stück Hähnchenfilet auf seine Gabel, türmte Reis und Sauce darauf und führte sie sich in den Mund. „Sehr lecker. Also nein Sandra, darauf möchte ich nicht verzichten."

„Es gibt Fleischersatz, Tom. Letztens setzten Freunde mir ein Selleriesteak vor. Im Ofen knusprig gegart, serviert mit einer Sauce und Reis. Da schmeckst du nicht mal den Unterschied zu Fleisch."

„Du hast vielleicht nicht unrecht, trotzdem: nein, danke. Sag mal, hast du in Düdelingen jemanden erreicht?"

„Ich hatte Glück, Heng war im Einsatz."

„Du meinst Heng Jaminet. Dein Buddy aus der Armee?"

„Genau der. Die Ergebnisse seien am frühen Nachmittag beim Untersuchungsrichter."

„Hat er nichts durchblicken lassen?"

„Das darf er doch nicht."

„Das verstehe ich", erwiderte Becker und dachte an Marc Koster.

Sandra sah auf die Uhr. Schon 13:40. „Ich sause dann schnell nach Sandweiler. Ich bin vor 14:30 wieder im

Büro. Dann warten wir gemeinsam auf den Anruf vom Untersuchungsrichter."

„Bei einem Espresso in meinem Büro."

Sandra freute sich. Becker besaß nämlich seine eigene, private Espressomaschine und sein Kaffee war der beste in der ganzen Einsatzzentrale. „Super. Bis später."

Becker betrat sein Büro und schaltete die Espressomaschine ein. Nachdem er seinen Kaffee zubereitet hatte, lehnte er sich zurück und legte die Füße auf seinen Schreibtisch. Dann suchte er Paul Schiltz' Nummer in den Kontakten und rief ihn an.

„Schiltz."

„Tom hier, Paul."

„Salut, Tom. Alles in Ordnung bei dir?"

„Danke, ja. Wir warten noch immer auf die Ergebnisse. Ich bin mir nicht sicher, ob es sinnvoll ist, dass wir uns vorher treffen."

„Kein Thema, Tom. Hier ist sowieso der Teufel los. Taschendiebe treiben ihr Unwesen. Seit gestern verzeichneten wir allein in Diekirch zwanzig Diebstähle, stell dir vor, zwanzig! In einer Kunstgalerie, im Automuseum, im Geschichtsmuseum, im Militärmuseum, im Brauereimuseum und im Kino. Die Täter schlugen gleichzeitig an mehreren Orten zu."

„Da sollte es doch einige Zeugen geben."

„Die Bande scheint organisiert. Die Zeugen berichten von verschiedenen Typen. Der eine beschreibt einen Jugendlichen, der andere einen Älteren, der nächste einen Weißen, der übernächste einen Dunkelhäutigen, das gleiche nochmal in der weiblichen Variante. Der Wahnsinn, Tom!"

„Das klingt tatsächlich verrückt. Mit diesen Beschreibungen ist jeder in deiner Stadt verdächtig."

„Genau. Das scheint die Taktik der Bande. Deswegen, mach' du dir keinen Stress. Wir haben hier alle Hände voll zu tun. Und solange die Ergebnisse der Autopsie nicht vorliegen, kümmere ich mich um diese Bande. Wenn du so weit bist, bin ich bereit. Okay?"

„Perfekt, Paul. Ich melde mich. Bis später."

Pünktlich um vierzehn Uhr dreißig betrat Sandra Biren Toms Büro. „Ich freue mich auf einen Espresso."

Tom nahm zwei schwarze Espressotassen aus dem Unterschrank. „Stärke eins, zwei oder drei?"

„Zwei bitte. Immer noch kein Autopsiebericht?"

„Nein. Ich habe Schiltz in Diekirch informiert. Stell dir vor, seit gestern ist eine organisierte Bande dort unterwegs. Zwanzig Diebstähle!"

„Was?"

Becker erzählte, was er von Schiltz erfahren hatte.

„Da gab es doch mal einen ähnlichen Fall, direkt hinter der Grenze zu Belgien. Ich glaube das war letztes Jahr."

„Davon habe ich nichts gehört." Becker reichte ihr den Espresso.

„Danke. Darf ich an deinen PC. Ich google das mal. Vielleicht finde ich eine Information, die Schiltz weiterhelfen kann."

Becker deutete auf seinen Stuhl. „Bitte, Madame."

„Merci, Monsieur."

Becker lehnte sich an die Wand neben dem Fenster und blickte auf den Computer. Birens Finger huschten über die Tastatur. Nach wenigen Minuten wandte sie sich an ihn. „Hör dir mal an, was hier steht! Es handele sich um eine organisierte Gruppe mit einer Vielzahl an unterschiedlichen Nationalitäten, die zeitgleich in kleinen und großen Städten zuschlägt. Taschendiebstahl, der sich in dieser Konstellation wahrscheinlich lohnt. Schau, sogar die Städte Bastogne und Arlon waren betroffen.“ Sandra setzte ihre Espressotasse an die Lippen und leerte sie in einem Zug.

„Schiltz scheint davon nichts zu wissen. Er hat es jedenfalls nicht erwähnt.“

„Ich schicke ihm diesen Link. Was meinst du?“

„Mach das.“

In dem Moment klingelte das Festnetztelefon. Mit einem Satz war Becker am Schreibtisch und nahm den Hörer ab. „Becker.“

„Holper hier!“

Becker hob einen Daumen und legte die Hand auf die Hörermuschel. „Der Untersuchungsrichter“, flüsterte er.

„Salut Fern“, begrüßte er den Untersuchungsrichter und freute sich, dass Holper für den Fall zuständig war. Er war der Dienstälteste am Gerichtshof in Diekirch. Sie kannten sich seit Jahren und Holper war Becker freundschaftlicher gesinnt als manch anderer Richter.

„Ich bin ganz Ohr ... Ja gerne ... Danke ... Natürlich. Ich warte auf den schriftlichen Auftrag ... natürlich setze ich dich in Kenntnis ... Sandra Biren schickt dir gleich den Bericht per Mail zu.“

„Okay ... danke ... Wir bleiben in Kontakt.“ An Sandra gewandt meinte er: „Tja meine Liebe, da haben wir definitiv einen Mord an der Backe. Theis wurde mit Rizin vergiftet. Das Gift hat seinen Tod herbeigeführt.“

„Dein Gespür hat dich also nicht getäuscht“, meinte Biren ernst. Sie saß noch immer an Beckers Computer. „Ich habe den Bericht bereits an Holper gemailt. Mal sehen, was Wikipedia über Rizin zu berichten hat.“

„Ich informiere Schiltz und werde morgen nach Diekirch fahren.“

„Soll ich dich begleiten?“

„Das entscheiden wir später. Recherchiere alles, was es über Rizin zu wissen gibt.“

„Das mache ich. Ich stelle ein übersichtliches Dokument zusammen und gegebenenfalls rede ich mit einem Spezialisten aus der Toxikologie.“

„Perfekt. Würde es dir etwas ausmachen, das in deinem Büro zu tun.“

Biren lachte. „Nein, natürlich nicht.“

Die Zeit verging schnell. Becker erhielt den toxikologischen Bericht vom Untersuchungsrichter per E-Mail. Er teilte diese Information sofort mit Sam und Lara von der Spurensicherung und informierte Koster. Da er sich nicht mit Koster am Telefon besprechen wollte, verabredeten sie sich ein weiteres Mal für den Abend um 19:00 Uhr.

„Heute bringe ich das Essen mit“, bot Koster an. „Hast du noch ein Bierchen im Haus?“

„Zwei“, erwiderte Becker.

Kurz nach siebzehn Uhr verabschiedete er sich von Biren. „Ich bin morgen gegen 08:00 hier. Im Anschluss legen wir die Strategie für den Tag fest.“

„Gerne. Ich bin in Kontakt mit Schiltz, wegen dieser Einbrecherbande. Die haben heute Nachmittag in Ettelbrück zugeschlagen. In der Fußgängerzone und beim Patton-Monument, als ein Touristenbus dort Halt machte."

„Schreibe Schiltz, er soll sich mal die nächste Stadt ansehen, die kulturelle Gebäude beherbergt. Entweder Mersch oder Richtung Norden. Vielleicht kann man den Tätern einen Schritt voraus sein."

Auf der Nachhausefahrt rief Becker seine Nachbarin an. „Hallo, Martine. Tom hier. Ich bin unterwegs. Wie geht es Jessy?"

Er spürte ein kurzes Zögern. „Ja, also Jessy geht es gut."

„Schön. Ich hole sie dann gleich ab."

Becker parkte seinen Defender und begab sich umgehend zu den Nachbarn. Martine bat ihn herein. „Sie hat eine kleine Verletzung an der Pfote, nichts Dramatisches, wir waren bereits beim Tierarzt", rasselte sie die Worte ohne Punkt und Komma herunter.

Becker stürzte zur Couch. Ein dünner Verband umschlang Jessys Pfote. Becker streichelte ihr den Kopf. „Was ist passiert?"

„Die Jungs waren mit ihr auf der Hundewiese. Da ist sie in einen Holzsplitter getreten, als sie dem Ball hinterherrannte. Du kannst den Verband morgen abnehmen und sicherheitshalber ein kleines Pflaster aufkleben.. Übermorgen ist es dann Schnee von gestern."

Vorsichtig hob Becker Jessy in seine Arme. „Dann trage ich sie wohl jetzt rüber zu mir."

„Ich soll dir von den Jungs ausrichten, es tue ihnen leid."

„Kein Thema. Sie konnten nichts dafür."

„Danke, Tom."

„Morgen bleibt sie bei mir. Das verstehst du doch?"

„Natürlich. Einen schönen Abend und mach dir wirklich keine Sorgen."

Becker bettete Jessy auf das Sofa. Sie sah ihn aus ihren großen Augen an, bellte dann freudig und schleckte ihm die Nase ab. Dann sprang sie von der Couch und tapste, leicht humpelnd, umher.

Pünktlich um 19:00 Uhr klingelte Koster an der Tür. Er schwenkte eine Tüte. „Von deinem Lieblingsmetzger. Können wir in die Küche gehen?"

„Natürlich."

„Hast du ein Holzbrett, auf dem ich die Leckereien anrichten kann."

Becker holte eines aus einer Schublade. Er zeigt auf den Messerblock. „Messer sind da!"

Koster legte seinen zugeklappten Laptop auf den Tisch und holte vier Päckchen aus der Papiertüte. Nacheinander drapierte er eine Boulette in Scheiben, eine Fleischterrine, eine Scheibe Aspik und eine kleine Plastikschale mit Filet Américain.

Becker öffnete zwei Flaschen Bier und reichte eine an Koster.

Dann deckte er den Tisch mit Teller und Besteck, Senf, Butter und Baguette. Koster stellte die Holzplatte dazwischen. „Dann wollen wir mal."

Schweigend füllten beide ihre Teller.

„Erzähl mal Tom. Was gibt es Neues?"

Becker verzehrte genüsslich einen Bissen Fleisch, und teilte anschließend seinen Wissensstand mit Koster. „Der Untersuchungsrichter ist Fern Holper. Der ist ganz okay. Wie gesagt, durch das Rizin trat der Tod mit Verzögerung ein. Biren, meine Kollegin, verfasst eine Analyse über das Gift. Wir sind uns einig, dass nicht unbedingt die Hahn/Esel-Story das Mordmotiv ist. Erbschaft und Lebensversicherung stehen ebenso als mögliche Motive im Raum."

„Da kämen Frau und Exfrau ins Spiel", fügte Koster hinzu.

„Genau. Übrigens", Becker schluckte seinen Bissen hinunter, „gehört zwar nicht zum Thema, aber in Diekirch und in Ettelbrück ist eine Taschendiebbande unterwegs." Er erklärte Koster ihr Vorgehen.

„Das hat nichts mit deinem Fall zu tun, oder?"

„Nein. Nur bei den Kollegen in Diekirch ist Land unter. Scheint eine große Bande zu sein, die überregional organisiert ist."

„Sonst noch was?", fragte Koster.

„Zurück zum Fall Theis. Ich habe einen offiziellen Bericht verfasst."

„Kann ich den lesen?"

„Nein, das geht nicht Marc", erwiderte Becker gespielt entrüstet. „Wenn das durchsickert, macht der Untersuchungsrichter mich einen Kopf kürzer." „Dann würde noch immer ein Meter sechzig übrig bleiben", scherzte Koster.

Becker erhob sich und holte eine blaue Plastikhülle von der Küchenablage. „Ich Dummkopf. Da lass ich den Bericht einfach so rumliegen."

Koster grinste, schob eine Gabel Aspik in den Mund und legte sich den Bericht zum Lesen zurecht.

Becker holte seinen Laptop und loggte sich ein. Sandra Birens Rizin-Analyse befand sich bereits im Ordner ‚Theis'.

Die beiden Männer verzehrten ihr Mahl, während sie ihre jeweiligen Dokumente konsultierten.

Koster sprach als erster. „Es geht nichts aus deinem Bericht hervor, was ich nicht schon weiß."

Becker drehte das Display seines Laptops zu Koster. „Birens Analyse ist sehr interessant. Lies mal."

„Fass du doch zusammen. Ich habe meine Recherchen dazu bereits gemacht."

„Wie hätte es anders sein sollen. Der Fall scheint dich zu interessieren."

„Nicht so sehr der Fall, aber es macht mir einfach Spaß, Maulwurf zu spielen."

„Biren schreibt:

- Rizin ist ein äußerst giftiges Protein aus den Samen des Wunderbaums,
- im menschlichen Organismus bringt es die kontaminierten Zellen zum Absterben.

Dann erläutert sie hier die Dosis ... ich überfliege das jetzt ... bei Erwachsenen, Kindern ... Die Details lese ich nachher.

Nächster Punkt:

- Gewinnung: Nebenprodukt der Rizinusölherstellung,
- Zuführung: oral, intravenös, inhalativ oder subkutan,

- Vergiftungsfolgen: Verdauungstrakt wird in Mitleidenschaft gezogen (Magen, Darm, Leber, Nieren),
- Symptome: Übelkeit, Erbrechen, Schwäche, Schmerzen, akuter Flüssigkeitsverlust,
- Rizin zerstört die roten Blutkörperchen,
- Der Tod tritt 36 bis 72 Stunden nach Aufnahme einer tödlichen Dosis ein.“

„Hat sie gut recherchiert und verständlich zusammengefasst. Deswegen fällt mir gleich etwas ein, was ich in meiner Analyse erwähnen möchte.“

Becker sah seinen Freund gespannt an.

„Rizin ist in der Kriegswaffenliste des deutschen Kriegswaffenkontrollgesetzes aufgeführt. Tatsächlich wurde es schon nachgewiesenermaßen bei terroristischen Anschlägen verwendet. Der erste bekannte Einsatz von Rizin als Waffe war 1978 beim Regenschirmattentat, als der bulgarische Journalist und Dissident Georgi Markow in London von bulgarischen Geheimdienstagenten auf offener Straße mit einem Regenschirm, dessen Spitze mit einer 1,52 Millimeter großen Kugel mit 40 Mikrogramm des Toxins präpariert worden war, angegriffen und in den Unterschenkel gestochen wurde. Markow starb einige Tage später im Krankenhaus an einem Kreislaufversagen als Folge der Vergiftung.“

„Interessant. Markow starb einige Tage später im Krankenhaus, und wie Biren schreibt, tritt der Tod 36 bis 72 Stunden nach Aufnahme einer tödlichen Dosis ein. Also ist Theis das Gift einige Tage vor seinem Ableben zugeführt worden.“ Tom überlegte. „Als ich ihn fand, flüchtete eine Person aus dem Haus! Warum war sie dort?“

Koster lehnte sich zurück und kreuzte die Arme. „Der Täter wollte sich vergewissern, ob Theis bereits tot war.“

Becker zuckte die Schultern. „Riskante Aktion, aber möglich wäre es. Ich nehme den toxikologischen Bericht mal genau unter die Lupe.“

Er durchsuchte den Unterordner und fand den Bericht. Er drehte den Laptop zu Koster und gemeinsam lasen sie ihn durch.

„Da, sieh!“ Koster deutete auf einen Absatz auf der zweiten Seite. „Es gibt keine Einstiche, die auf intravenöse oder subkutane Zuführung hindeuten. Das Gift wurde oral zugeführt, innerhalb der letzten zweiundsiebzig Stunden vor seinem Ableben. Es besteht die Möglichkeit, dass es eventuell zwei oder dreimal zugeführt wurde. Das Opfer hatte am Tag seines Todes Alkohol im Blut und seine Leberwerte zeugen von starkem Alkoholkonsum. Es besteht der Verdacht, dass das Gift einem alkoholischen Getränk beigemischt wurde.“

Becker schlug sich auf die Stirn. „Kräuterschnaps habe ich in Theis Haus gesehen. Überdies geht ihm ein Ruf als Schnapsdrossel voraus.“

„Das werden spannende Untersuchungen. Verdächtige brauchen Alibis über mehrere Tage.“

Becker nickte. Ich werde gleich morgen früh eine Videokonferenz mit Biren, Schiltz, Szabo, Sam und Lara anberaumen, sie informieren und die Vorgehensweise festlegen.“

Koster hob seine Flasche Bier. „Skol, mein Freund. Good luck.“

Kapitel 7

Mittwoch – Kalchesbruck / Diekirch

Genau wie die Tage zuvor hatte Becker mit Jessy den frühen Spaziergang absolviert. Die Wunde schien ihr nicht zu schaffen zu machen. Anschließend hatte er sich für seinen Arbeitstag zurecht gemacht, Jessy auf dem Rücksitz des Wagens verstaut und war ins Büro gefahren.

Gut gelaunt begrüßte er jeden, den er auf seinem Weg ins Büro kreuzte. Jessy schenkte man weit mehr Beachtung als ihm.

„Guten Morgen, Sandra."

„Hi, Tom. Schon im Büro."

„Der Fall Theis, Sandra. Würdest du bitte so schnell wie möglich eine Videokonferenz einberufen mit Schiltz, Szabo, Sven, Lara, dir und mir. Idealerweise um 09:00."

„Ich versuche sie sofort zu erreichen."

Becker ging in sein Büro und braute sich einen Espresso. Jessy gab er eine Schüssel mit Wasser. Daraufhin las und verarbeitete er seine E-Mails.

Die Videokonferenz begann um 09:45.

„Guten Morgen und herzlichen Dank, dass ihr euch so kurzfristig Zeit genommen habt. Wie Sandra schon erwähnte, geht es um den Fall Theis und das Resultat der Autopsie."

„Guten Morgen“, antworteten alle synchron. Sam und Lara hatten sich aus Laras Büro hinzugeschaltet, Schiltz und Szabo aus dem Kommissariat in Diekirch.

„Ich erlaube mir, eine vom Fall abweichende Frage zu stellen. Paul, wie läuft es mit dieser Bande?“

„Die Ettelbrücker haben angeboten, den Lead zu übernehmen, damit wir an dem Mord arbeiten können, solange die Spur noch heiß ist. Und danke für die Mail, Sandra. Wir haben schon überregionale Warnungen verschickt.“

„Kein Thema. Ich hoffe, dass das keine unendliche Story wird. Damals in Belgien wurden die Täter nicht gefasst.“

„Mehrere Zeugen haben sich die Bildkataloge mit den polizeibekannten Taschendieben angeschaut, jedoch ohne Resultate. Nicht ein einziges Match mit einem aktenkundigen Kriminellen.“

„Hoffentlich haben wir mehr Glück mit dem Mörder von Theis“, lenkte Becker das Gespräch auf das Thema der Konferenz.

„Genau“, antwortete Schiltz. „Dann bring uns mal auf den letzten Stand.“

„Ich habe euch allen meinen Bericht sowie den der Obduktion gemailt. Hattet ihr Zeit, sie zu lesen?“, fragte Becker.

Jeder Teilnehmer bejahte.

„Gut, dann komme ich gleich auf den Punkt. Sandra hat Recherchen über das Rizin gemacht, mit dem Theis vergiftet wurde, und was augenscheinlich zu seinem Ableben geführt hat. Ich selbst habe gestern Abend alles detailliert studiert und es sieht danach aus, als hätte das

Rizin seinen Tod in zwischen achtundvierzig und zweiundsiebzig Stunden herbeigeführt."

„Das bedeutet, dass wir die Alibis der Verdächtigen über mehrere Tage hinweg prüfen müssen", meldete sich Szabo zu Wort.

Becker nickte. „Ich schlage Folgendes vor. Wir bilden zwei Teams und teilen uns die zu Befragenden auf. Team eins: Sandra und du, Paul. Team zwei: Svenja und ich. So haben sowohl Sandra wie auch ich jemanden an der Seite, der sich in Diekirch auskennt. Ich erstelle eine Liste, wer wen befragt. Wir würden noch heute beginnen. Sandra und ich wären dann so gegen dreizehn Uhr dreißig in Diekirch. Einverstanden?"

„Das ist perfekt", erwiderte Svenja. Ihr Blick traf den von Becker und verweilte einen Moment auf seinem Gesicht, bevor sie sich von ihm abwandte.

Becker räusperte sich und trank einen Schluck Wasser. „Sam, Lara. Wie geht ihr vor, nach dem Bericht zur Autopsie?"

„Wir widmen uns zuallererst allen Gläsern und Flaschen, die die Kollegen der Spurensicherung mitgenommen haben. Wir müssen heute noch einmal zum Tatort fahren und das ganze Haus nach Flaschen oder Behältnissen absuchen. Da Theis ein Alkoholproblem hatte, ist es gut möglich, dass man ihm das Rizin über alkoholische Getränke zugeführt hat. Das bedeutet, und das wird dir, Tom, gefallen, vom Keller bis ins Obergeschoss wird jede noch so unbedeutende Ecke kontrolliert."

„Das macht Sinn, wird für euch aber eine Heidenarbeit."

„Sieht ganz so aus!"

„Gut. Dann werde ich die Liste zusammenstellen für die Befragungen und wir sehen uns auf der Dienststelle in Diekirch."

„Ich schlage vor, ich erstelle eine Message-Gruppe fürs Handy."

„Perfekt. Habt einen schönen Vormittag."

„Danke gleichfalls."

Biren beendete die Konferenz per Mausklick.

„Sag mal, Sandra. Könntest du mir einen Gefallen tun und mit Jessy Gassi gehen? Ich würde gerne den Untersuchungsrichter informieren, wie wir jetzt vorgehen, den Bericht vervollständigen und die Liste für Team eins und zwei aufstellen."

„Ja, natürlich. Das mache ich doch gerne."

Becker saß am Computer und tippte die Liste:

Team 1: Biren/Schiltz

- Bruder Jeanny
- Sohn Jeanny
- Pfarrer
- Direktor Geschichtsmuseum

Team 2: Becker/Szabo

- Laetizia Theis (Priorität; informieren, dass Mann vergiftet wurde)
- Nicole Rizzo, Ex-Frau Theis
- Bob Majerus

Er konnte den Psychiater noch nicht erwähnen, da er diese Information möglicherweise erst im offiziellen Gespräch mit Majerus erhalten würde. Er würde seine Fragen jedenfalls in die Richtung formulieren.

Ganz sicher würden sie nicht alle am Nachmittag schaffen. Am Donnerstag würden sie dann mit den Befragungen fortfahren. Plötzlich fiel ihm noch jemand ein. Er durchsuchte seine Notizen. Da war der Name. Claudia Koch, die Freundin von Nicole Rizzo. Eventuell müsste man sie für ein Gespräch in Betracht ziehen. Er fügte sie seiner Liste hinzu. Falls ein Team schneller als das andere vorankommen würde, wäre die Liste schnell angepasst.

„Wollen wir in Diekirch was essen, Sandra? Ich war letztens in der *Sandwicherie*, sie haben wirklich leckere Sachen."

„Eine Abwechslung zur Kantine tut mir sicher gut, sehr gerne."

Um 12:20 betraten sie die *Sandwicherie*. Carole D. war im Dienst.

„Guten Tag", begrüßte sie Becker freundlich und nickte Sandra Biren zu. Sie blickte über die Theke. „Die liebe Jessy ist dabei."

Becker war erfreut, dass sie sich Jessys Namen gemerkt hatte. Er steuerte seinen Tisch an, Sandra folgte ihm. Jessy legte sich an die gleiche Stelle wie beim vorherigen Mal.

„Ein Cappuccino und ein Caesar-Sandwich?", fragte Carole.

„Wir schauen uns mal an, was sonst zur Auswahl steht."

„Gerne."

Einige Minuten später brachte Carole Wasser und ein Schüsselchen für Jessy. „Haben Sie schon gewählt?"

„Ich nehme ein Club-Sandwich", sagte Sandra. „Mit Andalouse-Soße."

„Für mich das Gleiche", fügte Becker hinzu.

„Was darf es zu trinken sein?"

„Ein Cappuccino, bitte", erwiderte Becker.

„Und ein Mineralwasser, bitte."

„Sehr gerne."

Becker füllte die Schüssel der Hündin mit Kroketten. „Die Bedienung ist sehr nett."

„Das stimmt. Schon beim ersten Mal als ich hier war, war sie sehr zuvorkommend."

Die Tür ging auf und ein älterer Herr in grauer Hose, Hemd und grauem Pullover betrat den Laden.

„Guten Tag, Herr Pfarrer." Carole lachte, ging um die Theke und küsste ihn auf die Wange.

Biren und Becker warfen sich einen verstohlenen Blick zu.

„Guten Tag, Carole. Wie geht es dir?"

„Gut, danke."

„Und deiner Mutter?"

„Viel besser. In einer Woche wird der Gips entfernt, Gott sei Dank. Dann kann sie wieder selbst den Haushalt führen. Ich mache ihr sowieso nichts recht."

Der Pfarrer lachte. „Meine liebe Schwester war schon immer so."

„Was darf es denn heute sein?"

Der Pfarrer begutachtete die Auslage. „Ein Käsesandwich und ein Eclair."

„Das eine mit Camembert und das andere mit Vanille, nehme ich an."

„Keiner kennt mich besser als du, meine liebe Nichte."

„Das könnte der Pfarrer sein, der damals dabei war, bei der Hahn/Esel-Story“, flüsterte Becker.

Biren winkte Carole D. zu. „Könnte ich einen Espresso bekommen, bitte?“

„Kommt sofort.“

Carole brachte den Espresso und griff nach Beckers leerer Tasse. „Noch ein Cappuccino?“

„Nein danke.“

„Wenn es Ihnen nichts ausmacht, nehme ich Jessys Schüssel mit. Es kann sein, dass mein Chef heute auftaucht. Das gäbe Schelte für mich!“

„Hat er so wenig Respekt vor der Nichte des Pfarrers?“

Sie lachte. „Mein Chef ist eigentlich ein Netter. Aber er ist gradlinig, Pfarrernichte hin oder her.“

Nun hatte Becker sie, wo er sie haben wollte. „Ist ihr Onkel Pfarrer hier in Diekirch?“

„Ja das ist er, schon mindestens fünfzehn Jahre.“

Pünktlich wie verabredet betraten Becker, Biren und Jessy das Kommissariat. Der Beamte Keller nickte ihnen zu. „Sie werden erwartet.“ Er betätigte den Summer und Becker öffnete die Tür zum internen Bereich des Kommissariats.

Schiltz winkte sie in den Konferenzraum.

Becker grüßte und öffnete seine Aktentasche. „Ich hätte folgende Vorschläge für die Befragungen.“ Er sah kurz auf seinen Zettel. „Ich habe die zu Befragenden in Gruppen eingeteilt. Team eins, also Sandra und du, Paul, ihr nehmt euch folgende Personen vor: den Bruder von Jeanny und ihren Sohn, den Pfarrer sowie den Direktor des Geschichtsmuseums. Ich muss dazu sagen, dass der heutige Pfarrer bereits damals im Amt war.“

„Genau das wollte ich dir auch noch mitteilen“, fügte Paul hinzu.

Team zwei, also Svenja und ich, beginnen mit Laetizia Theis, die ich informieren werde, wie ihr Mann verstarb und dann befrage. Anschließend kommen Nicole Rizzo und Bob Majerus an die Reihe. Ich werde eventuell auch noch Claudia Koch befragen, Rizzos Freundin, falls es sich als notwendig erweist. Ich möchte betonen, dass wir flexibel sind. Das Team, das eher fertig ist, unterstützt das andere.“

„Ich habe alle Adressen“, fügte Paul hinzu. „Gebt mir fünf Minuten, dann setze ich sie für die Teams zusammen. Die Rizzo solltet ihr antreffen, sie führt den Zeitungsladen auf der *Esplanade*.“

Um 14:00 Uhr machten sich die Teams auf den Weg. Biren fuhr im Dienstwagen von Schiltz mit und Becker saß neben Szabo in einem weiteren Dienstwagen. Jessy döste auf dem Rücksitz vor sich hin.

„Ich weiß nicht, ob es eine gute Idee war, die Hündin mitzubringen.“

Szabo sah ihn kurz von der Seite an. „Warum hast du es denn getan?“

„Sie hat sich gestern die Pfote verletzt, als ich sie bei den Nachbarn gelassen habe. Da wollte ich sie bei mir haben.“

„Wir sagen einfach, sie sei eine Polizeihündin in Ausbildung.“

Mit amüsiertem Blick betrachtete Tom Svenja.

Sie erwiderte seinen Blick und verharrte einen Moment länger auf seinem Gesicht, als es erforderlich gewesen wäre.

Tom wandte den Blick verlegen ab und starrte aus dem Fenster des Dienstwagens, während er die plötzliche Intensität des Moments zu verarbeiten suchte.

Um 14:15 Uhr klingelten sie an der Tür zur Villa. Maryse Lannerts öffnete. Sie hatte ihre roten Haare zu einem Pferdeschwanz am oberen Hinterkopf gebunden. „Guten Tag?“, begrüßte sie Becker und Szabo freundlich. „Einen Wachhund haben sie auch dabei!“

„Guten Tag, Frau Lannerts. Stört Sie die Hündin?“

„Ganz im Gegenteil. Treten sie ein.“

„Können wir uns mit Frau Theis unterhalten?“

Maryse Lannerts nickte. „Wir trinken gerade Kaffee. Möchten Sie einen?“

„Nein danke“, antwortete Becker und sah zu Szabo.

Sie verneinte.

„Wie geht es ihr?“, fragte Becker, bevor sie das Wohnzimmer betraten.

„Den Umständen entsprechend. Sie ist gefasst.“

„Würde es Ihnen etwas ausmachen, ihr gegebenenfalls beizustehen, falls sie die Todesursache aus der Fassung bringen sollte? “

Maryse Lannerts nickte. „Besuch für dich, Tiz.“

Laetizia Theis saß am Wohnzimmertisch und umklammerte ihre Kaffeetasse mit beiden Händen. Sie war ungeschminkt, was sie weicher und bodenständiger erscheinen ließ. „Guten Tag“, grüßte sie kurz.

Jessy zog an der Leine. „Sitz.“

„Sie können sie ableinen. Das stört mich nicht.“

Becker ließ die Hündin frei und sie plumpste friedlich neben ihn auf den Teppich.

„Sie bringen Nachrichten?“, fragte Laetizia.

Becker nickte.
„Bitte, setzen sie sich.“
Becker und Szabo nahmen am feudalen Esstisch gegenüber Laetizia Theis Platz.
„Wir haben das Ergebnis der Autopsie.“ Becker legte eine kurze Pause ein.
Maryse Lannerts trat hinter Laetitia Theis.
„Frau Theis, Ihr Mann wurde tatsächlich ermordet, er wurde vergiftet.“
Laetitia ballte die Fäuste vor ihren Augen. Maryse Lannerts legte ihr die Hände auf die Schultern.
„Er wurde vergiftet! Wie schrecklich. Wer tut so was?“
„Wir stehen noch am Anfang der Ermittlungen, Frau Theis. Unser Job ist es jetzt, herauszufinden, wie das passieren konnte und wer dafür verantwortlich ist. Wir zählen auf Ihre Hilfe.“
Sie zögerte einen kurzen Moment, bevor sie leicht unsicher antwortete. „Natürlich. Ich tue mein Bestes.“
„Erlauben Sie mir gleich eine Frage. Erinnern Sie sich an die Geschichte mit dem Esel und dem Hahn auf dem Turm der Laurentiuskirche?“
Verblüfft sah sie Becker an und bejahte.
„Ihr Mann hatte damals den Hahn durch den Esel ersetzt. Dadurch hat er sich einige Antipathien eingeheimst.“
„Er hat das im Auftrag des Bürgermeisters getan.“
„Dann haben beide sich wohl einige Feinde gemacht. In diesem Fall, wenn auch unwahrscheinlich, könnte es einen Zusammenhang geben“, erwiderte Becker bedacht.
„Wir waren zu dem Zeitpunkt bereits ein Paar. Soweit ich mich erinnere, konnte der Bürgermeister schlichten

und es wurde eine Arbeitsgruppe gebildet. Das Schlimme für Christian war, dass seine Exfrau, die den Protestmarsch anführte, Mitglied in der Arbeitsgruppe wurde. Herr Kommissar, was hat das mit seinem Tod zu tun?"

„Möglicherweise nichts, Frau Theis. Wir müssen aber allen Spuren nachgehen."

„Dann beginnen Sie vielleicht bei seiner Ex-Frau. Sie hat nie aufgehört ihn wegen jeder Kleinigkeit zu belästigen. Jeder winzige Kieselstein auf ihrem Bürgersteig führte zu einer Beschwerde. Unsere Hochzeit war ein weiterer schmerzhafter Rückschlag für sie."

„Aber die Trennung liegt doch schon Jahre zurück."

„Nicole hat sich nie damit abgefunden. Sie war unnachgiebig und beharrlich. Die Scheidung hat sich über Jahre hingezogen und viel Geld gekostet."

„Wie viele Jahre?"

Laetizia sah ihn über den Tisch hinweg an. „Ich glaube fünf Jahre. Deswegen konnten wir erst in diesem Jahr heiraten."

„Selbstverständlich werden wir mit Frau Rizzo sprechen, der Ex-Frau ihres Mannes. Dennoch benötigen wir von Ihnen ein Alibi."

„Ich habe bereits erwähnt, dass ich mich zu der Zeit im Ausland aufhielt."

„Wir müssen Ihr Alibi über den Zeitraum von drei Tage überprüfen, Frau Theis."

„Ist das ein Verhör?", mischte sich Maryse Lannerts ein.

Becker erwiderte ihren Blick. „Wir haben den Auftrag vom Untersuchungsrichter, den Mord an Herrn Theis aufzuklären. Wir können die Gespräche auch im Kommissariat führen. Falls Frau Theis einen Anwalt hinzuziehen möchte, kann sie das gerne tun."

„Alles in Ordnung, Maryse. Ich habe nichts zu verbergen."

„Dann haben Sie sicher auch nichts dagegen, wenn ich ihre Aussage aufzeichne?", fragte Szabo dazwischen.

„Tun Sie das." Sie wandte sich an Becker. „Bisher wissen Sie bereits, dass ich am Tag des Todes meines Mannes aus Deutschland von einem Casting zurückgekehrt bin. Einen Tag zuvor hatte ich mich dorthin begeben und in einem Hotel übernachtet."

„Wir benötigen die Namen und Adressen der Casting-Agentur und des Hotels. Es gibt dort sicher Zeugen, die Ihre Angaben bestätigen können?"

„Das ist kein Problem."

„Mit welchem Verkehrsmittel sind Sie zum Casting gereist?"

„Mit dem Zug von Diekirch über Ettelbrück nach Luxemburg-Stadt und dann nach Trier. Dieselbe Strecke habe ich für den Rückweg genommen."

„Haben Sie die Fahrscheine noch?"

„Alle Dokumente meiner Reise bewahre ich in einem Online-Wallet auf meinem Handy auf."

Könnten Sie mir diese Informationen übermitteln, damit wir Ihr Alibi überprüfen können?"

„Gewiss." Laetizia Theis öffnete ihr Handy und präsentierte Svenja Szabo den App-Inhalt.

Svenja notierte sich alle relevanten Details und fertigte Bildschirmfotos an.

Becker sah sich nach Jessy um. Sie lag mittlerweile neben Szabos Stuhl. „Um welche Rolle ging es denn bei dem Casting?"

„Ich habe mich für die Hauptrolle in einem Horrorfilm beworben."

„Ein Horrorfilm? Das überrascht mich, das passt nicht so recht zu Ihnen."

„Herr Kommissar, man darf in dieser Branche nicht allzu wählerisch sein, wenn man Fuß fassen möchte. Es gibt nur eine einzige Rolle, Sie verstehen sicher, von welcher ich rede, die ich niemals annehmen würde."

Becker verstand, was sie meinte.

Sie fuhr fort. „Dieser Film ist von einem jungen Regisseur, der sich auf künstlerisch hochwertige Werke spezialisiert hat. Einer seiner Filme wurde bereits mit einem Preis für aufstrebende Talente ausgezeichnet."

Becker sah Szabo an. „Sie haben alles aufgenommen?"

Sie nickte. „Das Alibi ist dürftig. Mit einem Mietwagen wären Sie schnell in Luxemburg gewesen, um Ihrem Mann das Gift zu verabreichen."

Die Tür ging auf und Leutnant-Colonel Lannerts trat ein. „Was habe ich da gehört? Ihrem Mann das Gift zu verabreichen?"

Jessy stand auf und bellte.

„Guten Tag Leutnant-Colonel", begrüßte Becker ihn. „Das ist meine Hündin. Ihre Frau erlaubte mir …"

„Wenn Sie es erlaubte, ist alles in Ordnung."

„Herr Theis wurde tatsächlich ermordet und derzeit ist jeder ohne stichfestes Alibi verdächtig."

„Sie könnten dennoch etwas einfühlsamer sein. Laetitia hat es im Augenblick wahrlich nicht leicht." Er warf ihr einen mitleidigen Blick zu.

Becker wandte sich wieder an Frau Theis. „Ich würde Sie dennoch darum bitten, das Land vorerst nicht zu verlassen, Frau Theis. Meine Telefonnummer haben Sie, falls Ihnen etwas Wichtiges einfällt."

Lannerts gesellte sich zu seiner Frau und küsste sie auf die Wange. „Haben Sie denn schon eine Spur, Herr Kommissar?"

„Ich kann Ihnen das leider nicht mitteilen, Leutnant-Colonel. Ich bin sicher, Sie verstehen das."

„Natürlich. War mein Tipp mit dem Esel und dem Hahn für Sie hilfreich?"

„Wir gehen der Spur nach."

„Es gab noch einen Vorfall, über den ich Sie informieren wollte."

„Erzählen Sie."

„Damals geschah etwas ganz Dramatisches. Eine Frau, sie war streng katholisch, regte sich so sehr über den Esel auf dem Kirchturm auf, dass sie einem Herzanfall erlag. Ihr Sohn und ihr Bruder sind Bekannte von uns, ich würde sie jedenfalls befragen."

„Bekannte? Trauen Sie einem von den beiden einen Mord zu?"

„Das liegt nicht in meinem Ermessen. Sie haben sehr unter dem Verlust gelitten. Ihr Sohn hat sich nie vollständig aus dieser Lebenskrise herausgearbeitet. Er lebt noch immer bei seinem Onkel, also dem Bruder von Jeanny. Ich möchte nicht vorgreifen, aber Sie finden es sowieso heraus. Er raucht dieses komische Grünzeug, hat die Schule abgebrochen, arbeitet nicht, soviel ich weiß. Der Onkel, Mich ist sein Vorname, hat alle Hände voll zu tun mit ihm."

Becker dankte für die Informationen, obwohl er die Geschichte schon kannte.

„Gern geschehen, Herr Kommissar. Bitte zögern Sie nicht, wenn Sie eine Frage haben. Ich und meine liebe Frau waren an dem Tag schließlich hautnah dabei."

„Genau wie der Journalist, der die exklusiven Artikel geschrieben hat."

„Ich erinnere mich an ihn. Er hat mich angerempelt, ich hatte ihm ein kurzes Statement gegeben. Mein Angebot steht, melden Sie sich bei Bedarf."

„Danke, Herr Leutnant-Colonel. Ich komme vielleicht darauf zurück." Er warf Szabo einen kurzen Blick zu. „Sind wir bereit zum Aufbruch?"

Sie nickte.

„Ich begleite Sie zur Tür", bot Maryse Lannerts an und schritt bereits auf sie zu. Becker leinte Jessy an.

In der Tür drehte Becker sich noch einmal um. „Frau Theis, gibt es eine Lebensversicherung oder erwarten Sie eine Erbschaft?"

Mit einem Blick, der ihre Glaubwürdigkeit betonte, antwortete sie knapp: „Ich habe keine Ahnung."

‚Sie ist Schauspielerin', dachte Becker im Anschluss.

„Ich schließe mich meinem Mann an. Ich habe letzte Woche noch mit Mich geredet. Er sagte mir, sein Neffe würde nicht nur Gras rauchen, sondern wäre auch dem Alkohol zugetan. Sie sollten sich mal mit den beiden unterhalten", flüsterte Maryse Lannerts.

„Das werden wir. Vielen Dank für Ihre Hilfe."

„Gern geschehen, Herr Kommissar. Frau Kommissarin, auf Wiedersehen."

„Ich denke wir sind immer noch im Zeitplan, um uns mit Bob Majerus zu unterhalten. Was hältst du davon?"

Szabo nickte. "Warum möchtest du ihn überhaupt befragen? Er war Reporter damals, er ist doch kein Tatverdächtiger."

„Dadurch, dass er vor Ort war, hat er sicher mehr Informationen niedergeschrieben, als die Zeitungsartikel hergeben. Die brauchen wir vielleicht."

„Elemente, die die Ermittlungen vorantreiben könnten."

„Hoffen wir es", antwortete Becker. Szabo steuerte den Wagen in die Rue de la Brasserie.

Bob Majerus lebte in einem Haus aus den fünfziger Jahren, das renoviert und von einem gepflegten Vorgarten umgeben war. Es handelte sich um ein geräumiges Anwesen. Jessy schnupperte an den Pflanzen im Vorgarten. Becker klingelte zwei Mal, doch niemand öffnete.

„Wahrscheinlich ist er unterwegs."

„Auf der Suche nach einem Skandal für sein Revolverblatt *Luxusbuerg*", fügte Svenja hinzu.

„Vielleicht sogar im Fall Theis", erwiderte Becker, „Wir sollten dann wohl telefonisch einen Termin vereinbaren."

„Ich kümmere mich darum, damit es gleich morgen funktioniert."

„Perfekt, Svenja, denn es wäre tatsächlich wichtig, mit ihm zu sprechen."

Szabos Handy klingelte. „Hi Paul ... wir ebenso ... Majerus nicht da ... gute Idee ... bis gleich." Sie legte auf.

„Paul und Sandra haben mit Jeannys Bruder und ihrem Sohn geredet. Paul schlägt vor, dass wir uns im Kommissariat treffen, um unsere Ergebnisse zu besprechen. Morgen machen wir dann weiter."

„Einverstanden."

Die beiden Dienstfahrzeuge trafen zeitgleich auf dem Parkplatz vor dem Kommissariat ein.

„Ihr habt Majerus nicht zu Hause angetroffen?", fragte Schiltz, der neben Becker über den Parkplatz ging. Jessy trottete gemütlich neben ihnen her.

„Nein! Svenja vereinbart einen Termin für morgen."

„Wie geht es Laetizia Theis?", fragte Biren.

„Sie schien mir gefasst", erwiderte Szabo.

Im Besprechungsraum herrschte eine stickige Atmosphäre. Szabo öffnete ein Fenster.

„Was Interessantes herausgefunden?", fragte Schiltz.

Becker berichtete, was sie in Erfahrung gebracht hatten. „Perreiras Alibi ist dürftig. Durch ihre Aussage heute gehört die Rizzo aber auch zum Kreis der Verdächtigen. Abgesehen davon, dass sie damals den Protestmarsch anführte, hat sie Theis die ganzen letzten Jahre regelrecht gestalkt. Die Scheidung dauerte fünf Jahre. Sie hasste ihn!"

„So sehr, dass sie zu einem Mord fähig wäre?"

Becker nickte. „Es wurde schon für weniger gemordet. Wie war es bei euch?"

„Ein Trauerspiel. Zwei verkorkste Leben. Durch den Tod seiner Mutter Jeanny am Tag des Protestes gegen den Esel auf dem Kirchturm ist Jeannys Sohn auf die, sagen wir, halb schiefe Bahn geraten. Er raucht Gras und schaut öfter zu tief ins Glas. Der Onkel hat alle Hände voll zu tun. Er ist noch nicht ganz verloren, solange der Onkel lebt. Und glaube mir, der sieht nicht gut aus! Müde, ausgelaugt, freudlos!"

„Und der Sohn, also sein Neffe?"

„Paul ist sein Name. Er schlief. Schläft immer bis in den späten Nachmittag, wenn er abends einen über den Durst getrunken hat. Sein Onkel hat versprochen, sich zu melden, sobald er ansprechbar ist. Dann fahre ich mit Svenja hin, sofern wir noch im Büro sind."

„Sehr gut. Dann wären die ersten Schritte getan. Morgen fahren wir dann fort."

Ein Luftzug fegte ein Blatt Papier über den Tisch. Szabo schloss das Fenster wieder. „Ich werde nun den Bericht verfassen und einen Termin mit Majerus vereinbaren."

„Ich kümmere mich um die Aktennotiz in Bezug auf den Onkel und den Sohn", bot Sandra Biren an.

Schiltz bedankte sich. „Ich versuche einen Termin mit dem Pfarrer und dem Museumsdirektor zu vereinbaren."

„Danke für die gute Teamarbeit." Becker und Biren standen auf. „Komm, Jessy. Wir fahren nach Hause. Bis morgen dann."

Die Hündin bellte freudig.

„Bis morgen."

„Habt einen angenehmen Abend", fügte Szabo hinzu, wobei ihr Blick abermals einen Moment länger auf Beckers Gesicht verweilte als notwendig.

Während der Fahrt kreisten Beckers Gedanken um Szabo. Flirtete sie mit ihm, oder bildete er sich das ein? Sie muss doch den Ehering gesehen haben. Ein so junges, attraktives Mädchen würde sich doch nicht für einen siebenundfünfzigjährigen Kommissar mit Bauchansatz interessieren.

„Bist du auch müde?“, unterbrach Biren seinen Gedankengang.

„Etwas.“

Becker setzte Sandra vor dem Kommissariat ab. „Ich werde gleich nach Hause fahren. Jessy braucht dringend ihren Spaziergang.“

„Ich schreibe noch den Bericht. Wir sehen uns dann morgen.“

„Einverstanden. Ich hole dich ab. So gegen 09:00.“

Während Becker den Wagen in Richtung Greiweldingen steuerte, klingelte sein Handy.

„Hi Tom, Marc hier. Ich bin später in deiner Nähe. Kann ich kurz vorbeischauen?“

„Natürlich, gerne. Ich bin in dreißig Minuten zu Hause.“

Becker drehte eine Runde mit Jessy. Anschließend entfernte er den Verband von ihrer Pfote, desinfizierte die winzige Wunde, fütterte die Fische, machte es sich gemütlich auf der Couch und schrieb Catherine.

Wie geht es dir?

Super. Ich habe mehr gefunden, als ich brauche. Komme Freitag zurück. Einverstanden?

Natürlich. Ich freue mich.

Wie laufen deine Ermittlungen?

Ein komplexer Mordfall. Deswegen habe ich mich auch so wenig bei dir gemeldet.

Kein Problem. Ich war in mein Shopping vertieft, habe mich ja auch nicht viel gemeldet. Hab dich trotzdem sehr lieb :-)

Ich dich auch.

Grüß mir Jessy und die Fische. Kuss

Kuss zurück

Dann läutete die Türklingel und sein Freund stand vor der Tür. "Hi Tom. Wie geht es dir?"

„Im Stress! Der Fall, der Hund, die Fische, Berichte schreiben. Und du?"

„Ich war heute beim Psychiater!"

Becker war nicht überrascht. „Ich nehme an, es handelt sich um denselben wie der von Laetizia Theis."

„Ganz recht."

„Das ging schnell. Erzähl."

„Zuerst bräuchte ich ein Bierchen."

Becker holte zwei *Diekrecher* aus dem Kühlschrank. „Habe ich vorhin an der Tankstelle in Diekirch geholt."

„Prost."

Becker plumpste in seinen Lieblingssessel und deutete Koster an, es sich ebenfalls bequem zu machen. „Wie bekamst du so schnell einen Termin?"

„Der Termin war tatsächlich die größte Hürde. Offiziell hat er nur einen Festnetzanschluss, er ging aber nicht ans Telefon. Als ich bei ihm war, habe ich festgestellt, dass seine Patienten seine Handynummer haben. Nun gut, da ich ihn telefonisch nicht erreichen konnte, bin ich hingefahren und wartete draußen auf den nächsten Patienten. Es handelte sich um eine Patientin. Ich erklärte ihr, der Arzt sei ins Krankenhaus eingeliefert worden und der Termin würde deswegen ausfallen. Ich sei der Neffe und soll die Nachricht überbringen. Ich entlockte ihr noch ihren Namen. Sie glaubte mir, wünschte dem Doktor alles Gute und ging von dannen."

Becker schmunzelte. „Ich bin gespannt, welche Geschichte du dem Psychiater aufgetischt hast."

„Ich klingelte, er öffnete. Ein alter Herr, graue Haare, grauer Bart, Strickpulli. Passte genau dazu, dass er keinen Computer besitzt. Ich erklärte ihm, ich sei ein enger Freund von Frau Konsbruck und sie habe mir ihren Termin überlassen, weil ich unbedingt Hilfe bräuchte. Er zierte sich ein wenig. Es gelang mir, ihn zu überzeugen."

„Genialer Trick, muss ich sagen."

Koster setzte die Bierflasche an die Lippen, bevor er weitersprach. „Sein Besprechungszimmer ist im sechziger Jahre-Stil eingerichtet. Schwere Holzmöbel, unzählige Bücher, zwei Sessel, ein kleiner Tisch aus dunklem Holz. Auf dem Tisch eine Packung Papiertücher."

„Um die Tränen der Patienten zu trocknen, nehme ich an."

Marc nickte.

„Und was war dein Anliegen?"

„Meine eigene Scheidung und meine, mir gegenüber, gewalttätige Frau. Ich sagte ihm, ich wäre am Ende mit meinen Nerven. Ich würde Tabletten und Alkohol zu mir nehmen, um den Stress zu bewältigen. Er hörte mir geduldig zu und kritzelte Notizen in ein Heft. Er schlug vor, ich solle die Polizei verständigen, was ich aus Angst vor meiner Frau ablehnte. Letztendlich erklärte er mir, was ich tun könnte, stellte mir eine Rechnung über hundertfünfzig Euro aus und bot mir einen weiteren Termin an."

„Das war alles?"

„Natürlich nicht. Während des Gespräches erkundete ich visuell den Raum und entdeckte dabei seinen Aktenschrank, sowie leere Wasserflaschen. Eine Verbindungstür führt offensichtlich in die privaten Räume. Ich bat um ein Glas Wasser. Er blickte im Raum umher und bemerkte, dass die Flaschen leer waren. Er erhob sich und sagte, es würde einen Moment dauern, er müsse nach oben ins Haus. Also Treppen, dachte ich mir. Er bewegte sich langsam und ich rechnete mit zwei bis drei Minuten Zeit. Ich sprintete zum Aktenschrank. Die Patientenakten waren fein säuberlich und ganz einfach alphabetisch angeordnet. Laetizia war nicht unter „T" wie Theis zu finden. Ich fand sie unter Perreira. Es gab zwei Hängeordner. Der Erste beinhaltete Unmengen von handgekritzelten Notizen. Interessant war die zweite Akte. Es handelte sich um eine Art Dossier, das Informationen über die psychologische Entwicklung von Frau Theis enthielt. Ich scannte die Akte mit meinem Smartphone. Der Psychiater war fast fünf Minuten weg. Ich saß längst auf meinem Stuhl als er zurückkahm."

„Jetzt bin ich gespannt, was in der Akte steht."

„Ich maile sie dir. Ich habe sie gelesen. Perreira litt lange unter starken Depressionen und nahm Psychopharmaka. Heute geht es ihr wohl wieder gut, sie geht jedoch zweimal im Monat zur Nachsorge zu ihm."

„Was waren denn die Gründe für ihre labile Psyche?“

„Es gab immer wieder neue Anlässe. Das Ganze hat um 2013 begonnen, als sie Theis kennenlernte. Diese Rizzo hat sie fertig gemacht, hat sie bedroht, sie solle die Finger von Theis lassen, sonst würde es ihnen beiden leidtun. Dann kam hinzu, dass sie in ihrer Karriere nicht vorankam und mit Selbstzweifeln, Ängsten und vielen anderen Problemen zu kämpfen hatte. Sie hat über die Jahre alles mit ihm besprochen. Wenn du die Dokumente liest, siehst du, wie krank die Filmbranche ist, und was man den Mädels abverlangt. Das Alkoholproblem ihres Mannes war auch oft Thema. Theis war nicht immer der liebende Mann. Ich verstehe ehrlich gesagt nicht, warum sie ihn überhaupt noch nach so vielen Jahren geheiratet hat. Ihr persönliches Leiden begann schon in ihrer Kindheit. Sie kam aus einem zerrütteten Elternhaus, sexuelle Nötigung stand ebenfalls im Raum.“

„Die Arme. Aber das ändert nichts an der Tatsache, dass sie nach wie vor verdächtig bleibt. Das sind viele Informationen, Marc. Mal sehen, wann sie uns nützlich werden. Denk daran, es ist nicht legal, was wir hier machen.“

Marc schmunzelte. „Ein Plausch unter Freunden ist doch wohl erlaubt.“

Becker prostete Koster zu.

Der sah auf die Uhr. „Ich bin dann mal weg, muss morgen früh raus.“ Er leerte seine Flasche und verabschiedete sich.

An diesem Abend schlief Jessy tief und entspannt neben Tom, der irgendwann bei eingeschaltetem Licht und mit seiner Lesebrille auf der Nasenspitze über Laetizia Theis' Akte eingeschlafen war.

Kapitel 8

Donnerstag – Greiweldingen / Diekirch

Jessys Winseln riss Becker um 05:00 Uhr aus dem Tiefschlaf. Entgegen seinen Gewohnheiten lag er auf dem Rücken, bei eingeschaltetem Licht und mit der Lesebrille auf der Nasenspitze. Die Laetizia-Theis-Akte lag neben dem Bett. „Was ist denn los, mein Mädchen?“ Er streichelte der Hündin über den weichen Schopf. „Wir könnten noch ein halbes Stündchen schlafen.“

Die Hündin winselte abermals. „Musst du Gassi?“, fragte Becker, schlug die Decke zurück und schlüpfte in seine Pantoffeln. Jessy folgte ihm nicht, als er das Zimmer verließ. Er kehrte zum Bett zurück und nahm die Decke von ihrem kleinen Körper. Sofort leckte die Hündin sich die Pfote.

Besorgt sah er auf seine Uhr. 05:05. Er schlüpfte in seinen Morgenmantel, im Flur streifte er seine Hausschuhe über, stapfte zum Haus der Nachbarin und klingelte Sturm, bis Martine Schleich verschlafen vor ihm stand.

Erschrocken sah sie ihren Nachbarn im Morgenmantel an. „Tom, geht es dir nicht gut?“

„Es ist Jessy. Sie winselt.“

Martine vermied es, die Augen zu verdrehen. „Sie winselt?“

„Sie leckt sich die verletzte Pfote. Ich glaube wir müssen sofort zum Arzt.“

„Was ist los, Mama?“, rief Guillaume vom Treppenabsatz im ersten Stockwerk.

„Geh wieder schlafen, mein Sohn. Alles in Ordnung.“ Martine Schleich schlüpfte in ihre Hausschuhe und schnallte den Bademantel etwas enger. „Dann sehen wir uns das mal an.“ Obwohl sich ein weiterer sonniger Tag ankündigte, war es noch kalt um diese Zeit.

Im Haus angelangt, hob Martine Schleich Jessy vorsichtig in ihre Arme. „Dann wollen wir uns das Pfötchen mal genauer ansehen.“ Sie steuerte auf die Küche zu.

Mehr um Beckers als um Jessys Gemütszustand bemüht, bettete Martine die Hündin behutsam auf den Tisch und untersuchte die Pfote. „So schlimm scheint es mir nicht zu sein. Wenn eine Wunde heilt, dann juckt das schon mal. Genau wie bei uns Menschen.“

Becker strich sich über das Kinn. „Sollte ich sie nicht doch sicherheitshalber zum Tierarzt bringen?“

„Ich mache dir einen Vorschlag. Ich bin den ganzen Tag zuhause. Lass sie heute bei mir. Falls auch nur der geringste Zweifel an ihrem Wohlbefinden besteht, fahre ich mit ihr zur Tierärztin. Was hältst du davon?“

Becker zögerte. „Na gut, einverstanden.“

Martine Schleich packte Jessy in die Decke und nahm die Tüte mit ihrem Futter entgegen. „Mach dir keine Sorgen, Tom. Falls etwas sein sollte, halte ich dich auf dem Laufenden.“

„Ich danke dir, Martine. Und entschuldige die frühe Störung.“

„Kein Thema, Tom. Wenn Not am Mann ist, darfst du immer stören. Wir sind schließlich Freunde.“

Becker war bereits um 07:20 Uhr im Büro.

„Schon so früh hier?“, begrüßte ihn ein Kollege, als er den Flur entlang zu seinem Büro lief.

Becker nickte und verschwand hinter seiner Bürotür.

Der Kollege dachte nicht weiter über Tom nach. Er war selbst noch nicht richtig wach und sehnte sich nach einem Kaffee.

Becker schaltete seine Kaffeemaschine ein, dann den Computer und anschließend das Radio. Seine Kollegen belächelten ihn, dass er noch Transistorradio hörte. Becker hatte natürlich eine App auf dem Handy, könnte Musik auf seinem Rechner streamen, aber der Klang des alten Transistorradios war nicht zu ersetzen. Nicht unbedingt Hi-Fi, dafür pure Nostalgie, zumal wenn er seinen Oldie-Sender hörte. Ob Rolling Stones, Beatles, Bob Dylan, Europe, AC/DC oder Bon Jovi, kein Hightechgerät der Welt konnte ihn mit Klang oder Performance überzeugen.

Die ach so bekannte Intro kündigte die Nachrichtensendung von halb acht an. Der Sprecher umriss die Hauptthemen. Ein Raubüberfall, das Staatsbudget, COVID-Maßnahmen. Anschließend internationale Belange, Sport und das Wetter. „Die nächsten Tage werden uns mit vielen Sonnenstunden beglücken und am Samstag können wir uns auf zwei- bis vierundzwanzig Grad freuen!“

Nach den Nachrichten reduzierte Becker die Lautstärke des Radios und widmete sich erneut der Akte Laetitia Theis-Perreira, über der er am Vorabend eingeschlafen war.

‚Das arme Ding', dachte er. Hatte es tatsächlich nicht einfach im Leben gehabt. Zuerst die sexuelle Belästigung durch den Stiefvater, dann ihr Wunsch eine Schauspielschule zu besuchen, den ihre Mutter ihr verwehrte. Sie durchlief eine kaufmännische Ausbildung. Mit achtzehn wurde sie von einer Versicherungsgesellschaft als Empfangsdame eingestellt. Immer wieder in ihrem Leben wurde sie von den Männern als Objekt behandelt und lediglich auf ihre Schönheit reduziert. Mit einundzwanzig lernte sie dann Theis kennen und verliebte sich in ihn. Im Gegensatz zu den anderen Männern zeigte er anfangs kein Interesse. Er erklärte ihr, er sei geschmeichelt, dass eine zwanzig Jahre jüngere Frau ihn anziehend fände, aber er sei verheiratet. Sie sehe wohl mehr die Vaterfigur in ihm, den Feuerwehrmann mit den breiten Schultern, an die sie sich lehnen konnte. Sie gab nicht auf und so kam es zu einer Affäre zwischen den beiden. Sie berichtete, dass sie schnell erfuhr, welch unglückliche Ehe er führte. Seine Frau hatte das Sagen, und er hatte wenig Mitspracherecht. Schon damals trank er zu viel Schnaps, so stand es jedenfalls im Bericht. Sie akzeptierte es. Viele Männer trinken Schnaps, redete sie sich ein. Dann kamen die vielen Jahre, in denen die Exfrau nicht in die Scheidung einwilligte. Becker erfuhr, dass Rizzo eine Villa in Italien mit in die Ehe gebracht hatte, es gab keinen Ehevertrag und Theis wollte seinen Anteil an der Villa, weil er, wie es im Bericht stand, das Haus von Grund auf mit seinem Geld saniert hatte. So kam es, dass die Scheidung erst nach drei Jahren eingereicht wurde.

Während dieser Zeit widmete Laetizia sich ihrer Schauspielkarriere. Theis unterstütze sie finanziell. Im Gegenzug ertrug sie seine Wutausbrüche, wenn er zu viel getrunken hatte. Meist war es die Wut auf seine Ex-Frau, die ihn zum Trinken animierte. Sie akzeptierte seine Entschuldigungen immer wieder und verzieh ihm, weil sie selbst ihren Weg im Leben noch nicht gefunden hatte. In der Akte war vermerkt, dass der Psychiater eine Paartherapie angeboten hatte, die von Theis entschieden abgelehnt wurde. Ihr Leben verzeichnete weitere Rückschläge, hervorgerufen durch zwei Fehlgeburten. In seinen Wutausbrüchen beschuldigte Theis sie keine richtige Frau zu sein, da sie ihm nicht mal ein Kind gebären könne. Laetizia fühlte sich als unfähige Partnerin und minderwertiger Mensch.

‚Was für ein Leben', dachte Becker. ‚Wäre diese Frau fähig zu einem Mord, und falls ja, woher hätte sie sich das Rizin beschafft?'. Er griff nach dem Telefonhörer und drückte die Wahltaste für Sandra Biren.

„Hi, Tom. Schon im Büro?"

„Ja", antwortete er knapp.

„Sag mal, hast du schon etwas in punkto Lebensversicherung oder Erbschaft unternommen?"

„Nein, Tom. Hast du denn die Genehmigung vom Untersuchungsrichter erhalten?"

„Noch nicht. Ich versuche gleich nochmal ihn zu erreichen, ich setze ihn in Kenntnis vom Ermittlungsstand und erbitte außerdem ein paar Durchsuchungsanordnungen."

„Das wäre wohl der richtige Weg, Kollege", antwortete Biren mit leichter Ironie.

„Ich stimme ihnen zu, Frau Kollegin“, erwiderte Becker mit dem gleichen Sarkasmus. Diese kleinen Schlagabtäusche zwischen den beiden waren freundschaftlicher Natur.

Becker richtete seinen etwas in die Jahre gekommenen Bürostuhl zurecht, der mit Quietschen und Knarren auf das bevorstehende Telefongespräch mit dem Untersuchungsrichter Fern Holper reagierte. Er wählte die Nummer des Richters. Beide kannten sich schon seit mehreren Jahren und zusammen hatten sie schon einige Ermittlungen zu einem durchaus zufriedenstellenden Ergebnis gebracht. Anlässlich einer Konferenz zum Thema Geldautomatensprengungen vor etwa vier Jahren beim Bundeskriminalamt in Wiesbaden, an dem mehrere Ermittler und Untersuchungsrichter gemeinsam teilgenommen hatten, hatte der Untersuchungsrichter Tom das Du angeboten. Seitdem wurden Besprechungen und Telefonate in kollegialem und doch respektvollem Umgangston geführt.

„Holper, guten Morgen.“

„Hallo Fern, hier Tom Becker, ebenfalls einen guten Morgen, störe ich?“

„Nein, natürlich nicht. Was liegt an?“

„Ich möchte dich gerne im Mordfall Theis auf den neuesten Stand bringen.“

„Gerne. Ich muss dich trotzdem bitten, dich kurz zu fassen. Ich habe in zehn Minuten ein Meeting und ich möchte nicht zu spät kommen.“

„Geht in Ordnung. Ich werde dir anschließend meinen Zwischenbericht mailen, in dem vor allem das Ehepaar Theis-Perreira sowie die Ex-Frau Nicole Rizzo etwas genauer unter die Lupe genommen werden. Ich bin der Meinung, dass wir mehr über die aktuellen Vermögensverhältnisse herausfinden müssen. Es gibt hier einige interessante Fakten, welche ich genauer in meinem Bericht beschrieben habe. Um weitere möglicherweise wichtige Details in Erfahrung bringen zu können, benötigen wir weitere Anordnungen. Ich möchte offiziell bei der Versicherungsgesellschaft und der zuständigen Behörde, ich glaube es ist das *Enregistrement*, Informationen zur Lebensversicherung sowie zum möglicherweise vorhandenen Testament und dessen Inhalt erfragen."

„Es freut mich zu hören, dass ihr vorankommt. Ich werde mich gleich heute noch dieser Sache annehmen und dir die Ordonanzen zukommen lassen. So, ich muss leider los, wir bleiben in Kontakt."

„Vielen Dank, Fern, bis bald."

Becker warf einen Blick auf sein Transistorradio, entschied sich dann für eine weitere Tasse Kaffee und die Fertigstellung seiner Berichte, bevor er mit Sandra nach Diekirch fahren würde.

Sandra Biren stieg in den Land Rover. Sie hatte eine Vorliebe für Toms Fahrzeug. „Jessy fährt heute nicht mit uns?"

„Leider nein. Sie ist krank."

Biren linste unauffällig zu Becker. Sein Gesicht war todernst. „Krank?"

„Ja. Du hast doch gestern das Pflaster an der Pfote gesehen."

„Ja, natürlich."

Er erzählte ihr nun die Geschichte, und sparte nicht an der Dramatik.

Biren verkniff sich ein Schmunzeln. „Es geht ihr bestimmt gut bei Martine. Sie ist doch eine nette, fürsorgliche Person."

„Das stimmt."

„Was hat denn der Untersuchungsrichter gesagt?", fragte Biren nun.

„Er ist zufrieden, dass wir vorankommen. Beim vorletzten Gespräch meinte er, wir sollten die Ermittlungen etwas schneller vorantreiben. Vernehmungen von tatrelevanten Personen könnte man auch nach Dienstschluss führen."

„Er hat leicht reden", erwiderte Biren. „Er hat keine Ahnung, wie viele Überstunden wir bereits angesammelt haben."

Becker lächelte. „Er hat auch keine Ahnung, dass ich Aufgrund meiner zahlreichen Überstunden früher in den Ruhestand treten werde."

„Bitte erinnere mich nicht daran!", erwiderte Biren bedrückt.

„Er wird mir die verschiedenen Ordonanzen für unsere weiteren Ermittlungen noch heute per E-Mail schicken."

„Morgen ist schon Freitag. Wir sollten versuchen, schneller voranzukommen."

„Mit Schiltz und Szabo kriegen wir das hin. Ich hoffe Szabo konnte einen Termin mit Majerus vereinbaren. Das ist mir wichtig."

„Warum, Tom? Er ist doch kein Verdächtiger."

Tom starrte aus dem Fenster. ‚Jetzt bloß nichts Falsches sagen'.

Biren kannte Becker und seine manchmal nicht ganz koscheren Methoden. Er hielt sich nicht immer an die

Regeln, zum Unmut seiner Vorgesetzten. Spätestens aber nachdem er einen Fall erfolgreich gelöst hatte, wurde es ihm verziehen. „Hast du schon wieder frei nach Becker-Methode ermittelt?"

Becker wollte Biren auf keinen Fall in sein Geheimnis einweihen, um sie nicht zur Mitwisserin zu machen.

„Ich habe das Gefühl, dass dieser Reporter uns weiterbringen wird. Hast du Szabos Bericht zur Befragung von Laetizia Theis gelesen?", lenkte er ab.

„Ja, habe ich. Meinen Bericht habe ich auch auf dem Server im Fallordner abgelegt."

„Ich habe ihn gelesen. Ich frage mich, ob Schiltz gestern noch mit Jeannys Sohn reden konnte?"

„Das werden wir bald erfahren."

„Guten Morgen, Herr Hauptkommissar. Sie werden erwartet." Jim Keller betätigte einen Knopf und der Summer an der Tür ertönte.

„Sie ebenso", richtete er sich mit an Biren. Im Flur trat er zu ihr. „Wir wurden uns noch nicht vorgestellt. Mein Name ist Jim Keller." Er reichte ihr die Hand und lächelte freundlich.

Er war Sandra auf Anhieb sympathisch. Der Drei-Tage-Bart passte zu den dunklen Augen und der V-Form seines Kinns. Die braungelockten Haare rundeten sein Aussehen perfekt ab. „Mein Name ist Sandra Biren. Da ich bei den laufenden Ermittlungen helfe, werde ich wohl öfter vorbeischauen."

„Das freut mich. Falls Sie etwas brauchen, bitte einfach fragen."

Sie nickte. „Danke." Er gefiel ihr.

Schiltz und Szabo erwarteten Tom und Sandra im Konferenzraum. In der Mitte des Tisches stand eine Kaffeekanne und ein Teller mit Minicroissants.

„Bedient euch", bot Schiltz an.

Becker wandte sich an Schiltz. „Was Neues betreffend Jeannys Sohn?"

„Wir treffen uns in einer halben Stunde mit ihm. Der Onkel hat uns zugesagt, dass er dann zu einem Gespräch bereit sei."

„In Ordnung. Was steht bei uns an?", fragte er Szabo.

„Majerus erwartet uns bei ihm zuhause."

Becker biss in ein Minicroissant und die Hälfte davon verschwand in seinem Mund. „Wie sieht es eigentlich aus mit der Taschendiebbande?"

„Bisher gibt es keine neuen Entwicklungen in dem Fall, und die Ermittlungen verlaufen schleppend."

Die Tür flog auf und Jim Keller stürmte herein. „Die Bande hat heute Morgen im Norden des Landes in drei großen Einkaufszentren gleichzeitig zugeschlagen! Diesmal ist es nicht nur bei Taschendiebstählen geblieben, sie haben auch Raubüberfälle begangen! Drei an der Zahl!"

„Hat es Verletzte gegeben?", fragte Schiltz.

„Gott sei Dank nicht. Die Täter scheinen alle Richtung Belgien geflüchtet zu sein."

„Warum sind Sie so überzeugt, dass es sich um die gleiche Bande handelt?", richtete Becker sich an Keller.

Dieser überlegte einen Augenblick. „Sie haben recht, Herr Hauptkommissar. Es könnte sich ebenfalls um Trittbrettfahrer handeln."

„Wir sind raus, da sind andere Kollegen zuständig!", antwortete Becker. „Wir sollten uns unserem eigenen

Fall widmen. Der Untersuchungsrichter verlangt in absehbarer Zeit nach Resultaten. Wollen wir los, Svenja?“

Biren wandte sich an Keller. „Vielleicht kannst du uns auf dem Laufenden halten, derweil wir in dem Mordfall weiter ermitteln.“

Keller war froh, dass sie in das unter Kollegen übliche Du übergegangen war. In seinem männlichen Gesicht spiegelte sich die Antwort ‚sehr gerne schöne Frau‘. „Ich notiere mir noch deine Handynummer, dann informiere ich dich, sobald sich etwas Neues ergibt.“

Biren war dankbar, dass niemand bemerkte, wie ihr die Wärme ins Gesicht schoss.

Szabo lehnte an ihrem scheinbaren Lieblingsplatz neben dem Fenster, die Arme vor dem Oberkörper gekreuzt, ein verschmitztes Lächeln auf dem Gesicht. „Zu Befehl, Herr Hauptkommissar.“

„Wir suchen dann mal die Familie Klein auf!“, sagte Schiltz.

„Wer ist Klein?“, antwortete Becker.

„Jeannys Bruder. Mich Klein.“

Becker zupfte sich verlegen seinen Pullover zurecht. „Stimmt, wir haben immer über Jeannys Bruder oder Jeannys Sohn gesprochen, da habe ich den Familiennamen ausgeblendet.“

„Kein Thema. Anschließend wollen wir uns den Pfarrer und den Museumsdirektor vornehmen.“

„Wie heißen diese beiden gleich noch?“, fragte Becker.

„Der Name des Pfarrers ist Dostert und der des Museumsdirektors Constant Marolt. Und wie geht ihr vor?“

„Abhängig vom Gespräch mit Majerus werden wir Nicole Rizzo einen Besuch abstatten.“

„Darf ich etwas sagen?“, mischte Szabo sich ein.

„Bitte."

„Ich finde die Esel/Hahn-Story an den Eselsohren herbeigezogen."

„Also wir, Sandra und ich", erwiderte Becker, „haben das schon diskutiert."

„Ich schließe mich an", fügte Schiltz hinzu.

„Nichtsdestotrotz kennen die Personen, die wir befragen, das Mordopfer Theis sehr gut." Becker setzte seine Kaffeetasse ab. Ich bin mir nicht sicher, wie sich alles zusammenfügen wird, aber ich glaube, dass die Esel/Hahn-Protagonisten der Schlüssel sind. Er machte eine wegwerfende Handbewegung. „Eingebungen sind keine guten Berater. Schauen wir, was unsere Gespräche heute bringen.

Szabo freute sich auf die zukünftige Zusammenarbeit mit dem Kultkommissar Tom Becker.

Bob Majerus erwartete sie an der Haustür. Sein Aussehen überraschte die beiden Polizisten. Er wirkte kaum älter als siebzehn. Ein paar vereinzelte Barthaare schmückten sein Kinn, ansonsten war seine Haut weich und glatt. Szabo schätzte ihn Mitte dreißig.

„Herr Majerus, wir sind verabredet. Hauptkommissar Tom Becker. Das ist meine Kollegin Svenja Szabo."

Er nickte. „Guten Tag. Bitte treten Sie ein."

Sie betraten einen hellen, geräumigen Flur.

„Ich darf vorgehen?" Majerus wartete keine Antwort ab. Er schob den Flügel einer satinierten Glasschiebetür nach rechts und betrat eine lichtdurchflutete Veranda. „Bitte schön. Nehmen Sie Platz, wo Sie möchten."

Auf einem ovalen Glastisch befand sich ein zugeklappter Laptop, in der Mitte eine Karaffe mit einem klaren, mit Zitronenscheiben und Minzblättern gespickten Getränk. Daneben vier Gläser.

Majerus stellte sowohl vor Becker als auch vor Szabo ein Glas auf einen Untersetzer. „Meine Zitronen-Minze Limonade. Nicht spektakulär, aber gesund. Darf ich?“

„Sehr gerne“, antwortete Szabo und umfasste ihr Glas mit einer Hand.

„Was kann ich für Sie tun?“

„Es geht um eine ältere Geschichte“, erwiderte Becker.

„Ich liebe alle Geschichten, ob verjährt oder rezent“, antwortete Majerus. „Bitte, fahren Sie fort.“

„Sie haben sicherlich vom Tod von Christian Theis gehört?“

„Herr Hauptkommissar! Es wäre fatal in meiner Branche, davon nichts mitbekommen zu haben. Werde ich verdächtigt?“

Szabo legte ihr Handy auf den Tisch. „Darf ich das Gespräch aufnehmen?“

„Bitte. Ich habe nichts zu verbergen.“

„Sie werden nicht verdächtigt, Herr Majerus“, sagte Becker. „Es ist so, unsere ersten Spuren führen zurück auf die Rolle, die Theis 2013 gespielt hat, als der Hahn auf der alten Laurentiuskirche gegen einen Esel ausgetauscht wurde.“

Majerus faltete seine Hände im Schoss und nickte.

„Damals erlebte Theis viele Anfeindungen von strenggläubigen Kirchgängern, traditionsliebenden Menschen und von seiner Ex-Frau, Nicole Rizzo.“

„Ich verstehe Ihre Überlegungen Herr Hauptkommissar, aber ich bezweifele den Zusammenhang mit der Kirchturm-Story. Nichtsdestotrotz könnte der oder die

Täter inmitten der Protagonisten von damals zu finden sein."

Becker überraschte die Offenheit des Journalisten. Er biss sich auf die Unterlippe und legte den Kopf schief. „Ist das nur eine Annahme oder können Sie uns etwas Konkreteres dazu mitteilen?"

„Ich lasse sie unter einer Bedingung gerne noch an einigen interessanten Details teilhaben." Sein Blick wanderte zu Szabos Handy.

Sie schaltete die Aufnahmefunktion ihres Handys aus.

Was Becker und Szabo nun erfahren sollten, gab dem Fall eine ganz neue Wende.

„Vor ungefähr einem Jahr habe ich von einem Immobilienprojekt hier in Diekirch erfahren, das enorme Ausmaße annehmen wird. Es wird Diekirch ein komplett neues Gesicht geben. Sie wissen, was ein *Shared Space* ist?"

„Einfach ausgedrückt: der öffentliche Raum soll für die Bürger aufgewertet werden", antwortete Becker.

„Im vom öffentlichen Verkehr dominierten Straßenraum sollen Fußgänger, Fahrräder und Fahrzeuge sich gleichberechtigt bewegen können", fügte Majerus hinzu. „Es soll weitgehend auf Verkehrszeichen, Signalanlagen und Fahrbahnmarkierungen verzichtet werden."

„Das ist eine gute Sache", bemerkte Becker. „Was hat das Projekt mit unserem Fall zu tun?"

Majerus strich sich über die wenigen, dünn gesäten Barthaare. „Das geplante *Shared Space* würde wie schon gesagt enorme Ausmaße annehmen, mit Apartmenthäusern, kleinen Alleen, Spielplätzen und Geschäften. Dieses *Shared Space* wird sich von der Altstadt über

Theis' Wohnlage bis hin zur Esplanade, der neuen Laurentiuskirche und der Hotelfachschule ausdehnen."

„Laurentiuskirche. Da fällt mir unwillkürlich wieder dieser Vorfall mit dem Esel und dem Hahn ein", erwiderte Becker.

Majerus beugte sich vor und sah Becker für einen kurzen Moment tief in die Augen. „Vergessen Sie den Vorfall! Hier geht es um mehr als eine Lappalie. Es geht um Geld, viel Geld!"

„Was hat das mit dem Mord zu tun?", erwiderte Szabo.

Majerus fuhr fort. „Das Projekt *Shared Space* war dem Gemeinderat schon vorgestellt worden und es fand großen Anklang."

„Das bedeutet, das Projekt wird realisiert?"

„Noch nicht. Es gibt Unstimmigkeiten mit einigen Hausbesitzern. Die einen wollen nicht verkaufen, die anderen wollen viel mehr Geld für ihre Immobilie. Natürlich könnte das den Masterplan über den Haufen werfen."

„Interessant", sagte Szabo. „Aber welche Rolle spielt Theis?"

Majerus nickte. „Theis war der Leiter des *Service Technique* und der Hauptkoordinator des Architektenbüros. Theis hatte viel Macht, da er das beratende Organ und die Vertrauensperson des Bürgermeisters war."

„Die Mitteilungen sind vielversprechend, aber wie sollen sie den Ermittlungen dienen."

Majerus Blick glitt von Becker zu Szabo und wieder zu Becker. „Das ist noch nicht alles. Theis besaß zehn Garagen, die nun natürlich seinem Erben zufallen. Was ich jetzt enthülle, wird die Ermittlungen auf den Kopf stellen." Ein Moment der Stille trat ein, bevor der Reporter weitersprach. „Theis hat die zehn Garagen samt Grundstück kurz vor der offiziellen Projektankündigung zu einem Spottpreis erworben."

Szabo biss sich auf ihrer Unterlippe. „Und das Grundstück mit den zehn Garagen ist Teil des geplanten *Shared Space*."

„Richtig." Majerus nickte selbstgefällig. „Wonach sieht das aus?"

Beckers Hände ruhten auf der Tischplatte. Er hob einen Zeigefinger. „Nach illegalem Nutzen von internem Wissen."

„Genau. Und da stelle ich mir die Frage, wer wusste davon? Wurde er vielleicht erpresst?"

Szabo sah in ihr Limonadenglas, als sei es eine Hellseher-Glaskugel. „Ich würde verstehen, wenn Theis jemanden umgebracht hätte, um ihn zum Schweigen zu bringen. Aber weshalb wurde er umgebracht."

„Vielleicht hat der Verkäufer der Garagen ihn umgebracht, weil er bemerkt hat, dass er betrogen wurde", erwiderte Becker.

„Ich habe das bereits überprüft", antwortete Majerus. „Das Grundstück gehörte einer alten Dame aus dem Seniorenheim. Sie hatte keine Erben. Theis besuchte sie regelmäßig und deshalb fand auch niemand etwas daran, als sie ihm das Grundstück und die Garagen günstig verkaufte."

„Wir sollten trotzdem versuchen, mit dieser Dame zu sprechen", sagte Becker.

Majerus schüttelte den Kopf. „Das wird schwierig. Sie ist vor zwei Monaten gestorben." In dem lichtdurchfluteten Raum herrschte Stille. Becker starrte an die Decke, Szabo in ihr Glas und Majerus auf die Tischplatte. Die Spannung im Raum war förmlich greifbar.

Beckers Faust durchbrach die Stille als sie auf Glasplatte traf. „Majerus, bitte hören Sie für einen Moment weg."

Er nickte lächelnd. „Ich bin auf beiden Ohren taub!"

An Svenja gewandt fuhr er fort: „Es könnte doch sein, dass Rizzo das mit den Garagen erfahren hat und ihn erpresst hat. Wir sollten unbedingt herausfinden, wie die Scheidung ausging. Bekam er das Haus in Italien? Wollte sie ihr Geld zurück? Laetizia Perreira dagegen liebte ihn vielleicht doch nicht so sehr, wie sie vorgibt, und wollte ihn finanziell ausnehmen."

„Von seiner Witwe weiß ich jede Menge", mischte sich Majerus ein. „Vielleicht hilft es Ihnen bei den Ermittlungen."

Nun hatte Becker ihn genau da, wo er ihn haben wollte. Er würde sein Wissen mit Szabo teilen und das, was er selbst von Koster wusste, konnte offiziell mit einfließen.

„Wir sind ganz Ohr."

Majerus erzählte bis ins Detail, was er von Laetizia Theis-Perreira wusste. Dies deckte sich mit dem, was Becker bereits von Koster erfahren hatte.

„Sie ist also heute noch immer in Behandlung bei ihrem Psychiater?", fragte Becker, obwohl er die Antwort bereits kannte.

„So sieht es aus."

„Natürlich können Sie mir nicht sagen, wie Sie an diese Informationen kamen?"

„Ich habe meine Informanten und recherchiere sehr viel. Ich nehme mir die Zeit, fahre einfach mal einen ganzen Tag lang jemandem hinterher oder belausche Gespräch am Nachbartisch. Das ist kein Verbrechen."

„Das kann man auslegen, wie man will", antwortete Szabo.

„Kennen Sie Frau Theis persönlich?", fragte Becker.

„Nein."

„Kennen Sie Frau Rizzo persönlich?"

„Die Ex-Frau von Theis. Natürlich. *Luxusbuerg* geht bei ihr über die Ladentheke. Ich kaufe meine Zigaretten bei ihr im Shop. Sie ist immer für einen Plausch zu haben, insbesondere, wenn sie über ihren Ex-Mann herfallen darf."

„Damit wäre es aber nun vorbei."

„Was Christian Theis betrifft, sicherlich. Manchmal kam sie zu mir ins Büro und bat mich, einen Artikel zu schreiben über irgendeine Ungerechtigkeit, die ihr widerfahren war."

Becker leerte sein Glas. „Ich denke, das reicht fürs erste, Herr Majerus. Wir danken Ihnen für das Gespräch."

„Danke für die leckere Limonade."

Majerus nickte Szabo zu. „Gerne, Frau Kommissarin. Ich begleite sie hinaus."

Becker und Szabo schritten einige Meter schweigend nebeneinanderher.

„Hast du Hunger?"

Ihre Blicke trafen sich. „Die *Sandwicherie*", entfuhr es beiden gleichzeitig.

„Dass der legendäre Tom Becker und ich einmal einer Meinung wären, hätte ich nicht gedacht!"

Becker fühlte sich geehrt. „Legendärer Tom Becker. Übertreibe es mal nicht."

Szabo legte den Kopf schief. „Wir erfahren intern, wenn du wieder mal einen Fall gelöst hast und manchmal sogar Details, die nicht an die Öffentlichkeit geraten. Es ist noch nicht ewig her, als du den Geldwäschering hast auffliegen lassen. Es gab Opfer zu beklagen in dem Fall."

Becker nickte. „Ich hasse, wenn es Tote gibt. Aber es hätte noch dramatischer enden können. Eine gute Freundin, eine Richterin und ihr Sohn, sind damals haarscharf an einer Katastrophe vorbeigeschlittert."

Szabo beugte sich zu ihm und flüsterte: „Bitte, erzähl mir die ganze Geschichte. Was geschah damals am Flughafen? "

Becker sah Szabo an. Ihre Wangen zeigten vor Spannung eine leichte Röte. Bei ihrem Anblick wurde ihm warm ums Herz. Er räusperte sich. „Also, das war so ..."

Während sie ihren Kaffee tranken und die Sandwiches verspeisten, verging die Zeit wie im Flug. Szabo wollte so viel wie möglich über Beckers abgeschlossene Fälle wissen.

„Gibt es denn einen Fall, in dem du persönlich in Gefahr geraten bist?"

Er sah sie verwundert an. „Es gibt einige. Vor vielen Jahren hatte ein Psychopath es auf mich abgesehen. Er tötete meine damalige Kollegin und trieb mich fast in den Wahnsinn und in den Tod. Ich glaube, das war mein schlimmster Fall."

„Es ist offensichtlich, dass der Psychopath den Kampf gegen dich verloren hat."

„Das hat er, aber er lässt mich niemals ganz los. Einen Menschen so zu verlieren, steckt man niemals weg. Ich jedenfalls nicht.“ Bei diesen Worten sah er erneut vor seinem inneren Auge, wie er die leblose Jeannette in ihrer Wohnung auffand.

„Alles in Ordnung?“, drang Szabos Stimme wie durch einen Schleier zu ihm.

„Ja, Entschuldigung.“ Er richtete sich auf und sah auf die Uhr. „So, die Märchenstunde ist vorbei. Wir sollten versuchen, Rizzo aufzutreiben.“ Er winkte die Bedienung heran. „Carole, könnten Sie mir bitte die Rechnung bringen. Alles zusammen.“

Die Pfarrersnichte nickte freundlich. „Sehr gerne, Monsieur.“

„Danke für die Einladung, Tom. Das ist sehr nett von dir.“

Er lächelte. „Das ist das mindeste, was ein legendärer Hauptkommissar tun kann.“

Carole bereitete die Rechnung auf ihrer Touchscreen-Kasse vor, als eine Kundin den Laden betrat.

„Guten Tag, Nicole“, begrüßte sie die Frau.

„Hallo Carole. Mach mir schnell einen Cappuccino.“

„Schnell bedeutet zum Mitnehmen?“

„Ja, danke. Ich muss meinen Laden öffnen. Ich bin zwanzig Minuten in Verzug.“

„Ich bereite gerade noch die Rechnung für einen Kunden vor.“

Becker sprang auf und begab sich zur Kasse. „Nein, nein. Bedienen Sie die Dame. Ich kann zwei Minuten warten.“

Die Frau sah ihn aus grün leuchtenden Augen an. „Das ist sehr zuvorkommend von Ihnen.“ Sie schob ihr langes dunkles Haar über die Schulter. „Ich muss meinen Zeitungsladen nämlich öffnen. Gerade um diese Zeit kommt viel Kundschaft."

„Dann möchte ich Sie nicht aufhalten."

„Wie geht es dir?", fragte Carole und reichte Nicole ihren Cappuccino.

Sie kramte Kleingeld aus ihrer Klappbörse. „Du meinst wegen Christian?"

Carole nickte.

„Schade, dass ich nicht mehr mit ihm verheiratet bin. Sonst wäre ich jetzt eine reiche Witwe", erwiderte sie kühl.

Becker studierte die Brötchen in der Auslage, während er das Gespräch belauschte. Er hoffte, mehr Informationen zu sammeln und entschied, sich zurückzuhalten.

Carole sah die Kundin bestürzt an.

Diese winkte versöhnlich ab. „Glaub mir, den Tod habe ich ihm nicht gewünscht. Es wird gemunkelt, er sei ermordet worden", fügte Nicole hinzu.

„Davon habe ich noch nichts gehört. Macht zwei Euro achtzig."

Nicole legte drei Euro hin. „Stimmt so."

„Danke."

„Ich muss jetzt los." Sie griff nach ihrem Becher, verabschiedete sich und verließ den Laden.

Szabo trat zu Becker. „Warum hast du ihr nicht deine Marke gezeigt?"

„Eins nach dem anderen." Er zog seine Polizeimarke aus der Tasche und hielt sie Carole hin. „Hauptkommissar Tom Becker. Dürfte ich Ihnen ein paar Fragen stellen?"

Carole erblasste.

„Keine Angst", sagte er beschwichtigend. „Es handelt sich lediglich um einige ungezwungene Fragen, bei denen Ihre Hilfe vielleicht von Nutzen sein könnte." Tom war froh, dass Caroles Wangen wieder Farbe annahmen. „Es geht tatsächlich um Christian Theis. Kennen Sie Frau Rizzo schon lange?"

„Sie kommt seit einigen Jahren regelmäßig her. Ihr Zeitungsladen liegt drei Häuser von hier entfernt."

„Sie scheinen ein gutes Verhältnis zu ihr zu haben. Wussten Sie, dass Herr Theis ihr Ex-Mann war?"

„Wer in Diekirch weiß das nicht, Herr Kommissar? Manchmal trafen die beiden hier aufeinander. Sobald sie sich sahen, brach Streit aus!"

„Wann haben Sie die beiden zum letzten Mal gesehen?"

Carole überlegte. „Vor zwei oder drei Wochen, glaube ich."

„Haben sie sich gestritten?"

Carole verdrehte die Augen. „Wie immer."

„Konnten Sie den Grund des Streites hören?"

Carole reichte Becker den Kassenzettel. „Leider nein, Herr Kommissar."

Becker schob einen zwanzig Euroschein über die Theke. „Stimmt so."

„Vielen Dank. Wissen Sie", fügte Carole hinzu, „sie hat es nicht verkraftet, dass er sie verlassen hat. Sie hatte kein gutes Wort für seine neue Beziehung übrig. Nie!"

Becker reichte ihr seine Visitenkarte. „Danke für die Auskünfte. Falls Ihnen etwas zu den Streitereien einfällt, rufen Sie mich bitte an. Wichtig wäre, worüber sie sich gestritten haben, ganz egal wann."

Carole nickte. „Einverstanden."

„Auf wiedersehen."

„Bis bald, Herr Hauptkommissar."

Nicole Rizzo lächelte Becker und Szabo freundlich zu, als sie den Laden betraten. „Schon wieder Sie?", bemerkte sie freundlich. „Was darf es sein? Eine Zeitung, Zigaretten, ein Souvenir? Oder wollen Sie vielleicht Lotto spielen?"

Becker präsentierte ihr seine Polizeimarke. „Tom Becker. Hauptkommissar. Das ist meine Kollegin Svenja Szabo."

Nicole Rizzos Miene blieb reglos. „Ich habe Sie erwartet. Sie kommen wegen Christian."

„Das stimmt, Frau Rizzo. Erlauben Sie uns ein paar Fragen?"

„Man munkelt, er wurde ermordet?"

„Es sieht ganz danach aus."

Szabo beobachtete sie genau. Ihre Miene verriet ihre Gefühle nicht.

„Erwarten Sie keine Trauer von mir Herr Kommissar. Er hat mich wegen einer Jüngeren verlassen, wollte von mir außer der Scheidung Geld, welches ihm nicht zustand. Aber ich bin keine Mörderin."

„Geld, auf das er kein Recht hatte? Möchten Sie das etwas genauer erläutern?"

„Nach der Scheidung musste ich mein Haus in Italien verkaufen und ihm die Hälfte auszahlen, obwohl es mein Haus war. Ich hatte es mit in die Ehe gebracht. Ich wiederhole jedoch", sie hielt inne, „eine Mörderin bin ich nicht."

„Das unterstellen wir Ihnen nicht, Frau Rizzo. Es wäre jedoch von Nutzen, wenn Sie angeben könnten, was sie während der drei Tage vor seinem Tod gemacht haben? Haben Sie sich mit ihm getroffen?"

„Darf ich Ihre Aussage aufnehmen", fragte Szabo.

„Warum?"

„Dann brauchen Sie sie nicht zu wiederholen, wenn es zum einen schriftlichen Protokoll kommen sollte."

„Ja sicher. Ich habe Christian seit Wochen nicht gesehen. Ich glaube das letzte Mal war in der *Sandwicherie* hier nebenan."

„Dort kam es zu einem Streit!"

Nicoles Augen verengten sich zu schmalen Schlitzen. „Sie sind gut informiert. Wir stritten immer, wissen Sie. Wir konnten kein normales Gespräch führen."

„Was war der Grund ihres letzten Streits?"

„Ich erinnere mich nicht mehr. Wahrscheinlich nur eine Kleinigkeit. Manchmal sagte ich ihm nur, er solle mir aus den Augen treten. Solche Sachen eben."

„Könnten Sie uns nun bitte mitteilen, was Sie die drei Tage vor seinem Tod, also am letzten Mittwoch, Donnerstag und Freitag getan haben?"

„Ich stehe von morgens bis abends in meinem Laden. Ich führe ihn seit fünfzehn Jahren alleine, ohne Personal. Wenn Not am Mann ist, springt meine gute Freundin Claudia ein. Die Abende habe ich wohl zuhause verbracht. Am Freitagabend war ich mit Claudia in der Pizzeria *Da Luigi*."

„Schließen Sie den Laden während der Mittagsstunde?", fragte Becker.

„Selten. Oft hole mir schnell was beim Bäcker nebenan, und der Laden bleibt geöffnet."

„Ich danke Ihnen Frau Rizzo. Das wäre alles für den Moment. Ich nutze die Gelegenheit, um mir etwas Lektüre mitzunehmen."

„Sehr gerne Herr Kommissar. Suchen Sie Lesestoff zu speziellen Themen?"

„Vielleicht etwas Aktuelles über Geländewagen."

Rizzo begab sich zur Wand mit den Zeitschriften. „Da hätte ich die *Off-Road* oder die *Geländewagen*."

„Darf ich schnell mal reinschauen?"

Sie lächelte. „Nicht ganz hier lesen, wenn Sie nicht vorhaben, etwas zu kaufen. Schließlich muss ich meinen Lebensunterhalt verdienen."

Becker wählte bedächtig drei Zeitschriften aus und gab Szabo damit genügend Zeit, sich umzusehen. Er fand es schon eigenartig, wie schnell sie sich ohne Worte verstanden. „Wieviel macht das?"

Rizzo scannte die Barcodes der Zeitschriften. „Dreiundzwanzig Euro, bitte."

„Ich zahle mit Kreditkarte."

„Gerne."

Nachdem die Zahlung erledigt war, reichte Rizzo ihm seine Zeitschriften. „Geht das so, oder wollen Sie eine Tüte?"

„Das geht so. Vielen Dank." Er reichte ihr seine Visitenkarte. „Falls Ihnen etwas einfällt, was dem Fall zuträglich wäre, melden Sie sich bitte."

Gedankenverloren starrte sie auf die Karte. „Ich wünsche Ihnen einen schönen Tag."

„Danke gleichfalls."

Nachdenklich sah Rizzo den beiden Beamten hinterher, als sie den Laden verließen.

„Du hast sicher deine Gründe, dass du die Esel/Hahn-Story überhaupt nicht erwähnt hast, oder, Tom?“

„Die ist im Augenblick irrelevant. Ich habe das Gespräch bewusst unverfänglich gehalten. Falls es zum Verhör kommt, werden wir sie mit den Fakten konfrontieren.“

„Sie musste während der Scheidung ihr Haus in Italien verkaufen, was für sie tragisch war. Allemal ein Mordmotiv.“

Becker nickte. „Die Information sollte ich eigentlich beim zuständigen Amt anfragen, wenn ich die Ordonanz vom Untersuchungsrichter habe. Damit ist die Frage nun beantwortet. Vergiss das nicht im Bericht.“ Er sah Szabo an. „Du schreibst den ja, oder?“

Sie zog eine Schnute. „Bin ich nun die persönliche Sekretärin des legendären Kommissar Becker?“ Dann fügte sie hinzu. „Du brauchst nicht mehr zu fragen. Ich schreibe unsere Berichte, setze sie in die Akte und du vervollständigst sie.“

„Bis jetzt war das nicht nötig. Du arbeitest exakt.“

„Danke für das Kompliment, Kollege Becker. Theoretisch könnte die Rizzo in der Mittagspause zu Theis‘ Haus gegangen sein und ihm auf irgendeine Weise das Gift verabreicht haben.“

„Genau, auch am Samstag, als ich ihn gefunden habe. Das war am späten Morgen. Sie könnte die flüchtige Person gewesen sein.“

„Ihrer Aussage nach war sie im Laden.“

Beckers Augenbrauen zogen sich nach oben. „Vielleicht ließ sie sich kurz von ihrer Freundin Claudia vertreten. Das müssen wir klären.“

Szabo schnippte mit den Fingern. „Die Rizzo verkauft Schnaps und Kräuterschnaps in ihrem Laden und hinter der Kasse an der Wand hängen zwei Schilder: 'Vorübergehend geschlossen' und ‚Bin gleich wieder da'!"

„Das sind nicht zu ignorierende Tatsachen, die in diesem Mordfall eine Rolle spielen könnten", erwiderte Becker.

„Das sehe ich auch so."

„14:30 Uhr. Wir kommen gut voran", stellte Becker fest.

„Die Zeit reicht noch aus, der Freundin von der Rizzo einen Besuch abzustatten." Szabo holte ihre Notizen aus der Hosentasche. „Claudia Koch. Sie arbeitet in einer Versicherungsagentur am Bahnhof. Dort müssten wir sie jetzt antreffen."

„Lass uns hinfahren und klären, wann sie die Rizzo in den letzten zwei Wochen im Laden vertreten hat."

Sie parkten den Wagen am Bahnhof und überquerten die Straße.

„Wir versuchen uns als Kunden einzuschleusen", sagte Becker zu Szabo. Die Glastür öffnete sich automatisch. Becker gab Svenja den Vortritt.

„Guten Tag, was kann ich für Sie tun?", fragte die Dame am Empfang. Ein Schild wies auf sie als Mathilda Pinto hin.

„Könnten wir bitte mit Frau Claudia Koch sprechen."

Mathilda schien tatsächlich anzunehmen, sie seien Kunden von Claudia. Sie wies auf das Großraumbüro, in dem drei Schreibtische besetzt waren, zwei von Männern und einer von einer Frau. Becker hätte Claudia Koch, egal wie, erkannt, denn sie ähnelte noch immer der etwas jüngeren Claudia auf dem Zeitungsbild von vor fast zehn Jahren.

Claudia Koch sah den beiden entgegen. „Bitte nehmen Sie Platz.“ Sie deutete auf die zwei Stühle vor ihrem Tisch. „Ich kenne Sie nicht, aber Sie mich anscheinend. Was kann ich für Sie tun?“

Becker zeigte ihr unauffällig seine Marke. „Wir möchten ganz informell mit Ihnen reden. Es geht um den Tod von Christian Theis.“

Ein trauriger Ausdruck trat in ihre Augen. „Ganz schrecklich, sein Tod. Er war noch so jung. Weshalb möchten Sie mit mir darüber reden?“

„Es tut mir leid Ihnen mitteilen zu müssen: Er wurde ermordet.“

„Ermordet“, flüsterte sie. „Das ist ja furchtbar.“ Tränen stiegen ihr in die Augen.

„Sie kannten ihn gut?“

„Er ist der Ex-Mann meiner besten Freundin. Die beiden waren zwar wie Katz und Maus, aber ich mochte Christian. Er war ein netter Kerl.“

„Sie verübeln ihm die Scheidung nicht, obwohl ihre Freundin sehr darunter gelitten hat.“

„Ich verrate Ihnen ein kleines Geheimnis. Nicole ist meine beste Freundin, ja, aber sie hat keinen einfachen Charakter. Freundschaft und Ehe sind zweierlei Paar Schuhe.“

Szabo nickte. „Darf ich unser Gespräch aufnehmen. Es ist kein Verhör, nur für eine eventuelle Aktennotiz.“

„Ja, aber bitte nicht zu auffällig.“

Szabo lächelte und aktivierte die Aufnahmeapp ihres Handys. „Unauffällig genug?“, fragte sie leise.

Die Empfangsdame beriet einen Kunden und die beiden männlichen Mitarbeiter führten Telefonate. Alles in allem eine gute Geräuschkulisse für ein diskretes Gespräch.

„Sie waren vor zehn Jahren bei dem Vorfall mit dem Esel auf dem Kirchturm hier in Diekirch dabei. Wir haben ihr Foto in den Zeitungen von damals gesehen."

„Das stimmt. Was hat das mit dem Tod von Christian zu tun?"

„Frau Rizzo führte den Protestzug an und sie leitete eine Arbeitsgruppe. Wenn ich das Verhältnis der beiden irgendwie glaube durchschaut zu haben, dann war es weniger die Story, die sie aufregte, sondern eher, dass ihr Mann damit zu tun hatte und sie wieder ihren Hass schüren konnte."

„Da muss ich Ihnen leider zustimmen. Damals war Nicole in Höchstform. Christian war ein rotes Tuch für sie. Wenn sein Name fiel und sie ihm eins auswischen konnte, wurde sie zum Stier."

„Wie lange kennen Sie Frau Rizzo schon?"

„Wir sind Schulfreundinnen, aber ich sage ihnen etwas", sie sah sich um und flüsterte, „Nicole könnte niemanden töten."

„Wir haben bereits ein Gespräch mit Frau Rizzo geführt. Sie erzählte uns, dass Sie sie manchmal in ihrem Laden vertreten."

„Das stimmt. Das macht mir großen Spaß."

„Würden Sie uns sagen, wann Sie sie in den letzten zwei Wochen vertreten haben?"

Claudia Koch überlegte kurz. „Über die Woche bin ich selten da, da ich arbeite. Im Prinzip helfe ich ihr samstags Lieferungen auszupacken und Artikel zu etikettieren, wenn sie das über die Woche nicht hinbekommt. Das war so an den letzten zwei Samstagen."

„Hat Frau Rizzo den Laden verlassen, während Sie aushalfen?"

Szabo beobachtete Koch ganz genau.

Koch legte eine Denkpause ein und blinzelte. „Sie war die ganze Zeit mit mir im Laden."

„Den ganzen Vormittag am Samstag?", hakte Becker nach.

„Den ganzen Vormittag."

„Wir danken Ihnen für Ihre Hilfe, Frau Koch."

„Es war mir ein Vergnügen."

Becker reichte ihr seine Visitenkarte. „Falls Ihnen etwas Wichtiges einfällt, zögern Sie nicht, mich anzurufen."

Sie verließen das Gebäude.

„Was hältst du von einem kleinen Spaziergang an der Sauer entlang?", fragte Svenja. „Zeit hätten wir und ein wenig Bewegung würde uns sicher guttun."

„Sehr gerne", hörte Becker sich erwidern. Abgesehen von denen mit Jessy waren Spaziergänge ihm ein Graus. Catherine würde aus allen Wolken fallen, falls sie davon erfahren würde.

Ein schmaler Pflastersteinpfad und eine Treppe längs des Gebäudes führten direkt auf einen Spazierweg entlang der Sauer.

Becker sah Szabo an. „Welchen Eindruck hast du von Frau Koch und dem Gespräch?"

„Ist das ein Test, Herr Kommissar?"

„Sagen wir mal die Ausbildung zu einer legendären Kommissarin."

Svenjas Augen glitzerten freudig. „Sie hat der Rizzo ein Alibi für Samstagvormittag verschafft. Theoretisch kann die Rizzo nicht die Flüchtige sein."

„Theoretisch, genau. Schlussfolgerung?"

Szabo hackte sich bei Becker unter, als sei es das Natürlichste der Welt. Er zögerte. Das ging doch vielleicht etwas zu weit. Er war verheiratet und wollte keine falschen Hoffnungen schüren. Obwohl geschmeichelt, entwand er sich ihrem Arm.

Szabo ignorierte die Tatsache geflissentlich. „Vielleicht deckt sie die Rizzo. Schließlich ist sie ihre beste Freundin. Eventuell wollte sie sie nicht belasten und stellt sie selbst zur Rede."

„Gut kombiniert und ich glaube, damit liegen wir richtig. Falls es zum Verhör kommt, muss sie die Frage noch einmal beantworten."

„Das müssen beide, Koch und Rizzo!"

Nach einem halbstündigen Spaziergang machten sie sich auf den Weg ins Kommissariat. Bevor sie losfuhren, postete Szabo eine Textnachricht in die Gruppe.

Wir sind durch. Majerus, Rizzo und Koch. Fahren ins Büro.

Die Antwort kam prompt:

Wir auch! Sohn Jeanny, Pfarrer und Direktor Naturmuseum. Bis gleich.

Beim Debriefing im Konferenzraum fasste Szabo die drei Gespräche zusammen. Sie und Becker unterbreiteten ihre Bedenken, Verdächtigungen und Ergebnisse.

Schiltz und Biren taten das Gleiche. „Mich Klein gibt seinem Neffen Alibis für die drei Tage. Die Abende will er im Pub verbracht haben und tagsüber schlief er seinen Rausch aus. Das sei sowieso sein Lebensrhythmus im Moment", erklärte Biren.

„Der Neffe scheint mir ein sanfter, netter junger Mann zu sein", fügte Biren hinzu. „Er ist etwas verloren in dieser Welt. Tatsächlich würde ich ihm keinen Mord zutrauen, schon gar keinen, den er von langer Hand hätte planen müssen."

„Wie sieht es mit dem Pfarrer aus?"

„Bei ihm haben wir uns nicht lange aufgehalten. Wir haben ihn ohne Umschweife auf die Geschichte mit dem Esel auf dem Kirchturm angesprochen, um seine Reaktion zu sehen. Sie war so etwas von normal. Er habe sich schon lange daran gewöhnt. Auf die Frage, warum er denn damals bis an den Vatikan herantreten wollte, antwortete er, dass er wohl indirekt von der Menge angestachelt worden war und dadurch die Tradition über jegliche Überlegungen gestellt habe. Traditionen seien ihm immer noch wichtig, jedoch habe er sich mittlerweile mit dem Esel versöhnt."

Unterdrücktes Lachen erfüllte den Raum.

„Er habe ja schließlich einen Hahn auf der neuen Laurentiuskirche", beendete Schiltz seinen Bericht.

„Der Pfarrer ist also kein Mörder?"

„Ich bezweifele es, Tom", sagte Schiltz. „Wir sind schließlich schon fast überzeugt, dass es hier um etwas anderes geht als um den Esel und den Hahn. Mit dem *Shared Space* und den Garagen haben wir doch eine konkretere Spur als eine veraltete Geschichte."

„Korrekt. Was habt ihr denn beim Direktor vom Geschichtsmuseum herausgefunden?"

Biren übernahm. „Er bestätigte, dass er nicht erfreut war. Die Laurentiuskirche ist ein nationales Monument, an dem nichts verändert werden darf, hat er uns gesagt. Als Direktor des Geschichtsmuseums hat ihm der Austausch schon leidgetan. Er sei mittlerweile besänftigt. Die Kirche wurde restauriert und der Hahn steht in seinem Museum."

„Ende gut, alles gut für den Museumsdirektor und sein Museum, das um einen Hahn reicher ist."

„Einen historischen Hahn", fügte Schiltz hinzu. „Somit kein Grund zum Morden."

Becker kratzte sich am Hinterkopf. „Durch das Ausschlussverfahren wird die Anzahl der Verdächtigen minimiert."

Szabo räusperte sich. „Wenn man bei unseren Befragten überhaupt von Verdächtigen reden kann."

Becker sah auf die Uhr. „Wir haben einige Pisten, das ist ein Anfang. Ich schlage Folgendes vor: Szabo und Biren schreiben die Berichte für den Aktenordner und ich informiere den Untersuchungsrichter über den neusten Stand der Ermittlungen. Morgen werden wir Gespräche mit der Spurensicherung und der Versicherung führen. Daraus resultiert hoffentlich etwas, was uns weiterbringt. Ist das in Ordnung für euch?"

„Natürlich. Wir haben noch Arbeit hier in Diekirch zu erledigen", sagte Schiltz. „Wir warten auf eure Informationen und stehen bereit, falls wir gebraucht werden."

„Ich werde den Zwischenbericht noch heute Abend verfassen", sagte Szabo.

Becker stand auf. „Leute, gute Arbeit heute. Dann machen wir uns mal auf den Weg. Ich muss nach meiner Hündin sehen."

„Streichle sie von mir", sagte Szabo.

„Das mach ich, versprochen. Du hast gut geschlussfolgert heute, weiter so!"

Szabo strahlte Becker an. Dieser wandte sich an Schiltz. „Sie wird irgendwann richtig gut!"

Er zwinkerte Becker zu. „Das brauchst du mir nicht zu sagen, Kollege."

Im Flur begegneten sie Keller. „Eine gute Heimfahrt. Falls ich etwas für dich tun kann, zögere nicht."

Becker sah ihn verständnislos an. Dann bemerkte er, dass Keller nicht ihn angesprochen hatte, sondern Biren.

Nachdem Becker seine Kollegin in Kalchesbruck abgesetzt hatte, fuhr er nach Greiweldingen. Er machte sich Sorgen um Jessy. Er nutzte die Zeit während der Fahrt, um den Untersuchungsrichter anzurufen.

„Holper!"

„Ich bin's, Tom Becker. Störe ich dich nicht?"

„Nein. Alles in Ordnung, fast Feierabend. Ich bin aber erfreut von dir zu hören", sagte der Untersuchungsrichter. „Schon auf dem Nachhauseweg?"

Becker ignorierte das Wörtchen schon. Sie kannten sich zu lange. Holper wollte ihn necken. „Bin ich, Fern. Ich habe Informationen für dich. Wir sind hervorragend vorangekommen. Ich wollte die Zeit im Auto nutzen, ein kurzes Statement von heute abzugeben."

„Ich höre."

Becker informierte den Untersuchungsrichter über die geführten Gespräche. „Morgen ist Schreibtischarbeit angesagt sowie weitere Recherchen zu Versicherungen und Erbschaft.“

„Meiner Meinung nach bleibt die Rizzo sehr verdächtig, zumal sie bei der Scheidung emotional und finanziell Federn gelassen hat. Bitte informiere mich regelmäßig über den Fortschritt der Spurensicherung. Mal sehen, wie es weitergeht und wer noch genauer befragt werden muss.“

„Einverstanden, Fern. Ich melde mich.“

In Greiweldingen angekommen, begab Becker sich unverzüglich zu Martine Schleichs Haus. Er klingelte. Sie öffnete die Tür und die Hündin raste wie ein Wirbelwind auf ihn zu, sprang in seine offenen Arme und leckte ihm die Wange.

„Braves Mädchen“, sagte Becker und kraulte ihr den Kopf. „Geht es ihr gut?“

„Es geht ihr besser denn je, Tom. Ich frage mich, ob sie heute Morgen nicht simuliert hat, weil sie nicht mit dir fahren wollte?“

„Ach was!“, erwiderte Becker entrüstet. Oder mochte sie die Autofahrten und das lange Warten tatsächlich nicht?

„Ich danke dir jedenfalls, Martine, für deine Unterstützung.“

„Habe ich doch gerne gemacht.“ Sie reichte Becker die Tüte mir Jessys restlichem Futter. „Wann kommt Catherine denn zurück.“

„Morgen.“

„Also wenn du mich brauchst, zögere nicht.“

„Danke. Ist mit den Zwillingen alles in Ordnung?"

„Was soll ich sagen, Tom" Sie schmunzelte. „Jungs, Anfang zwanzig!"

„Dann wünsche ich dir einen schönen Abend mit deinen Double-Twens."

„Danke, gleichfalls."

Müde plumpste Becker auf sein Sofa. Er beobachtete die Fische, die gemächlich durch ihre friedliche Unterwasserwelt glitten. Die letzten Tage waren anstrengend gewesen. Die Autofahrten, die Gespräche, die vielen Gedanken und nicht zu vergessen Svenjas merkwürdiges Benehmen. Was wollte diese junge Frau nur von ihm? Natürlich gibt es junge Frauen, die ältere Männer bevorzugen. Er musste das klarstellen.

Sein Handy klingelte.

„Salut Marc."

„Hi Tom. Was gibt es Neues?"

Obwohl er müde war, erzählte er Koster von den Gesprächen und dem Verlauf der Ermittlungen. „Morgen ist erst mal Schreibtischarbeit angesagt. Dann schauen wir weiter."

„Brauchst du meine Unterstützung?"

„Danke dir. Mein Team hat alles im Griff."

„Perfekt, denn mein Team hat einen neuen Kunden mit einem interessanten Fall, dann steige ich da mit ein. Zögere nicht, wenn du meine Hilfe benötigst."

„Geht in Ordnung."

„Wann kommt deine Frau eigentlich zurück? Sollte sie nicht schon Mittwoch wieder da sein?"

„Ich habe ihr womöglich etwas zu viel Taschengeld mitgegeben", scherzte Becker. „Sie kommt morgen."

„Grüße sie von mir."

„Das mach ich gerne."

Becker beendete das Gespräch. Trotz seiner Erschöpfung begab er sich in die Küche, um eine Platte mit Wurst und Fleisch zuzubereiten und eine Flasche Bier zu öffnen. Noch einmal sündigen, bevor Catherine wieder auf eine deutlich gesündere Lebensweise pochen würde.

Kapitel 9

Freitag – Samstag – Sonntag

Becker linste zerstreut auf das Knäuel Hund neben sich und gähnte dann, während er auf seine Armbanduhr schaute. „6:30 Uhr. Guten Morgen, Jessy", sprach er mit rhythmischem Singsang in der Stimme. „Zeit für unseren morgendlichen Ausflug." Sanft streichelte er der Hündin über das Fell. „Heute kommt Mama nach Hause", flötete er. „Dann ist es vorbei, mit dem Nächtigen auf ihrem Kissen." Dem Klang von Beckers Stimme nach zu urteilen, würde ein Außenstehender vermuten, er sei ein Komponist und schreibe eine Sonate. Freunde würden denken, er sei nicht ganz bei Sinnen.

Während des Spaziergangs bemerkte Becker, dass er bis zum Eintreffen von Catherine im Laufe des Tages keinen Plan für einen Hundesitter hatte. Wie mit dem Untersuchungsrichter besprochen waren prioritär administrative Arbeiten angesagt. Jessy könnte es sich also in seinem Büro gemütlich machen und sich von den Kollegen verhätscheln lassen.

Sogleich er zuhause war, schrieb er Catherine eine SMS.

Hi. Ich freue mich auf dich. Wann wirst du hier sein?

Anschließend schrieb er eine SMS an Sandra Biren.

Guten Morgen. Ich verspäte mich etwas heute. Organisatorische Belange. Bin online zu erreichen

Die Antwort kam prompt: Jessy?

Genau. Ich warte auf Catherines Plan für heute. Mache derweil Homeoffice

Lass mich wissen, wie wir heute vorgehen?

Gleich. Melde mich

Okay

„Da die Chefin noch nicht da ist, gönnen wir beide uns noch ein Männerfrühstück", sprach Becker zur Hündin.

Schwanzwedelnd gab sie ihr Einverständnis.

Becker schmierte sich zwei Scheiben Vollkornbrot. Er lächelte. Immerhin war die Brotsorte nach Catherines Geschmack. Dann entnahm er dem Kühlschrank einen Brie und eine Salami. Die Salami war von einem Bauern aus dem Dorf. Eigene Züchtung, kontrollierte Schlachtung, so weit wie möglich lokaler Verkauf. Natürlich würden ihn Vegetarier und Veganer für seine Einstellung an den Pranger stellen, aber Becker konnte nun mal nicht auf sein Scheibchen Salami und seinen Käse verzichten. Er war offen für jede Ideologie, solange sie nicht in Fanatismus umschwang.

Sein Handy vibrierte. Eine SMS von Catherine.

Hi Schatz. Bin zwischen elf und Mittag zu hause. Bist du da?

Bleibe im Homeoffice wegen Jessy

Bis später. Kuss.

Hi Sandra. Catherine kommt heute Vormittag und ich arbeite von zu Hause aus. Wenn nötig, kann ich später ins Büro kommen

Kein Thema

Ich rufe dich nachher an

Okay. Bis später

Guten Morgen Sandra. Hast du gut geschlafen?

Sandras Herz machte einen Hüpfer. *Sehr gut Jim. Danke noch für das Update gestern Abend, wegen des Raubüberfalls*

Sandra Biren legte das Handy beiseite und öffnete die Theis-Akte, um Szabos Bericht zu lesen. Am Abend war sie wegen eines charmanten Polizeibeamten aus Diekirch, mit dem sie hin- und hergeschrieben hatte, nicht konzentriert genug gewesen. Schon kam die nächste Nachricht von Jim.

Mageres Update. Die Täter sind über alle Berge, keine Spuren, keine Beweise

Ich werde Becker die Information trotzdem weitergeben

Kommt ihr heute nach Diekirch?

Steht nicht auf dem Plan

Kommst du denn nach Diekirch?

Sandra lächelte. *Warum sollte ich?*

Abendessen mit mir?

Während sie überlegte, kam die nächste Nachricht von Jim: *Ich wollte dich nicht überrumpeln, wir können das gerne auf später verschieben*

Ich würde mich freuen, aber heute und morgen Abend geht es nicht

Sonntag?

Sandra lächelte. *Sehr gerne.*

Ich hole dich um 19:30 auf dem Parkplatz beim Bahnhof ab.

Einverstanden. Bis Sonntag

Sandra drehte sich überschwänglich in ihrem Bürostuhl um 360 Grad und freute sich auf das bevorstehende Treffen. Dann las sie Szabos Bericht und stellte fest, dass das meiste im Briefing am Vortrag gesagt worden war.

Sie griff nach dem Hörer vom Festnetztelefon und rief Becker an. „Hi Tom. Ich dachte, ich melde mich bei dir."

„Das war Telepathie. Ich wollte genau das Gleiche tun."

Sandra griff nach einem Kugelschreiber und lehnte sich in ihrem Stuhl zurück. „Keller hat sich gemeldet, wegen des Raubüberfalls gestern. Die Täter sind über alle Berge, keine Spuren, keine Beweise."

„Nicht mal brauchbare Zeugenaussagen?", forschte Becker ungläubig.

„Null! Absolut unbegreiflich. Da die Überfälle in drei verschiedenen Einkaufszentren stattfanden, könnte man annehmen, dass eine Täterbeschreibung möglich sei, aber im Gegenteil! Die Aussagen gehen eher auseinander."

Tom lachte auf. „Viele Köche verderben eben den Brei. Okay, daran können wir momentan nichts ändern. Scheint mir fleißig, der Keller. Noch spät am Abend im Dienst gewesen."

Eine kurze Pause entstand, bevor Sandra antwortete. „Auch Svenja und Paul haben Überstunden geschoben. Scheint mir ein gutes Team in Diekirch", lenkte sie von Keller ab.

„Ich stimme dir zu. Die Zusammenarbeit macht Spaß."

„Ich habe eben nochmal die Berichte von gestern gelesen. Einige Recherchen sind jetzt tatsächlich vorrangig. Worum soll ich mich kümmern, Tom?"

„Ich schlage vor, du aktivierst Sam von der Spurensicherung. Abgesehen von den bereits beschlagnahmten Gläsern und Flaschen hatte er am Mittwoch angekündigt, sich noch einmal zum Tatort zu begeben, das ganze Haus nach Flaschen oder Behältnissen abzusuchen und vom Keller bis Obergeschoss jede noch so unbedeutende Ecke zu kontrollieren."

„Das stimmt. Heute ist Freitag. Da könnten erste Ergebnisse vorliegen", stimmte Sandra zu.

„Ich muss wissen, ob irgendeine Spur vom Rizin zum Schnaps führt. Ach, weißt du was, Sandra? Bevor ich meine tausend Gedanken an dich weitergebe, kümmere ich mich selbst um die Spurensicherung. Ich kontaktiere Lara oder Sam. Versuche du derweil beim zuständigen Amt herauszufinden, wie es um Lebensversicherungen, Testament und Erbschaft steht. Außerdem würde mich interessieren, wieviel die Rizzo dem Theis nach dem Verkauf des Hauses in Italien finanziell abtreten musste."

„Alles notiert, Tom. Wir hören voneinander, bis dann."

Becker hatte das Gespräch mit Biren gemütlich von der Couch aus erledigt, neben sich Jessy auf ihrer Lieblings-Patchwork-Decke. Er kraulte ihren Kopf. „Homeoffice ist doch perfekt für uns beide, bis Mama wieder da ist." Er ging in sein Arbeitszimmer, holte seinen Laptop, seine Mappe, seine Unterlagen und breitete alles auf dem Wohnzimmertisch aus. Er platzierte sich so, dass er durch die raumhohen Fenster sehen konnte, wenn Catherine vorfuhr. Dann wählte er Sams Handynummer.

„Sie sprechen mit dem Anrufbeantworter von Sam Dos Santos. Bitte hinterlassen Sie eine Nachricht und ihre Telefonnummer. Ich rufe zurück."

„Sam, hier Tom Becker. Bitte um Rückruf."

Dann wählte er Laras Nummer.

„Sie sprechen mit dem Anrufbeantworter von Lara Rizzo. Bitte hinterlassen Sie eine Nachricht und ihre Telefonnummer. Ich rufe zurück."

Lara Rizzo! Rizzo? Irritiert, sprach er seine Message: „Lara, hier Tom Becker. Bitte um Rückruf."

Becker drückte die Off-Taste. Lara Rizzo. Lara hieß doch Steinmetz. Hatte er sich verwählt? Er musste jetzt sofort erfahren, was es mit diesem Namen auf sich hatte. In seinen Kontakten suchte er die Nummer von Caroline Martini, einer Mitarbeiterin aus der Personalabteilung.

„Caroline, guten Morgen. Tom Becker hier."

„Tom. *Moien*. Lange nichts von dir gehört."

„Stimmt. Wie geht es dir?"

„Etwas im Stress, aber es geht mir gut. Kann ich etwas für dich tun?"

„In der Tat, das könntest du, Caroline. Ich brauche eine Information über eine Kollegin bei der Spurensicherung, Lara Steinmetz." Becker kannte die Datenschutzregeln, um Caroline zu überlisten, musste er kreativ werden. „Ich wollte sie eben auf Ihrem Handy anrufen, bezüglich eines Mordfalls in Diekirch, an dem wir gemeinsam arbeiten. Der Anrufbeantworter teilte mir mit, die Nummer gehöre einer Lara Rizzo. Habe ich die falsche Nummer?"

Becker hörte, wie Caroline ihre Tastatur betätigte. „Deine Nummer ist richtig, Tom. Sie wurde kürzlich von Steinmetz geschieden, ihr Mädchenname ist Rizzo."

„Danke Caroline. Dann bleibt mir nichts anderes übrig, als auf ihren Rückruf zu warten."

„Tom!"

„Ja?"

„Angesichts des Datenschutzes, vergiss die Info zur Scheidung, bitte."

„Welche Scheidung?"

„Perfekt, Tom."

Nachdem sie sich verabschiedet hatten, stand Becker auf und spazierte um den Tisch herum. Lara Rizzo. War das ein Zufall? Angenommen Nicole Rizzo sei Familie.

Hatte Lara gewusst, dass sie die Ex-Frau von Theis war? Er griff nach seinem Handy und wählte die Nummer von Marc Koster.

„Tom!“, flüsterte Marc.

„Störe ich?“, erwiderte Becker.

„Ich bin bei einer Observierung, aber du kannst reden.“

Becker erläuterte den Fall Lara Rizzo. „Könntest du bitte herausfinden, ob es eventuelle Verwandtschaftsbeziehungen gibt?“

„Kein Thema. Ich kümmere mich darum, sobald ich im Büro bin. Es könnte bis zum Abend dauern.“

„Danke, das ist wichtig. Bitte vergiss es nicht.“

Anschließend widmete Becker sich Szabos Bericht bezüglich der gemeinsamen Ermittlungen vom Vortag. Außer einem fehlenden Satzzeichen gab es nichts zu bemängeln. Um zehn Uhr hatte er noch keine Rückmeldung von Sam oder Lara erhalten.

Er verfasste eine Mail. In die Betreffzeile schrieb er: Fall Theis, Diekirch. Den Text hielt er knapp. *Bitte um Rückruf. Danke. Tom*

Gegen elf Uhr rief Sandra an. In ihrer Stimme schwang Unmut. „Ich bin sowas von sauer, Tom. Trotz Ordonanz bekommen wir die Informationen zu Lebensversicherungen, Testament, Erbschaft und der Auszahlung von Rizzo an Theis erst am Montag.“

„Was ist nur los heute? Kein Rückruf von Sam oder Lara, keine Informationen vom Amt“, fragte Becker frustriert.

„Der zuständige Amtsvorsteher hat heute Urlaub und die Sachbearbeiterin vom Dienst ist noch in der Ausbildung. Sie darf solche Informationen erst herausgeben, wenn sie vom Amtsvorstehenden genehmigt wurden."

„Das kann doch nicht sein", wetterte Becker. „Irgendjemand muss doch zuständig sein. Ich werden den Untersuchungsrichter umgehend kontaktieren."

„Es ist Freitag Tom und fast Mittag. Wir könnten theoretisch auf die Rückkehr des Dienststellenleiters am Montag warten. Ich habe der Sachbearbeiterin die Ordonanz per Mail zukommen lassen. Sie hat zugesagt, am Montag früh die Einwilligung einzuholen und anschließend sofort alle Unterlagen zu mailen."

Becker schnaubte unzufrieden ins Telefon. „Es bleibt uns wohl nichts anderes übrig."

Lautes Hupen unterbrach das Gespräch. Jessy sprintete bellend zum bodenhohen Fenster.

„Ich beende, Sandra. Catherine fährt gerade vor."

„Es ist nicht zu überhören, dass sich da jemand freut. Bis später, Tom."

„Bis später."

Becker begab sich zur Haustür, Jessy eilte ihm hinterher. Sicherheitshalber legte er der Hündin die Leine an. Catherine stieg aus dem Wagen hob Jessy auf ihren Arm und ging zu Tom. „Du hast mir gefehlt, du alter Brummbär", sagte sie. Sie umarmten sich und gaben sich einen Kuss.

Er sah in ihre wunderschönen Augen. „Du mir auch! Ohne Jessy wäre es noch weniger erträglich gewesen. Schön, dass du wieder da bist."

Catherine sah ihren Tom an, als hätte sie eine neue Seite an ihm entdeckt. „War das eine Liebeserklärung?“

Becker zog eine Augenbraue hoch. „Das war die Wahrheit.“

„Musst du heute noch arbeiten?“

„Ich bleibe im Homeoffice.“

Sie zeigte mit der Hand zum Wagen. „Das trifft sich gut. Dann hilfst du mir sicher gerne beim Ausladen.“

Becker bemerkte, dass der Rücksitz umgeklappt war und das Auto voller Tüten und Pakete war. Er schlug sich theatralisch die Handfläche auf die Stirn. „Ich glaube, ich muss doch in mein Büro!“

„Wohin mit dem ganzen Kram?“, fragte Tom.

„Etwas Respekt, Herr Becker“, bat Catherine und schubste ihren Mann. „Der Bürostuhl nimmt viel Platz ein.“

Becker sah sie zweiflerisch an.

„Lass uns alles in meinem Büro abstellen. Ich kümmere mich heute Nachmittag um das Auspacken. Es sind wunderschöne Artikel dabei, die sogar dir gefallen werden.“

Becker öffnete die Beifahrertür und ein kleiner Sessel aus Ratan mit einem flauschigen blauen Kissen, fiel ihm entgegen. „Was ist denn das?“

„Ein Hundesessel für Jessy. Nicht nur Menschen sollen es gemütlich haben.“

Becker strahlte. „Wie schön.“ Er lief schnurstracks ins Wohnzimmer, um einen geeigneten Platz dafür zu finden.

„So, das war das letzte Paket.“ Becker schielte auf seine Uhr. „13:00 Uhr, ich habe Hunger.“

Catherine öffnete den Kühlschrank in der Küche und stellte fest, dass es abgesehen von einigen Grundnahrungsmitteln nichts Essbares gab. „Sieht so aus, als müsste ich mir mein Mittagessen erst verdienen.“

„Mea culpa, Schatz. Ich habe wirklich nicht so weit gedacht.“

„Ich schlage vor, ich fahre schnell einkaufen, wir essen eine Kleinigkeit und heute Abend koche ich uns etwas Leckeres.“

Becker küsste Catherine auf die Stirn. „Du bist die Beste.“

„Ich weiß.“

Jessy hockte am Bodenfenster zum Hof und winselte herzergreifend, als Catherine vom Hof fuhr.

„Mama kommt doch zurück.“ Becker strich mit der Hand über den neuen Hundesessel. „Schau her, wie gemütlich.“

Die Hündin tapste zu ihm, schnupperte am Sessel, sprang darauf und machte es sich gemütlich.

In diesem Moment klingelte sein Handy. „Hi, Sam. Danke für den Rückruf.“

„Gerne. Was kann ich für dich tun?“

„Es geht um den Mord an Christian Theis. Wir haben Informationen zusammengetragen. Ob sie relevant sind, hängt von den Ergebnissen der Spurensicherung ab, also von euch.“

„Es gibt einen Grund, Tom, dass wir uns noch nicht gemeldet haben. Lara sitzt neben mir. Aufgrund der Befunde aus dem Labor betreffend Rizin, Alkohol und Flaschen, haben wir das Haus erneut durchkämmt. Wir haben unzählige Spuren gesichert, deren Auswertung Zeit in Anspruch nimmt!“

„Ohne eure Erkenntnisse kommen die Ermittlungen ins Stocken.“

Lara meldete sich zu Wort. „Wir können dir eine grobe Übersicht geben, aber wir brauchen schon etwas mehr Zeit für den Feinschliff.“

Vor Beckers innerem Auge erschien der Name Rizzo. Je weniger Lara in die Untersuchungen einbezogen wurde, bevor die Beziehung zu Nicole Rizzo geklärt war, desto besser. „Wie schnell könnte euer Bericht fertig sein?“, fragte er.

„Wir würden heute Nachmittag erste Ergebnisse in die Fallakte eintragen und Montag, spätestens Dienstag den finalen Bericht liefern“, antwortete Sam.

Becker atmete auf. Das gab ihm Zeit die Rizzo-Geschichte zu klären. Es wäre ihm lieber gewesen, schneller voranzukommen, aber in diesem Fall schien Montag der Stichtag für den weiteren Verlauf der Ermittlungen zu werden. „Damit kann ich leben“, erwiderte er.

„Wir arbeiten mit Hochdruck“, versicherte Sam.

„Danke euch. Trotzdem ein schönes Wochenende.“

Beckers Magen schmerzte vor Hunger, als Catherine gegen 14:30 Uhr vorfuhr. Er gesellte sich zu ihr, als sie aus dem Auto stieg. Sie öffnete den Kofferraum und fünf prallgefüllte Tüten kamen zum Vorschein. Der Duft von gegrilltem Hähnchen erfüllte die Luft.

„Der Grillkönig“, rief Tom erfreut.

Jeden Freitag stand die Hähnchenbude am Eingang des Dorfes und die Hähnchen waren berühmt für ihren legendären Geschmack.

Wenig später saßen Catherine und Tom am Küchentisch und knabberten an einem Hähnchenflügel.

„Fährst du noch mal in die Stadt oder definitiv Homeoffice?“, fragte Catherine.

„Bringt nichts mehr, jetzt noch in die Stadt zu fahren. Die Weichen sind gestellt. Montag wird ein entscheidender Tag in den Ermittlungen werden. Ich erwarte Informationen aus den verschiedensten Bereichen.“

Catherine warf ihrem Mann einen verschwörerischen Blick zu. „Ich freue mich auf ein gemütliches Wochenende mit dir.“

Sowohl Catherine als auch Becker nutzten den Nachmittag für diverse Aktivitäten. Catherine dekorierte, Becker kümmerte sich um Jessy und hielt die Berichte in der Fallakte Theis im Auge. Es kamen wirklich erste Erkenntnisse der Kriminaltechniker. Becker hegte die dringende Hoffnung, dass Lara und Nicole Rizzo nicht miteinander verwandt waren, da dies die Ermittlungen beeinträchtigen würde. Dem Bericht zufolge wurde klar, dass Theis Kräuterschnaps bevorzugte. Sowohl im Keller, hinter den Kartoffelvorräten als auch hinter dem Heizkessel der Ölheizung wurden leere Flaschen gefunden. Im Vorratsraum neben der Küche befand sich ein Arsenal an Kräuterschnapsflaschen. In einer unbeleuchteten Ecke des Raumes wurden in einer extrem dünnen Staubschicht zusätzliche Schuhabdrücke gesichert. Im Bericht stand: „Die Abdrücke sind schmal und von kleiner Schuhgröße, können sowohl männlicher als weiblicher Herkunft sein. Detaillierte Analysen folgen."

Becker lehnte sich nach der Lektüre des Berichtes in seinem Stuhl im Wohnzimmer zurück. Männlich, weiblich, Nicole Rizzo oder Laura Rizzo, Kräuterschnaps, Rizin… die Gedanken drehten sich wie ein Karussell in seinem Kopf.

„Schatz!", unterbrach Catherine das Gedankenkarussell. „Aperitif ist bereit!"

Becker lächelte. Es war Wochenende, Catherine war wieder zuhause und Jessy gesund. ‚Bis Montag läuft nichts davon', sagte er sich und fuhr den Computer herunter.

* * *

Kaffeeduft weckte Catherine am Samstagmorgen um 8:15 Uhr. Sie schlüpfte in ihren Bademantel und die neuen Pantoletten und schlappte in die Küche. Tom saß am Küchentisch, nicht wie üblich samstags um die Zeit im Pyjama, sondern in bequemer Jogginghose und Pulli. Er schlürfte seinen Kaffee, vor ihm lag die aufgeschlagene Tageszeitung. Catherines E-Paper-Abonnement beinhaltete die Papierversion am Samstag und Becker nahm sich immer die Zeit, das Blatt detailliert zu lesen.

Catherine küsste Tom auf die Wange. „Guten Morgen."

„Guten Morgen, Schatz. Setz dich." Tom erhob sich. „Ich habe Frühstück vorbereitet."

Catherine sah ihrem Mann erstaunt hinterher. Er entfernte ein Handtuch von der Ablage und darunter kam ein Tablett zum Vorschein, auf dem sich alles befand, was man für ein Frühstück brauchte.

„Soll ich dir behilflich sein?“

„Lass dich heute verwöhnen.“

„Soll ich vor dem Frühstück mit Jessy rausgehen?“, bot Catherine an.

„Ich habe schon eine beträchtliche Runde mit ihr gedreht!“

Catherine kam aus dem Staunen nicht mehr heraus.

Tom stellte Brötchen, Marmelade, Scheibenkäse und gekochten Schinken auf dem Küchentisch.“

„Beim Bäcker warst du auch schon?“

„Ich bin zwar Super-Tom, das wäre jedoch ohne Superkräfte nicht möglich gewesen.“ Er schenkte Catherine den ‚Samstags-Lieblings-Tom-Melitta-Kaffee‘ ein. „Martine wollte gerade los, als ich mit Jessy zurückkam. Sie bot mir an, Brot mitzubringen. Da konnte ich nicht nein sagen.“

„So könnte jeder Tag beginnen“, erwiderte Catherine und schmierte Butter auf ihr Brötchen. „Ich bin ehrlich gesagt überrascht, dass du das alles schon erledigt hast. Mit Jessy bist du doch nur auf Androhung einer Strafe spazieren gegangen.“

„Ich gestehe, ich genieße die Spaziergänge, vor allem den am Morgen. Ich komme dadurch schneller in die Gänge.“

„Diese Erkenntnis bereitet mir wirklich Freude, Tom. Es ist gesund und wenn du bald in Rente bist, wird es dir noch leichter fallen.“

„Wenn ich in Rente bin?“

„Ja, dann können wir hier so richtig loslegen. Dein Weinberg, mein Garten und auf was wir sonst noch Lust haben. Hast du den Antrag schon gestellt?"

Tom zögerte. „Ich hatte noch keine Zeit. Ich werde es tun, sobald dieser Fall abgeschlossen ist. Die offizielle Frist wäre dann in sechs Monaten."

Catherine rieb sich freudig die Hände. „Wie steht es in deinem Fall? Du musst mir nicht alle Details erzählen, bloß die Spannenden."

„Es bleibt aber alles unter uns."

Catherine schüttelte theatralisch den Kopf. „Wenn ich es nicht täte, wärst du bereits ein Schreibtischtäter, mein Schatz."

„Korrekt!" Er erzählte ihr vom geplanten *Shared Space*, Theis und seinen Garagen, von Nicole Rizzo, der Scheidung und Laetitia Perreira.

„Hast du einen Verdacht bezüglich des Mordmotives?"

„Tja, da fischen wir noch in trüben Gewässern. Es ist einfach zu früh, um sich festzulegen."

„Das sieht noch nach viel Ermittlungsarbeit aus." Catherine erhob sich. „Ich gehe dann mal duschen."

Becker räumte den Tisch ab. Als er die Lebensmittel in den Kühlschrank verstaute, kam eine WhatsApp-Nachricht von Marc.

Lara Rizzo. Ruf mich an.

Tom folgte der Aufforderung umgehend.

„Hi Tom. Sorry für die späte Rückmeldung, die Observierung dauerte doch länger als gedacht."

„Kein Thema. Was hast du herausgefunden."

„Lara Rizzo und Nicole Rizzo sind nicht miteinander verwandt."

Becker fiel ein Stein vom Herzen.

„Ich habe die Familienverhältnisse bis anno 1900 zurückverfolgt. Die eine hat den Ursprung in Umbrien, die andere in der Toskana."

„Da bin ich froh. Wer stammt denn aus der Toskana?", fragte Becker.

„Nicole Rizzo."

„Ich bin wirklich gespannt, was ihre Villa abgeworfen hat. Die Toskana ist ein teures Pflaster."

„Es hängt von der Villa ab, Tom."

„Da stimme ich dir zu, Marc. Vor allem bin ich bezüglich der familiären Verhältnisse beruhigt, denn das hätte für den Verlauf unserer Ermittlungen erhebliche Komplikationen hervorrufen können. Ich schulde dir was. Ein Bierchen im Laufe der Woche?"

„Gerne, ich habe zuerst einen wichtigeren Termin."

Becker fiel der verschmitzte Unterton auf. „Und der wäre?"

„Ich habe die nette Dame von Amt, von der ich meine Informationen bezogen habe, auf Sushi eingeladen. Ihrem Facebook Profil nach zu urteilen, ist sie eine echte Schönheit."

„Da kann ich mit einem Bierchen wohl nicht mithalten."

„Doch, eben auf Platz zwei. Wir hören uns. Bis dann, Tom."

Erleichtert beendete Becker das Gespräch. Da Lara Rizzo und Nicole Rizzo nicht verwandt waren, musste er Lara am Montag nicht vom Fall abziehen. Damit hatte er eine Sorge weniger und einem entspannten Wochenende stand nichts mehr im Wege.

* * *

Um 19:15 Uhr am Sonntagabend fuhr Sandra Biren auf den Parkplatz am Bahnhof Diekirch. Das Date mit Keller war für halb acht angesetzt. Kaum hatte sie den Motor abgestellt, fuhr ein grauer Audi in die Parklücke neben sie. Während sie noch schnell im Rückspiegel ihr Gesicht überprüfte, klopfte Jim Keller bereits an ihre Fensterscheibe. Sie sah in seine dunklen Augen und ihr Herz machte einen freudigen Hüpfer.

Er öffnete ihr die Wagentür.

Er sah zum Verlieben aus. Perfekter Oberkörper in weißem Hemd, dunkelblaue Jeans, Sneaker! Sie versuchte ihr Gefühlschaos durch eine neutrale Mimik zu überspielen und stieg aus.

„Hi“, sagte Jim und küsste sie galant auf die rechte Wange. „Cooles Auto.“

„Danke“, antwortete Sandra. „Und nicht zu übersehen.“

„Klingt als magst du die Farbe nicht besonders.“

Sandra zuckte mit den Schultern. „Ich wollte den Peugeot 208, Omi wollte gelb. Als Gegenleistung steuerte sie die Hälfte des Kaufpreises hinzu. Was hättest du getan?“

„Genau das gleiche. Ich hatte nicht solch ein Glück mit der Omi.“ Er lachte. „Ich habe lange für dieses Auto gespart. Es war aber die Gelegenheit, ein Jahreswagen.“

“Gott sei Dank nicht in Gelb.“

Jim lachte. „Die Geschichten unserer fahrbaren Untersätze hätten wir dann geklärt. Ich hatte ganz vergessen, deine kulinarischen Vorlieben zu hinterfragen. Würde eine Pizzeria dir zusagen?“

„Natürlich."

„*Da Luigi*", sagte Keller. „Der beste Italiener in Diekirch. Ich schlage vor, wir gehen zu Fuß."

Sandra nickte. „Bewegung tut immer gut."

Das Gespräch begann reibungslos, ohne Anlaufschwierigkeiten. Allerdings hatte Biren den Spaziergang nicht eingeplant und fröstelte.

„Ist dir kalt", frage Keller.

„Es geht", antwortete Sandra und zog den Reisverschluss ihrer dünnen Übergangsjacke zu.

„Du erlaubst", sagte Keller, legte den Arm um ihre Schulter und zog sie an sich, ohne eine Antwort abzuwarten. So spazierten sie Schulter an Schulter Richtung Fußgängerzone.

„Ich habe mir erlaubt die Theis-Akte zu lesen. Möchtest du darüber reden?", fragte Jim.

"Vielleicht später."

Keller zog sie enger an sich. „Themenwechsel, wie gut kennst du Diekirch?"

„Nicht gut. Meine Mutter kannte sich hier besser aus."

„Ach so?"

„Sie kam gerne mit Freundinnen zum Tanzen her. Ich glaube damals nannte man das ‚Disco' und der Name war *Tivoli*."

Keller lachte auf. „Ach das *Tivoli*. Da haben meine Eltern sich kennengelernt. Man konnte dort an der Bar Aperitif trinken, im Restaurant essen und anschließend die Kalorien abtanzen."

„Meine Mutter erzählte mir, es sei sehr gemütlich gewesen."

„Von welchen Jahren sprichst du?"

„Mitte bis Ende der Achtziger."

Keller deutete auf ein gemütlich beleuchtetes Restaurant. „Da sind wir.“ Er öffnete Sandra die Tür. „Bitte.“

„Buona sera, Jim“, begrüßte sie ein mit Stil und Charme in die Jahre gekommener Italiener. „La pìu bella tavola per te.“

So viel italienisch verstand Sandra.

Sie bestellten Pizza und Rotwein.

„Ich habe da einen nicht zu schweren Rotwein, einen Barbera, passt perfekt zur Pizza.“

„Wir vertrauen dir“, erwiderte Jim Keller. „Wasser?“, fragte er Sandra.

„Unbedingt. Ich muss noch Auto fahren.“

Die Chemie stimmte, verliebte Blicke wurden ausgetauscht und Luigi beobachtete die Entwicklung mit Wohlwollen. Er mochte Jim Keller sehr. Er gehörte nicht zu den gutaussehenden, smarten Kunden, die regelmäßig mit einer neuen Schönheit bei ihm auftauchten. Im Gegenteil, er hätte es ihm gewünscht, und freute sich nun mit ihm, denn seine Begleitung war Luigi auf Anhieb sympathisch.

Keller hob das Glas. „Auf einen schönen Abend.“

Sandra lächelte. „Prost.“ Dabei fiel ihr die Uhr an seinem Handgelenk auf. „Coole Rolex.“

Jim warf einen Blick darauf, dann auf Sandra. „Es handelte sich nicht um irgendeine Rolex, sondern um eine GMT-Master II“, erwiderte er stolz. „Ich habe lange dafür gespart und sie heute, zu diesem speziellen Anlass, aus dem Safe geholt.“

„Ich kann das nachvollziehen." Sie streckte ihm ihren Arm entgegen. „G-Timeless von Gucci. Ich liebe einzigartige, stilvolle Uhren!"

Jim strahlte. „Dann haben wir etwas gemeinsam. Ich plane im Dezember die Watch-Time-Messe in Düsseldorf zu besuchen. Zu zweit wäre es schöner."

„Ist das eine Einladung?"

„Ich würde mich freuen, die Benzinkosten mit dir zu teilen."

Sie lachten herzhaft.

Jim und Sandra waren in ihr Gespräch über Uhren vertieft, als Luigis Ausruf sie in die Realität zurückholte.

„Signora Nicoletta Rizzo, Claudia, *che piacere!*"

Nicole Rizzo und Claudia Koch hatten soeben die Pizzeria betreten.

Jim und Sandra senkten die Köpfe und warfen sich einen verschwörerischen Blick zu. Luigi führte die Frauen an ihnen vorbei und platzierte sie zwei Tische entfernt. Zu fern, um sich direkt ins Auge zu fassen aber abhängig von der Geräuschkulisse konnte man ein Gespräch belauschen.

Es wurde still an Jims und Sandras Tisch. Luigi gefiel der Stimmungswechsel nicht. Was war geschehen? Hatten sie etwa schon gestritten? Er hätte schwören können, dass die beiden verliebte Turteltäubchen wären.

Nicole Rizzo und Claudia Koch bestellten vegetarische Lasagne, Pizza Luigi und einen Valpolicella.

„Die Polizei war bei mir im Büro", flüsterte Claudia Koch, als Luigi sich entfernt hatte.

Rizzo schaute sich nervös um.

„Christian wurde ermordet und du hast kein Alibi", fuhr sie fort.

„Sag mal, was soll das? Denkst du ich sei eine Mörderin?“, raunte Rizzo empört.

„Nein, überhaupt nicht. Aber die Polizei wollte von mir wissen, ob du am Samstagvormittag, als Christian verstarb, den Laden verlassen hast. Ich habe verneint, obwohl das nicht stimmt“, fügte die Freundin hinzu.

„Ich habe ihn nicht umgebracht“, flüsterte Nicole.

Keller und Biren lauschten aufmerksam, da Wortfetzen des Gesprächs sie erreichten.

Rizzo und Koch redeten im Flüsterton weiter. „Das bezweifle ich nicht. Aber du bist zu ihm gegangen an diesem Vormittag. Du sagtest zu mir, du müsstest etwas mit ihm klären.“

„Das stimmt Claudia. Glaube mir, ich habe ihn nicht umgebracht. Er hing mit dem Kopf über der Toilettenschüssel und würgte, als ich ankam. In der Küche auf dem Tisch stand eine Flasche mit seinem verdammten Kräutergesöff. Ich dachte, er sei betrunken. Ich war noch am Überlegen, was ich tun sollte, da betrat ein Mann das Haus. Er rief nach Christian!“ Nicole Rizzo trank einen Schluck Wasser.

Claudia sah sie aufmerksam an. „Wie ging es weiter?“

„Ich öffnete hastig eine Schublade im Wohnzimmer, denn ich wusste, dort bewahrt Christian diese Masken aus COVID-19-Zeiten auf, zog sie über Mund und Nase und flüchtete panikartig durch das Wohnzimmerfenster.“

Claudia sah ihre Freundin an. „Und das ist die Wahrheit?“

Nicole Rizzo nickte halbherzig. Claudia Koch hätte sich eine stärkere Bestätigung gewünscht.

„Hast du das gehört?“, flüsterte Biren. „Rizzo war die Flüchtige.“

„Leider habe ich nicht alles mitbekommen, du?“

Sandra schüttelte den Kopf. „Ich werde Tom informieren, sobald wir hier raus sind.“

Während ihres Gespräches bemerkten sie nicht, dass Nicole Rizzo sich erhob.

„Ich muss mal zur Toilette.“

„Nicole!“, erklang eine Männerstimme.

Biren erkannte Laetitia Perreira, in Begleitung eines Mannes und einer Frau. „Ist das das Ehepaar Lannerts“, fragte sie Jim.

Er folgte ihrem Blick und nickte.

„Guten Abend, Kommissar Keller“, rief Lannerts.

Nicole Rizzo verschwand hastig in Richtung Toilette.

Lannerts stand auf und kam zu ihnen an den Tisch. Er begrüßte Biren. Keller kam nicht umhin, sie vorzustellen. „Kommissarin Sandra Biren. Sie ist die Kollegin von Hauptkommissar Becker.“

Lannerts lachte verschmitzt. „Ein gemütliches Abendessen unter Kollegen.“

„Da stimme ich Ihnen ganz und gar zu, Leutnant-Colonel“, erwiderte Keller.

Lannerts wünschte den beiden noch einen schönen Abend und zog sich zurück.

Aufgewühlt fragte sich Claudia Koch, wieviel diese Polizisten von ihrem und Nicoles Gespräch mitbekommen hatten.

„Ich denke, nachdem was wir nun wissen, verdrücken wir uns. Mehr erfahren wir sowieso nicht, da Koch und Rizzo nun wissen, dass wir Polizisten sind.“

Jim winkte Luigi herbei. „Die Rechnung bitte.“

Ein vom frühen Abschied seiner Gäste überrascht wirkender Luigi fragte sie: „Darf ich euch auf einen Limoncello einladen?“

Keller und Biren lehnten ab.

Der Besitzer sah sie erschrocken an. „La Pizza war nicht buona?“

„Sie war perfekt, Luigi. Wir haben noch zu tun.“

„Ah, zu tun!“ Luigis Augen glänzten. „Bene. Das freut mich und ich hoffe, euch bald wiederzusehen.“

Keller zwinkerte Luigi zu. „Dann trinken wir zwei Limoncello auf Kosten des Hauses.“

„Naturalmente. Buona serata.“

Obwohl es Herbst war, war es nicht kühler als zu Beginn der Verabredung. „Wir könnten durch Alt-Diekirch zum Bahnhof spazieren, falls dir nicht zu kalt ist.“ Dabei legte Jim Keller seinen Arm um Sandras Schulter.

Ihre Blicke trafen sich. Sogar im Bikini am Nordpol hätte sie sein Angebot nicht ausgeschlagen.

Gemütlich spazierten sie durch die Fußgängerzone. Es bedurfte nicht vieler Worte. Sie füllten sich einfach wohl.

Die abendliche Stille wurde durch Musik, Zigarettenrauch und Stimmen in ihrer Nähe unterbrochen. Ein paar Männer bildeten einen Kreis, rauchten, redeten und hörten Musik.

„Die Leichtigkeit des Seins“, sagte Sandra.

„Die unerträgliche Leichtigkeit des Seins von Milan Kundera“, erwiderte Jim.

Erstaunt sah Sandra ihn an. „Du hast den Roman gelesen?“

„Warum nicht?“

„Ich vermeide nun, dir alle meine Lieblingsautorinnen und Autoren aufzuzählen, Kundera gehört definitiv dazu. Schade, dass in dem besagten Roman das Glück des Protagonisten in einer Katastrophe endet."

„Das war 1984", fügte Keller hinzu. Er zog Sandra näher an sich. Vertraut lehnte sie ihren Kopf an seine Schulter. „Was passiert da gerade mit uns?", murmelte sie, ohne ihn anzusehen.

Keller legte den Zeigefinger seiner linken Hand unter ihr Kinn und zwang sie damit, ihm in die Augen zu sehen. „Also wenn es kein Herzkammerflimmern ist, dann ist es Amors Pfeil."

Sandra fiel keine Antwort auf diese romantische Aussage ein.

Sie bogen in eine schmale Seitengasse ein. Die Klänge aus der Musikbox der Gruppe begleiteten sie immer noch.

„Ein schönes Fleckchen", stellte Sandra fest. „Sag mal, hier sind wir doch in der Straße, wo Theis lebte. Und dort, siehst du die Garagen?"

„Ja, ich sehe sie."

„Die gehören Theis", flüsterte sie. „Sie sind ein mögliches Mordmotiv, da er sie sich nicht legal angeeignet hat."

„Inklusive des Grundstücks?"

„Ja genau."

Sie schlenderten wortlos weiter. Plötzlich verstummte die Musik.

Sandra drehte den Kopf. „Hast du das gehört?"

„Was?"

Sie blickte über seine Schulter nach hinten. „Schritte."

In dem Augenblick traf Jim ein Schlag auf den Hinterkopf. Er strauchelte, griff dabei nach der Jacke des Täters, um sich an ihm festzuhalten, ging jedoch zu Boden. Sandra wandte sich unter seiner Schulter heraus und stand Auge in Auge mit einem Angreifer. Er trug einen Schlauchschal über dem Gesicht. Sandra zählte noch drei oder vier zusätzliche Schatten. Einer warf sich auf Jim Kellers Rücken. Ein anderer drückte Sandra zu Boden, bis beide bäuchlings auf dem kalten Asphalt lagen.

„Kein Faxen, sonst vermöbeln wir deine schöne Freundin", zischte ein Mann mit einer rauen Stimme.

„Ihr rührt euch am besten beide nicht", sprach ein anderer. „Dann passiert euch nichts."

Jim spürte wie ihm seine Rolex abgenommen wurde und Kabelbinder um seine Gelenke gezurrt wurde. Es war schmerzhaft. „Vielleicht könntest du mit der Lady etwas sanfter umgehen", presste er hervor.

„Klappe!"

Sandra wurde ihre geliebte Gucci vom Gelenk entfernt, bevor sie gefesselt wurde.

Ihre Münder wurden mit Panzertape zugeklebt. Dann wurden sie in eine halbwegs aufrechte Position gezerrt und spürten, wie man ihnen ihre Geldbörsen abnahm. Dann schleppten die Aggressoren sie etwas tiefer in die Seitengasse zu einem Hydranten, in direkter Nähe einer Hauswand. Mit den Rücken zueinander gewandt, wurden sie an dem Hydranten befestigt.

„Abmarsch!", zischte Raue Stimme und die Aggressoren verschwanden lautlos in der Dunkelheit.

Nachdem sie die Angreifer in sicherer Entfernung wähnten, traten Jim und Sandra mit den Schuhen auf den Asphalt und versuchten, sich trotz Panzertape, Gehör zu verschaffen. In der Ferne fuhr ein Wagen über die *Esplanade*, aber niemand hörte die verhaltenen Rufe der zwei Menschen in Not.

Jim tastete den Hydranten ab, so gut es seine Position erlaubte und fand Sandras Hände. Sie verschränkten ihre Finger ineinander und hofften, dass jemand sie vor dem Morgengrauen finden würde. Ansonsten würde es eine lange, kalte Nacht werden.

* * *

Zufrieden mit dem Abend in der Pizzeria und den daraus resultierenden Einnahmen, schloss Luigi um 01:00 Uhr die Tür seiner Pizzeria ab, schaltete den Alarm ein und machte sich auf den Weg nach Hause. Er genoss diesen abendlichen Spaziergang zu seinem Haus am Ortseingang. Er half ihm den Kopf freizubekommen, um das traditionelle Glas Rotwein mit seiner geliebten Gattin Luana zu trinken, bevor sie anschließend gemütlich zu Bett gingen.

Die Hände in den Hosentaschen, den Kopf gesenkt und in Gedanken vertieft, bog Luigi aus der Fußgängerzone in Richtung Alt-Diekirch ab.

„Mhhh ... Mhmmmm“.

Irritiert hob er den Kopf als er glaubte, ein verhaltenes Wimmern wahrzunehmen.

„Mhhh ... Mhmmmm“.

Jetzt war er sicher, etwas gehört zu haben. Er zückte sein Handy und aktivierte die Leuchtfunktion. Der Lichtkegel erfasste zwei Menschen, die an einen Hydranten gefesselt waren. Adrenalin schoss durch seine Blutbahnen. Er sah sich etwas verunsichert und ängstlich um, aber er wäre nicht Luigi gewesen, hätte sich sein Helfersyndrom nicht eingestellt.

„*Arrivo*“, flüsterte er und eilte auf sie zu. „Madonna mia“, entfuhr es ihm. „Jim! *Che succede*?“

„Mhhh … Mhmmmm“, reagierte der Geknebelte.

Luigi befreite zuerst Jim aus seiner misslichen Lage, anschließend Sandra. Das Panzertape vor dem Mund entfernten die beiden selbst.

„Auf dem Panzertape könnten Fingerabdrücke sein“, sagte Jim zu Sandra.

Sie streckten ihre Glieder und dehnten die verspannten Muskeln. Dann wandte Jim sich dem Menschen zu, der ihm sehr am Herzen lag. „Bist du verletzt?“

„Alles okay“, sagte sie. „Wir haben uns wie Anfänger überrumpeln lassen, das macht mich unheimlich wütend.“

„Das waren diese Männer, an denen wir vorbeigegangen sind.“

Luigi griff nach einem Gegenstand auf dem Boden.

„Mein Portemonnaie.“ Sandra sah hinein. „Nur die Geldscheine sind weg.“

„Wie bei mir. Stopp!“, rief Jim. „Nichts mehr anfassen. Fingerabdrücke.“

Luigi leuchtete den Boden ab. „Jim!“ Er zeigte auf einen Fetzen Papier.

Jim hob ihn mit den Fingerspitzen auf. Es handelte sich um ein Bancomat-Ticket, von einer Tankstelle an der belgischen Grenze. „Dem guten Zustand nach zu urteilen, könnte das Ticket von einem der Täter stammen. Dazu haben wir eventuell Fingerabdrücke auf dem Panzertape."

„Das wäre aber ein großer Zufall", bemerkte Sandra.

„Du kennst den Spruch vom blinden Huhn. Wir brauchen die Kriminaltechniker und die Kollegen." Er wählte die 113, sagte seinen Namen, Dienstgrad und Dienstort.

„Gibt es Verletzte?"; fragte der Kollege vom Notruf.

„Nein. Bitte schicke die Kollegen sowie die Spurensicherung aus Diekirch."

„Das mache ich sofort."

„Danke. Bitte sie um Beeilung, es ist kalt."

„Wird gemacht. Alles Gute für euch."

Zehn Minuten später fuhren zwei Wagen vor. Aus einem stiegen Schiltz und Szabo, aus dem anderen die Kriminaltechniker Myla Klensch und Jorge Costa.

„Das ging sehr schnell", begrüßte Keller sie.

„Ihr hattet Glück. Wir waren auf der Rückfahrt eines Einsatzes."

„Bin ich froh, dass euch nichts Schlimmes zugestoßen ist", sagte Szabo und legte Sandra eine goldfarbene Rettungsdecke über die Schultern. „Was machst du überhaupt in Diekirch?", fügte sie hinzu.

Schiltz klopfte Jim auf die Schulter und schmunzelte. „Gute Wahl, Junge! Nur die Auswahl des Abends ist in die Binsen gegangen."

Szabo sah von Schiltz zu Jim Keller, dann zu Sandra. Nun verstand auch sie. „Sonst geht es dir gut", frage sie Sandra. „Keine Verletzungen?"

„Meine Knie sind etwas aufgeschürft, die Handgelenke auch, die Gelenke und Muskeln schmerzen. Aber mir geht es gut, ich bin nicht aus Pappe."

„Und du, Jim?", fragte nun Schiltz.

„Alles okay! Ich könnte mich ohrfeigen, dass wir uns so haben überrumpeln lassen."

„Ich auch. Aber die waren mindestens zu viert, wir hatten keine Chance."

„Was gibt es Offensichtliches spurentechnisch zu sichern?", fragte die Kriminaltechnikerin.

Jim deutete auf das Panzertape und die beiden Portemonnaies, welche er sorgfältig neben den Hydranten abgelegt hatte. „Und das." Er hielt das Ticket immer noch zwischen den Fingerspitzen. „Reich mir mal ein Tütchen."

„Was ist das?", fragte Jorge Costa.

„Ein Bancomat-Beleg, vielleicht von einem der Täter."

„Und wir werden herausfinden, welche Kreditkarte dazu passt", fügte Schiltz dazu.

„Kommt ihr klar?", fragte Schiltz die Kriminaltechniker.

„Natürlich. Polizeistreifen sind unterwegs und suchen nach möglichen Tatverdächtigen."

„Wir bringen Jim und Sandra ins Kommissariat und nehmen die Aussagen auf. Ein starker Kaffee und ein bequemer Stuhl werden ihnen außerdem gut tun."

Eine Stunde später waren die Aussagen aufgenommen.

Sandra gähnte. „Fährt mich jemand zu meinem Wagen am Bahnhof?"

„Und mich zu meinem. Er steht ebenfalls am Bahnhof", fügte Jim hinzu.

„Kommt nicht in Frage“, ereiferte sich Szabo. „Sandra, du fährst heute Nacht nicht mehr Auto. Bei mir erwartet dich ein gemütliches Gästebett, und das in fünfhundert Meter Entfernung von hier.“

Sandra zögerte kurz, konnte die bleierne Müdigkeit in den Gliedern nicht leugnen. „Okay, ich nehme dein Angebot an“, sagte sie. „Danke.“

„Ich bringe dich nach Hause Jim und du schläfst erst mal eine Runde“, bot Schiltz an. „Wenn du bereit bist für den Tag, rufst du mich einfach an. Dann hole ich dich ab und bringe dich zu deinem Wagen.“

„Gerne. Ich bin ziemlich gerädert“, willigte Jim ein. Er sah Sandra an. „Tut mir leid, dass der Abend so verlaufen ist.“

Schiltz und Szabo verließen den Raum.

„Du kannst ja nichts dafür.“

Jim und Sandra steuerten auf die Tür zu. Kurz davor ergriff Jim Sandras Arm und zog sie an sich. Er drückte sie liebevoll und streichelte sanft über ihren Rücken. „Wir starten einen neuen Versuch, einverstanden.“

Sandra sah im in die Augen. „Sehr, sehr gerne.“

Nach einem klitzekleinen Zögern beugte er sich vor und drückte ihr einen zärtlichen Kuss auf die Lippen.

Dann schlossen sie sich Schiltz und Szabo an.

Als Sandra im Bett lag, fiel ihr ein, dass weder sie noch Jim vom Vorfall in der Pizzeria berichtet hatten. Der Überfall hatte also doch seine Spuren hinterlassen.

Bevor ihr die Augen zu fielen, schrieb sie eine Nachricht in die gemeinsame Gruppe:

An alle: die Flüchtige aus der Wohnung am Tag von Theis Ableben war Nicole Rizzo. Sie hat es Claudia Koch gebeichtet.

An Tom: Ich verspäte mich morgen. Ich bin nicht zuhause. Sobald im Dienst, rufe ich dich an und erkläre dir alles

Es dauerte keine Minute, da kam eine WhatsApp-Nachricht von Jim:

Schlaf gut, Sandra

Das werde ich. Du auch. Gute Nacht

‚Schade, dass der Überfall diesem ersten Date und dem ersten Kuss einen bitteren Nachgeschmack verleiht', dachte sie. Trotzdem schlief sie mit einem Lächeln auf den Lippen ein.

Kapitel 10

Montag

Sandra öffnete die Augen und warf den gewohnten Blick auf ihr Handgelenk. Schlagartig war sie wach. Der Überfall, die gestohlenen Uhren, Jim, der Kuss! Sie schlug die Bettdecke zurück und ließ sich vom Kaffeeduft in die Küche leiten. „Guten Morgen", grüßte Sandra. „Der Kaffeeduft hat mich magisch angezogen."

„Das kann ich verstehen", erwiderte Svenja. „Ohne meine morgendliche Dosis Koffein kommt weder mein Kreislauf noch mein Hirn in Schwung."

„Dito. Mir geht es identisch."

Svenja begutachtete Sandra einige Augenblicke und schmunzelte. „Hübscher Pyjama!" Ihr Pyjama passte Sandra wie angegossen. „Hast du gut geschlafen?"

„Trotz geliehenem Pyjama und Bett, kann ich mich nicht beklagen. Danke, dass ich hier übernachten durfte."

„Das war doch selbstverständlich. Jetzt wird gefrühstückt."

Svenja stellte einen Brotkorb, Marmelade und Streichkäse auf den Tisch. „Mehr kann ich dir nicht anbieten. Das Brot ist von gestern, beim Kaffee hast du die Wahl. Cappuccino, Espresso."

„Kaffee mit Milch."

Szabo öffnete die Geschirrschublade. „Dir geht es also wirklich gut?"

Sandra schmierte Marmelade auf das Brot. „Absolut!"

Svenja schmunzelte. „Jim ist ein cooler Typ und ein sehr angenehmer Arbeitskollege. Ich schätze ihn sehr gefühlvoll ein."

Sandra trank einen Schluck Kaffee, bevor sie antwortete. „Ich glaube das ist er. Wir haben bereits Gemeinsamkeiten entdeckt." Sie sah auf ihr nacktes Handgelenk. „Wir sind beide Uhrenliebhaber."

„Schade wegen dem Diebstahl der Uhren."

„Tut mir sehr leid. Auch wenn meine Uhr versichert war, ich nehme an Jims auch, ist sie nicht mit einem neuen Kauf ersetzt."

„Das verstehe ich. Vielleicht fassen wir die Täter."

„Es ist eher unwahrscheinlich, dass wir die Uhren zurückbekommen, aber man weiß ja nie."

„Was ist dein Plan für heute?"

„Am liebsten würde ich in meinen Wagen steigen, nach Hause fahren und duschen."

„Was hält dich davon ab?"

„Becker. Er wartet sicher schon auf meinen Anruf."

„Er ist ein cooler Mann, nicht wahr?", frage Svenja.

„Das ist er. Ein Brummbär mit einem weichen Kern. Ich muss dir irgendwann die Geschichte von ihm und Catherine, seiner Frau, erzählen. Eine Höllenfahrt, bevor die beiden zusammenfanden."

„Du musst mir alles über ihn erzählen."

Svenjas offensichtliche Interesse an Toms Privatleben überraschte Sandra. „Ich ruf ihn jetzt mal an."

Nach dem ersten Klingelton war Becker bereits in der Leitung. „Sandra, wie geht es dir?“, fragte er besorgt.

„Ehm gut“, antwortete sie, überrascht von seiner Fürsorge.

„Schiltz hat mich heute Morgen in Kenntnis gesetzt. Mann bin ich froh, dass euch nichts zugestoßen ist. Das stimmt doch, richtig?“

„Es geht mir gut, Tom. Ehrlich. Keller allem Anschein nach auch.“

„Dann erzähl mir, wie du an die Information wegen der Rizzo als Flüchtige kamst.“

Sandra räusperte sich. „Ich war gestern Abend in Diekirch “, begann sie.

„Mit Jim, das ist mir bekannt. Also, keine falsche Bescheidenheit“, fügte er wohlwollend hinzu.

Sandra berichtete, was Nicole Rizzo ihrer Freundin anvertraut hatte. Außerdem, dass Lannerts, seine Frau und Laetizia Theis in der Pizzeria waren und dadurch aufflog, dass Jim und sie Polizisten seien.

„Deswegen haben wir die Pizzeria verlassen. Wir fühlten uns“, sie lachte, „umzingelt. Und dann, auf dem Weg zu unseren Autos, wurden wir überfallen.“

„Das war wirklich nicht der Abschluss, den man sich für einen solchen Abend wünscht.“

„Trotz allem, es hätte schlimmer enden können.“

„Da stimme ich dir zu, Sandra. Ich schlage vor, ich komme sofort nach Diekirch und wir verhören die Rizzo. Ich würde Szabo mitnehmen. Sie war bei dem ersten Gespräch mit Rizzo dabei. Ist das für dich in Ordnung?“

„Natürlich. Ich sage ihr gleich Bescheid. Ich bin noch bei ihr zu Hause.“

„Schiltz sagte mir, dass du bei ihr übernachtet hast."

„Sie war so nett, es anzubieten. Du brauchst mich also nicht vor Ort?"

„Nein."

„Was soll ich tun?", fragte Sandra.

„Möchtest du dich heute vielleicht ausruhen und dich vom Schrecken des Überfalls erholen."

„Erholen ist nicht nötig. Ich schlage vor, da du mit Svenja zu Rizzo fährst, fahre ich nach Hause duschen und dann ins Büro. Ich schreibe den Bericht und kümmere mich um die Informationen beim zuständigen Amt wegen der Erbschaft. Die wollte man uns heute zukommen lassen. Einverstanden?"

„Für mich klingt das gut, Sandra. Ich habe den Untersuchungsrichter bereits ins Bild gesetzt."

„Du wirst noch zum Vorzeigebeamten so kurz vor der Rente", scherzte Sandra. „Bis später dann."

„Ciao. Bis später."

„Was sagt Becker?", fragte Svenja umgehend.

„Er kommt jetzt nach Diekirch, um mit dir die Rizzo zu verhören. Mich braucht er nicht hier, deswegen fahre ich zu mir duschen und dann ins Büro. Ich habe Schreibtischarbeit übernommen."

„Ich halte dich auf dem Laufenden, was den Überfall betrifft."

„Das ist nett. Danke für alles."

* * *

Sandra tankte an der Tankstelle in der Nähe ihres Appartements im Stadtteil Howald und nutzte die Gelegenheit für ein paar Einkäufe. Viel brauchte sie nicht in ihrem Einpersonenhaushalt. Mit Milch, Käse, einem Kräuterbaguette und einer Flasche Rotwein trat sie an die Theke.

„Hi Sandra“, begrüßte Ben sie. „Um diese Zeit auftanken. Heute frei?“

Ben arbeitete schon einige Jahre an der Tankstelle und so kannten die beiden sich gut. „Nein, ich habe keinen Urlaub. Ich muss etwas zu Hause erledigen.“

Er sah sie mit hochgezogenen Brauen an. „Du bist blass.“

Sie schmunzelte. „Dir entgeht wohl nichts. Ich hatte eine anstrengende Nacht.“

Er grinste verwegen.

„Nicht so wie du denkst, sondern aus beruflichen Gründen!“

Er lachte. „Das macht dann einundzwanzig Euro und sechs Cent.“

Sandra zückte ihr Handy. „Mit der Karte.“

„Danke. Möchtest du einen Beleg?“

„Nein, geht so.“

„Ich wünsche dir einen schönen Tag.“

„Danke, gleichfalls.“

* * *

Zuhause angekommen schaltete Sandra den Fernseher an und packte ihre Einkäufe in den Kühlschrank. Das

Baguette legte sie auf den Brotkorb, die Flasche Spätburgunder in das Weinregal.

Ein Klingelton kündigte eine Nachricht an. Sandra schnappte sich ihr Handy. Es war eine Sprachnachricht von Jim.

„Hallo Sandra."

Der Klang seiner Stimme verursachte bereits Herzkammerflimmern bei ihr.

„Ich hoffe du hast gut geschlafen. Bei mir ist alles in Ordnung. Paul holt mich um dreizehn Uhr ab. Wo bist du? Was machst du heute? Es tut mir leid, dass unser erstes Date so eine schlimme Wende genommen hat. Das hatten wir an unserm ersten gemeinsamen Abend nicht verdient. Es sollte nicht unser Letzter Date sein, wenn du einverstanden bist. Ich…", eine kurze Pause trat ein. *„Du bist eine faszinierende Frau. Melde dich, wenn es dir passt."*

Erstes Date, nicht das Letzte, wenn einverstanden, faszinierende Frau.

Sandra hörte die Nachricht mehrmals ab. ‚Und du bist ein faszinierender Mann', dachte sie. Nach der Dusche nahm sie eine Sprachnachricht für Jim auf. *„Hi. Ich bin zu Hause. Es geht mir gut, bin etwas müde. Ich mache mich jetzt fertig fürs Büro. Becker hat mich heute für Schreibtischarbeit eingeteilt :-). Ich…"*, für einige Sekunden wurde es still, *„ich würde mich freuen auf ein zweites Date. Bis später."*

Jims kurze und bündige Antwort war durch die kleinen roten Emojis sehr aussagekräftig: ♡♡♡

* * *

Um dreizehn Uhr erreichte Sandra ihr Büro. Sie startete ihren Computer und öffnete das E-Mail-Programm. Ihr Blick fiel sofort auf ein rotes Dringlichkeitsfähnchen. Die Mail kam von Kate Seyler. Die Sachbearbeiterin aus dem Amt für Erbschaftsanliegen hatte Wort gehalten. Sandra öffnete das Dokument in der Anlage. Unten rechts prangte die Unterschrift des Amtsvorstehers. Der Inhalt des Dokumentes war mehr als brisant. Sie rief Becker an.

„Tom, ich habe interessante Informationen bezüglich des Testaments und einer Lebensversicherung bekommen. Warst du schon bei der Rizzo?"

„Nein, ich warte in der *Sandwicherie* auf Svenja. Dann gehen wir gemeinsam zur Rizzo in den Zeitungsladen."

„Okay. Hör zu. Da Theis keine Kinder hat, erbt die Witwe, Laetizia Theis-Perreira, das Haus, die Garagen, das Ersparte und alle persönlichen Wertsachen von Theis. Die Lebensversicherung fällt der Rizzo zu. Theis hat den Begünstigten nie abgeändert."

„Späte Gerechtigkeit wegen dem Haus in Italien, könnte man sagen."

„Könnte man, hätte Theis nicht vor ungefähr sechs Wochen sein Testament geändert."

Becker wurde hellhörig.

„Er befand, dass die Rizzo die Summe von zweihunderttausend Euro vom Ersparten erhält. Es ist die Summe, die Rizzo ihm aus dem Verkauf des Hauses in Italien abtreten musste."

„Um welche Summe handelt es sich bei der Lebensversicherung?"

„Hundertfünfzigtausend Euro."

„Das bedeutet die Rizzo bekommt dreihundert fünfzig tausend Euro durch den Tod ihres Ex-Gatten."

„So ist es, Tom."

„Das ist eine Menge Geld. Es wurde schon für weniger gemordet. Angesichts des Hasses, den sie auf ihn hegte..."

„Auch die Perreira ist verdächtig. Vielleicht wusste sie von dem neuen Testament und der Lebensversicherung."

„Ihn umzubringen wäre keine Alternative für sie, um an das Geld zu kommen", schlussfolgerte Sandra.

„Wohl wahr. Ich fasse zusammen, die Rizzo war am Tatort am Tag des Todes und sie erbt dreihundertfünfzigtausend Euro. Ich rufe Holper an. Ich brauche einen Haftbefehl."

Nach dem Gespräch rief Becker sofort den Untersuchungsrichter an. Als erstes vernahm er ein Schmatzen.

Der Untersuchungsrichter kaute unüberhörbar und sagte: „Holper".

„Becker. Störe ich beim Mittagessen, Fern."

„Ich nehme an, dein Anruf ist wichtig, Tom."

Becker schilderte dem Untersuchungsrichter die Sachlage. „Ich sitze nun in der *Sandwicherie* hier in Diekirch, auf hundert Meter von Rizzos Zeitungsladen. Ich brauche einen Haftbefehl!"

„Gibt es Beweise, die deine Theorie untermauert?"

„Ich erwarte die Auswertung der Spuren bis spätestens morgen."

„Diese Frau Rizzo ist eine Vorbildverdächtige", fachsimpelte Holper. „Das stört mich ein wenig."

„Ich muss sie mit diesen Fakten konfrontieren, damit etwas Licht ins Dunkel kommt. Es besteht Fluchtgefahr, bevor die Spuren ausgewertet sind."

Holper schwieg, kaute und schluckte. „Tut mir leid, Tom, ich kann dir keinen Haftbefehl ausstellen! Du musst die Rizzo zuerst verhören und mir konkrete Beweise vorlegen. Du kennst den Ablauf: Verhör, konkrete Beweise, Haftbefehl!"

Entrüstet schlug Tom mit der Faust auf seinen Oberschenkel. „Fern, sie war die flüchtige Person!"

„Das ist alles, was du eventuell beweisen kannst, Tom. Liefere mir konkrete Beweise und du bekommst deinen Haftbefehl."

Becker sah ein, dass er Holper nicht überzeugen konnte. „Okay. Ich melde mich."

„Tu das! Ich bleibe erreichbar."

Becker ließ seiner Wut mit einer SMS an Sandra freien Lauf: *Haftbefehl Rizzo verweigert*!!!

* * *

Um dreizehn Uhr zwanzig betrat Svenja die *Sandwicherie*. „Hi, Tom. Entschuldige die Verspätung."

„Kein Thema. Bitte setz dich. Wir haben Zeit für ein paar Updates und einen Kaffee, wenn du möchtest."

„Sehr gerne."

Tom fragte sich, warum ihr ‚sehr gerne' anders klang als alle anderen ‚sehr gerne', die er sonst hörte. Er musste unbedingt mit Svenja über die ‚Sache zwischen ihnen' reden, sobald der Zeitpunkt geeignet war. Er winkte der Nichte des Pfarrers zu. „Einen Cappuccino, bitte."

Becker wandte sich an Szabo. „Ich habe konkrete Gründe zur Annahme, dass Rizzo die Täterin ist. Der Untersuchungsrichter stimmt einem Haftbefehl jedoch nicht zu."

„Es reicht ihm nicht, dass sie am Tag des Todes beim Opfer war?"

„Das und etwas mehr", erwiderte Becker. „Und zwar reichen ihm nicht einmal dreihundertfünfzigtausend Euro!"

Szabo legte den Kopf schief. „Wie meinst du das?"

„Die Rizzo erbt dreihundertfünfzigtausend Euro!"

Szabo stieß die Luft aus. „Das ist ein Haufen Geld, von jemandem, mit dem man im ewigen Streit lebte."

Becker setzte seine Kaffeetasse ab. „Anscheinend hat Theis sein Testament geändert und darin festgehalten, dass Rizzo die Summe, die er ihr bei der Scheidung abgeluchst hatte, nach seinem Tod zurückbekommen sollte."

„Was bedeutet, die Witwe muss der Rizzo das von ihrem Erbe abtreten."

„Außerdem ist die Rizzo Begünstigte einer Lebensversicherung. Sandra stellt den Bericht noch heute Nachmittag in den elektronischen Ordner."

Die Bedienung brachte den Cappuccino. „Bitte schön."

Svenja bedankte sich und öffnete das Tütchen mit dem Spekulatiuskeks, der auf der Untertasse gelegen hatte. „Ich kann mir keinen Reim darauf machen. Die Rizzo wird uns hoffentlich darüber aufklären."

Becker hielt Svenja seinen Keks hin. „Willst du meinen auch? Ich mag Zimt nicht so gerne."

Sie nahm das Tütchen entgegen. „Ich liebe genau diesen Keks beim Cappuccino." Sie tunkte ihn in den Milchschaum, bevor sie weitersprach. „Außerdem schmeckt mir Zimt an Weihnachten, zum Beispiel in einem Zimtkuchen. Nur warme Mahlzeiten mit Zimt sind mir ein Gräuel!"

„Mir geht es genauso", erwiderte Becker. „Catherine und ich, also meine Frau, wir waren einmal bei österreichischen Freunden eingeladen. Als Vorspeise gab es eine Kürbis-Zimt-Suppe, als Hauptspeise Hackfleischbraten mit Zimt und zum Dessert..."

„Zimt!"

„Sehr gut kombiniert, Frau Kommissarin. Es gab Apfel-Zimt-Kompott."

„Ich nehme an, du hast an dem Abend gehungert."

„Du irrst dich. Ich habe tapfer gegessen und", Becker lachte auf, „war zum Ende des Abends stockbetrunken, weil ich jeden Bissen mit dem dazugehörigen Wein runtergespült habe und den Nachtisch mit Obstler."

Svenja lachte. Dabei strahlten ihre Augen. „Mit so einer schönen Geschichte kann ich nicht aufwarten."

Becker wurde unbehaglich und zugleich warm ums Herz. Er griff nach seinem Handy. „13:40 Uhr. Ich glaube es ist an der Zeit, dass wir ein Gespräch unter vier Augen mit Nicole Rizzo führen."

„Unter sechs Augen", verbesserte Svenja.

Becker begab sich zur Theke und legte zwanzig Euro auf die Glasplatte. „Was schulde ich Ihnen, Carole."

„Das sage ich Ihnen gleich. Wie geht es Ihrer Hündin", fragte sie.

„Fabelhaft. Ich sehe sie weniger, da meine Frau aus ihrem Kurzurlaub zurück ist.“ Becker nahm das Restgeld entgegen und ließ einen Euro zurück.

„Danke. Ich wünsche Ihnen einen schönen Tag.“

„Gleichfalls, Carole. Bis zum nächsten Mal.“

* * *

Als sie den Zeitungsladen betraten, war Nicole Rizzo damit beschäftigt, Zeitungen zu sortieren. Sie grüßte freundlich.

„Guten Tag, Frau Rizzo. Wir müssen dringend miteinander reden“, sagte Becker ohne Umschweife. Es geht um den Tod ihres Ex-Manns.“ Er konnte sich nicht verkneifen, hinzuzufügen: „Sie stehen unter Tatverdacht.“

Jegliche Farbe wich aus Nicole Rizzos Gesicht. Sie schwankte.

Szabo führte sie zu dem Stuhl, der sich hinter dem Verkaufstresen befand. Dann reichte sie Becker das Vorübergehend-geschlossen-Schild. Er befestigte es an der Tür und sperrte sie ab.

„Ich habe nichts mit seinem Tod zu tun“, presste sie hervor.

„Wir haben relevante Informationen, die das in Frage stellen. Ich kann Ihnen ihre Rechte vorlesen und wir fahren ins Kommissariat“, log er, was ihm einen strafenden Blick von Szabo einbrachte, „oder wir führen hier ein lockeres Gespräch. Die Stichwörter sind Erbschaft und Lebensversicherung. Sie haben uns da einiges verschwiegen.“

Rizzo schüttelte den Kopf. „Ich habe keine Ahnung, wovon Sie reden."

„Fangen wir ganz von vorne an. An dem Tag als ich ihren Ex-Mann halbtot vorfand, flüchtete eine Person aus dem Haus." Becker machte eine Pause. „Wir wissen aus sicherer Quelle, dass Sie das waren."

Rizzo schluckte. „Es stimmt. Ich war bei ihm an dem Samstagvormittag. Mit seinem Tod habe ich aber immer noch nichts zu tun."

„Warum waren Sie bei ihm, obwohl Ihr Verhältnis zueinander nicht das beste war?"

„Er hat mich an besagtem Morgen angerufen und bat mich, sofort zu ihm zu kommen. Er fühle sich nicht wohl und es sei ihm wichtig, mit mir Frieden zu schließen. Er wolle einiges gutmachen, meinte er. Mehr wollte er am Telefon nicht sagen."

„Sie haben ihm die Bitte also erfüllt."

„Er klang abgespannt und deprimiert. Ich war diese ewigen Streitereien müde und nicht abgeneigt, diesen energieverzehrenden Hass ein für alle Mal zu begraben. So beschloss ich, mir sein Friedensangebot zumindest anzuhören. Ich bin dann rüber zu ihm. Ich klingelte mehrmals ohne Erfolg. Mich packte bereits die Wut. Ich befürchtete, er habe wieder getrunken und sich einen Scherz erlaubt. Ich drückte die Klinke und die Tür sprang auf. Ich rief seinen Namen und betrat den Flur. Da hörte ich ein Keuchen aus der Gästetoilette. Ich versuchte die Tür zu öffnen, doch sie gab nicht nach. Ich stemmte mich mit aller Kraft dagegen und da sah ich ihn, kniend vor der Toilettenschüssel, die Arme baumelten am Körper entlang." Sie atmete tief durch.

„Wollen Sie einen Schluck Wasser?", fragte Szabo.

Rizzo nickte.

Szabo holte eine kleine Flasche stilles Wasser aus dem Getränke-Kühlschrank, entfernte den Verschluss und reichte sie Nicole Rizzo.

„Danke.“ Sie trank kleine Schlucke.

Ein Kunde drückte die Klinke. Becker ging zum Fenster und winkte ab. Der Mann schüttelte unzufrieden den Kopf und verschwand.

„Was geschah dann?“

„Ich hörte, wie jemand das Haus betrat und ‚Hallo, jemand zuhause‘ rief. Ich geriet in Panik. Vielleicht war Christian tot, und ich, seine gehasste Ex, befand mich im Haus. Ich schlich ins Wohnzimmer, zog im Vorbeigehen eine COVID-19 Maske aus einer Schublade, stieg durch das Fenster hinaus und eilte davon.“

Becker sah sie an. „Sie wissen also nicht, welches Friedensangebot er Ihnen unterbreiten wollte.“

„Nein, ich habe keine Ahnung.“

„Die Stichwörter sind Erbschaft und Lebensversicherung. Es ist Ihnen also nicht bekannt, dass Sie dreihundertfünfzigtausend Euro erben, weil Ihr Ex-Gatte verstorben ist.“

Rizzo riss die Augen auf und bevor Szabo reagieren konnte, kippte sie vom Stuhl.

Szabo kniete sich neben Rizzo, bettete den Kopf auf ihren Oberschenkel und fächelte ihre Luft zu. „Das hättest du ihr nicht sagen dürfen“, meinte Szabo zögerlich. „Es ist den Ermittlungen nicht dienlich, wenn sie das weiß.“

Becker sah Szabo betreten an, akzeptierte die Kritik jedoch ohne mit der Wimper zu zucken.

„Reich mir mal das Wasser“, bat sie Becker.

Sie benetzte Rizzos Lippen. Langsam kam sie wieder zu sich. „Dreihundertfünfzigtausend Euro“, krächzte sie.

Szabo nickte. „Haben Sie sich verletzt?“

Rizzo winkte ab.

‚Entweder ist sie eine fantastische Schauspielerin, oder sie wusste tatsächlich nichts von dem Geld‘, dachte Becker.

Rizzo erholte sich wieder. „Warum bekomme ich so viel Geld?“

„Wir dürfen Ihnen dazu nicht mehr mitteilen und ich bitte Sie, es im Moment für sich zu behalten.“ Becker wechselte seine Position. „Ich hätte es Ihnen überhaupt nicht sagen dürfen.“

Rizzo nickte.

„Wir bringen Sie jetzt nach Hause. Sie sollten sich etwas ausruhen.“

„Nein, das geht schon. Ich kann meinen Laden nicht einfach so schließen. Sie wissen nicht, wie schnell man Kundschaft verliert.“

„Sind Sie ganz sicher?“

„Ja, das bin ich.“

„Falls Ihnen irgendetwas einfällt, was relevant sein könnte, rufen Sie uns an.“

„Das werde ich tun, Herr Kommissar.“

Zögerlich verabschiedeten Becker und Szabo und verließen den Zeitungsladen.

„Sie scheint mir glaubhaft“, sagte Szabo.

Tom nickte. „Wahrscheinlich wollte Theis sie wegen der Erbschaft sprechen.“

„Schon möglich. Was nun?“

„Wir müssen uns die Perreira nochmal vorknöpfen. Vorher rufe ich aber Holper an."

„Für einen Haftbefehl?"

Becker lachte. „Nein, ich kläre ihn über den Verlauf des Gespräches auf."

Tom wählte Holpers Nummer und erklärte ihm die Sachlage.

„Da hatte ich wohl das richtige Gespür, den Haftbefehl zu verweigern!" Leichte Schadenfreude war in der Stimme des Untersuchungsrichters unüberhörbar.

„Sieht so aus, Fern. Ich rede noch einmal mit der Witwe, Laetizia Theis-Perreira, um herauszufinden, ob sie etwas von wegen Erbschaft oder Lebensversicherung weiß."

„Vielleicht wird einiges klarer, wenn die Ergebnisse der kriminaltechnischen Untersuchungen vorliegen."

„Da hoffe ich drauf. Ich melde mich."

„Tu das. Bis bald, Tom."

„Bis dann, Fern." Er beendete das Gespräch.

* * *

Um 15:00 Uhr klingelten Becker und Szabo bei den Lannerts.

Maryse Lannerts öffnete die Tür. „Guten Tag."

„Guten Tag, Frau Lannerts. Wir möchten uns gerne mit Frau Perreira unterhalten. Ist sie da?"

„Das ist sie. Kommen Sie herein."

Becker und Szabo folgten ihr ins Wohnzimmer. Der Geruch von Putzmittel und Möbelpolitur erfüllte den Raum. Perreira saß auf der Couch. Becker fand, dass sie gut aussah. Der Aufenthalt bei den Lannerts schien die richtige Therapie für sie zu sein.

„Guten Tag, Frau Perreira. Wir würden uns gerne noch einmal mit Ihnen unterhalten.“

„Bitte. Nehmen Sie Platz. Ich hätte nämlich auch eine Frage an Sie.“

„Darf ich Ihnen etwas zu trinken anbieten?“, fragte Maryse Lannerts. „Ich habe eben eine frische Kanne Melitta-Kaffee aufgegossen.“

Becker wandte sich ihr zu. „Melitta-Kaffee! Da sage ich nicht nein.“

Maryse Lannerts nickte. Dabei wippten ihre roten Locken auf und ab. „Darf es denn auch Kaffeesahne sein!“

„Absolut! Vielen Dank.“

„Für Sie?“, wandte sich Lannerts an Szabo.

„Nein danke.“

Lannerts verließ das Wohnzimmer.

Becker kam sofort auf den Punkt. „Können Sie uns sagen, ob Sie Kenntnis von der Erbschaft haben, Frau Perreira?“

Sie sah Becker aus ihren großen, grauen Augen an. „Vor ungefähr zwei Monaten, erklärte mir Christian aus heiterem Himmel, er würde ein Testament beim Notar hinterlegen.“

„Hat Sie das nicht stutzig gemacht?“

„Überhaupt nicht, der Tod lag für mich noch in weiter Ferne.“

„Haben Sie nicht hinterfragt, warum er ausgerechnet zu dem Zeitpunkt ein Testament hinterlegen wollte?“

„Ich habe gelacht und gesagt, das hat doch noch Zeit. Er meinte, man kann nie wissen. Ich soll mir keine Sorgen machen. Ich wäre abgesichert, falls ihm etwas zustoßen würde."

Mit einem Tablett in den Händen servierte Maryse Lannerts Tom den Kaffee, mit Kaffeesahne, Zucker und einem kleinen Muffin.

„Er hat Ihnen also keine Einzelheiten genannt."

„Nein, das hat er nicht."

„Kennen Sie die Besitzverhältnisse Ihres Mannes?"

„Ich habe mich nie dafür interessiert."

„Ist Ihnen bekannt, ob Ihr Mann Immobilien besaß?"

„Das Haus, in dem wir zusammenlebten, gehörte ihm. Von anderen Immobilien habe ich keine Kenntnis."

„Haben Sie Informationen zu einer Lebensversicherung?"

„Nein, ich bin nicht über eine Lebensversicherung informiert. Gibt es überhaupt eine solche?"

„Leider können wir Ihnen diesbezüglich keine Auskunft geben. Wir bitten um Ihr Verständnis, dass Sie sich bis zur Testamentseröffnung gedulden müssen."

Szabo legte ihren Notizblock auf ihre Knie. „Sie hatten eine Frage an uns?"

Perreira nickte. „Wann darf ich wieder in mein Haus. Ich möchte versuchen, ein normales Leben zu führen, und das geht nur, wenn ich mich der Realität stelle und nicht verhätschelt werde, wie es meine liebe Freundin und ihr Mann augenblicklich tun."

„Es steht Ihnen frei, wann Sie wieder in das Haus möchten."

„Bist du sicher?", wandte sich Maryse Lannerts an Laetizia. „Möchtest du nicht bis nach der Beerdigung bei uns bleiben?"

„Ich schaffe das."

„Ich habe einen Vorschlag“, sagte Lannerts. „Wir gehen erstmal gemeinsam hin, es muss gelüftet, aufgeräumt und geputzt werden. Vielleicht bringt ein frischer Blumenstrauß etwas Freude in die vier Wände. Wir nehmen diese Aufgaben in Angriff und in zwei oder drei Tagen, könntest du es versuchen.“

„Das ist keine schlechte Idee“, erwiderte Szabo. „Ein sanfter Übergang ist emotional besser zu verkraften.“

„Ich habe schon viel im Leben durchgestanden“, erwiderte Laetizia. „Das schaffe ich auch. Davon abgesehen, ist dein Vorschlag nicht schlecht, Maryse.“

„Dann wäre das geklärt.“ Szabo steckte ihren Notizblock in die Jackentasche.

„Haben Sie denn schon eine Spur oder einen Verdacht?“, fragte Maryse Lannerts.

Sowohl Becker als Szabo winkten ab.

„Ich bedauere, aber ich kann leider keine Informationen zu laufenden Ermittlungen preisgeben.“ Becker leerte seine Kaffeetasse. „Danke für den vorzüglichen Kaffee.“

„Gern geschehen. Der Muffin ist selbstgebacken. Den sollten Sie kosten.“

Becker griff nach einem Muffin. „Auf Wiedersehen, die Damen. Und grüßen Sie mir den Herrn Colonel.“

Bevor Maryse Lannerts ihnen die Tür öffnete, damit sie das Haus verlassen konnten, war der Muffin bereits verspeist.

* * *

„Wir kommen nicht voran“, sagte Szabo im Wagen. „Sie wirkt nicht wie eine Mörderin. Was übersehen wir nur?“

Becker zuckte mit den Schultern. „Wir übersehen das Wesentliche. Ich hoffe die Kriminaltechniker helfen uns weiter.“

Während Svenja das Kommissariat ansteuerte, kontaktierte Becker den Untersuchungsrichter.

„Hi, Tom. Was hat die Unterhaltung mit Frau Perreira gebracht?“

Becker fasste das Gespräch zusammen.

„Irgendetwas entgeht eurer Aufmerksamkeit. Hoffentlich führen die Bemühungen der Kriminaltechniker zu einer Spur. Ich erwarte, dass der nächste Anruf mehr Erkenntnisse bringt.“

„Wir geben unser Bestes.“

„Viel Glück.“ Holper beendete das Gespräch.

Zwei Sekunden später klingelte Szabos Handy. „Szabo ... Hi Paul ... wir sind in fünf Minuten da ... bis gleich.“

„Neuigkeiten?“; fragte Becker.

„Unsere Spurensicherung hat den Besitzer der Kreditkarte ermittelt, in Zusammenhang mit dem Geldautomat-Beleg, der beim Überfall auf Sandra und Jim gefunden wurde. Paul möchte hin, sobald wir im Kommissariat sind.“

* * *

Keller und Schiltz erwarteten Becker und Szabo im Konferenzraum. Nach einer flüchtigen Begrüßung schilderte Paul die Sachlage.

„Die Kreditkarte passend zum Beleg, den wir beim Raubüberfall gefunden haben, gehört einem Leon Mendoza. Ledig, 42 Jahre, arbeitslos. Er wohnt in der Avenue de la Gare hier in Diekirch. Ich habe einen Durchsuchungs- und einen Haftbefehl. Falls wir Glück haben, treffen wir ihn zuhause an."

„Einen Haftbefehl?", fragte Szabo verwundert.

Schiltz nickte. „Ich musste viel Überzeugungskraft aufbringen und dem Untersuchungsrichter versprechen, den Haftbefehl nur zu benutzen, falls Mendoza als Mittäter des Raubüberfalles identifiziert werden kann."

„Dann schnappen wir uns den mal", sagte Szabo und ging auf die Tür zu.

„Tom, du bist dabei?"

„Natürlich."

Sie fuhren mit einem Einsatzfahrzeug zur Adresse. Die Haupteingangstür des Wohnblocks war nicht abgeschlossen. Auf einem Briefkastenschild aus Edelstahl war der Name Mendoza eingraviert.

„Wir müssen alle Stockwerke durchsuchen. Hier steht nicht vermerkt, auf welcher Etage Mendoza wohnt."

„Ich schlage vor, dass Svenja und Jim unten bleiben, um sicherzustellen, dass niemand versucht zu flüchten."

„Einverstanden."

Im ersten Stockwerk stießen sie bereits auf Mendozas Wohnung. Schiltz klingelte. Es raschelte, dann wurde eine Sicherungskette vorgelegt und die Tür öffnete sich einen Spalt. Ein Mann lugte hinaus.

„Sind Sie Leon Mendoza?"

„Wer will das wissen?"

„Polizei. Wir möchten..."

Die Tür wurde schnell verschlossen. Hektische Schritte und einige Flüche drangen an ihre Ohren, bevor es still wurde.

„Scheiße!“, rief Tom. „Er macht sich aus dem Staub. „Jim, Svenja, raus! Hinter das Haus. Der Verdächtige versucht wahrscheinlich über den Balkon zu flüchten.“

Jim und Svenja stürmten aus dem Gebäude. Ein schmaler Pfad führte entlang der Fassade hinter das Haus. Sie sprinteten den Weg entlang und entdeckten den Flüchtigen, der davonrannte. Sein Fluchtweg endete an einer Hauswand.

„Das ist eine Sackgasse. Verfolg du ihn“, rief Jim Svenja zu. „Ich kümmere mich um die Vorderseite. Er muss irgendwo wieder auf die Straße kommen.“

Keller analysierte den möglichen Fluchtweg und lief entlang der Fassaden der angrenzenden Gebäude. Ein schmaler Weg führte nur wenige Meter vor ihm hinter ein Gebäude ähnlich wie bei Mendozas Haus. Keller sprintete hin, bog ab und prallte mit voller Wucht gegen Leon Mendoza. Die Wucht des Aufpralls schleuderte beide zu Boden. Keller schüttelte den Kopf, um die Sterne zu vertreiben, die vor seinen Augen tanzten.

Svenja eilte herbei und drückte ihr Knie in den Rücken des am Boden liegenden Mannes. „Schluss mit den Spielchen!“ Mit geschickten Handgriffen zog sie seine Arme nach hinten und legte ihm Handschellen um die Gelenke.

„Was soll das, du verdammter Bulle!“, keifte er.

Becker und Schiltz kamen am Ort des Geschehens an.

„Dann werfen wir mal einen Blick in Ihre Wohnung.“

„Sie können das nicht einfach machen“, protestierte Mendoza.

„Natürlich dürfen wir das", antwortete Schiltz gelassen und präsentierte ihm den Durchsuchungsbefehl.

Mendozas Gesicht verlor jegliche Farbe.

Svenja wandte sich an Keller. „Alles in Ordnung bei dir!"

Er nickte. „Ich bin das ja zurzeit gewohnt!"

„Hart im Nehmen", erwiderte Svenja und half Mendoza auf die Beine.

Beim Betreten der Wohnung war der Luxus sowohl sichtbar als auch greifbar. Auf einem Designertisch im Wohnzimmer häuften sich abgezählte Stapel Geld neben einigen teuren Uhren.

Keller deutete auf zwei Exemplare. „Das ist meine und die da gehört Sandra."

„Dann hätten wir schon einen Täter vom Überfall gestern Abend dingfest gemacht. Leon Mendoza", Schiltz wedelte mit dem Haftbefehl vor dem Gesicht des Mannes, „hiermit verhaftete ich Sie wegen Überfalls, Diebstahls und Körperverletzung. Und für den ‚verdammten Bullen' von vorhin fügen wir noch Beamtenbeleidigung hinzu." Dann informierte er ihn über seine Rechte. „Auf der Wache werden Sie uns dann bitte mitteilen, wer Ihre Komplizen waren."

„Ich habe die nicht gekannt", erwiderte Mendoza verbohrt.

„Das liegt ganz bei Ihnen, ob Sie alle Schuld auf sich nehmen möchten." Schiltz wandte sich Szabo zu. „Ruf die Kollegen der Spurensicherung. Hier gibt es einiges zu sichern."

Becker schritt derweil durch die Wohnung. Die moderne Kücheneinrichtung schien nicht aus dem Baumarkt zu kommen. Das Schlafzimmer stand der Küche in nichts nach. Wertvolles Mobiliar, geschmackvoll ausgestattet und dekoriert. Das dritte Zimmer entpuppte sich als wahre Fundgrube. Kartons mit Fernsehern, Playstations und Computern türmten sich bis unter die Decke. Auf einem Tisch waren Uhren, Ringe und Ketten ausgebreitet. Am Boden lagen Taschen von Vuitton, Chanel und Hermès, sowie kostspielig wirkende Kleidungsstücke, Kappen und Gürtel! An einer Wand stand ein imposanter Safe. Becker pfiff leise durch die Zähne und warf Mendoza einen Blick zu. „Was befindet sich im Safe?"

Mendoza schwieg.

„Entweder Sie sagen uns den Code, oder wir werden ihn aufbrechen lassen."

Mendoza zierte sich noch ein wenig, bevor er die Zahlenkombination herausrückte.

Becker notierte sie. „Wir warten auf die Kollegen der Spurensicherung."

Zwanzig Minuten später trafen die gleichen Beamten wie am Vorabend vor Ort ein. „Ihr hattet wieder mal Glück", sagte Jorge Costa und streifte sich Handschuhe über. „Wir hatten einen Tatort abgeschlossen und waren gerade im Kommissariat angekommen, als eure Anforderung hereinkam. Was ist hier passiert?"

Schiltz erklärte, was sich zugetragen hatte. „Es handelt sich um einen der Täter vom Überfall gestern Abend auf Biren und Keller. Ihr kommt klar?"

„Natürlich", erwiderte Myla Klensch.

„Wir fahren dann mit Mendoza zum Verhör ins Kommissariat. Anschließend wird er nach Sanem überführt und morgen dem Untersuchungsrichter vorgeführt. Leben Sie allein?“, fragte er Mendoza.

„Sehen Sie denn noch jemanden?“

„Hören Sie, Beamtenbeleidigung steht schon auf ihrer Liste. Beantworten Sie einfach meine Frage?“

„Ich lebe allein.“

„Bevor wir gehen, würde ich gerne einen Blick in den Safe werfen, wenn das möglich ist“, bat Becker. „Er reichte Jorge Costa den Code und dieser öffnete den Safe.

„Bingo“, rief Becker. „Im Safe stapelte sich weiteres Geld sowie Schmuck von Cartier, Dior und Hermès. „Ich kann nicht umhin, das Gefühl zu haben, dass wir sowohl die Täter des Überfalls auf Jim und Sandra als auch die Taschendiebbande haben. Zumindest jemanden, der dieser Gruppe angehört.“

„Es gibt zudem noch unaufgeklärte Überfälle auf Juweliere“, fügte Szabo hinzu.

„Ich habe an keinem Überfall teilgenommen“, keifte Mendoza.

„Interessant. Sind Sie dann vielleicht der Bankier der Bande?“

Mendoza hob den Kopf. „Ich sage kein weiteres Wort ohne meinen Anwalt.“

* * *

Um neunzehn Uhr fünfzehn wurde Mendoza nach Sanem in Untersuchungshaft überführt. Auf Anraten seines Anwalts hatte er gestanden und die Namen seiner Mittäter preisgegeben. Beckers Vorahnung bestätigte sich. Sie hatten die Taschendiebbande ausgehoben und es zeigte sich eine Verbindung zu bisher ungelösten Juwelierüberfällen. Es war nur eine Frage der Zeit, bis alle Beteiligten verhaftet sein würden.

Aus der Lobby des Kommissariats blickten Becker, Szabo, Schiltz und Keller dem davonfahrenden Polizeiwagen hinterher.

„Lasst uns ein Bier auf den Erfolg von heute trinken. In Alt-Diekirch gibt es ein gemütliches Lokal", bot Schiltz an.

„Danke Paul. Ein anderes Mal gerne. Ich mache mich jetzt auf den Weg nach Hause. Es ist ja noch ein Stück bis Greiweldingen zu fahren."

„Aufgeschoben ist nicht aufgehoben!"

„Genau. Also, lasst es euch gut gehen. Wir hören uns morgen."

„Fahr vorsichtig", sagte Svenja zu Becker.

Er betrachtete sie, konnte jedoch ihren Blick nicht entziffern. Es war wieder dieser Blick.

* * *

Nachdem Becker losgefahren war, rief er Catherine an.

„Hi Catherine."

„Hallo Tom. Wie geht es dir?"

„War ein anstrengender, wenn auch erfolgreicher Tag. Erzähle ich dir später. Ich bin jetzt in Diekirch losgefahren. Ich bin ziemlich hungrig."

„Das Essen steht auf dem Tisch, wenn du ankommst."

„Was wird denn Köstliches serviert?“, fragte Tom schelmisch.

„Linguini Carbonara.“

„Da freue ich mich drauf. Bis gleich.“ Becker beendete das Gespräch und das Bild eines Tellers, gefüllt mit Linguini begleitete ihn, bis sein Telefon klingelte. Sandra war dran.

„Hallo, Sandra. Entschuldige, ich habe dich total vergessen. Es war heute ein wirklich stressiger Tag.“

„Gut vorangekommen im Fall Theis?“

„Nein, überhaupt nicht. Aber wir haben den Überfall auf dich und Jim aufgeklärt, die Taschendiebbande ausfindig gemacht und wahrscheinlich auch einige unaufgeklärte Juwelierüberfälle gelöst.“

„Wie denn das?“

Becker informierte Sandra über Mendoza, sowie über die geführten Gespräche mit Rizzo und Perreira.

„Das ist doch gar nicht so schlecht.“

„Hast du schon was von den Kriminaltechnikern gehört?“

„Habe ich. Sam hat mir eine E-Mail geschickt. Aufgrund einiger Krankmeldungen erhalten wir den Großteil der Analysen erst morgen.“

„Ob heute Abend oder Morgen. Es ändert nichts am Verlauf der Ermittlungen. Schönen Abend noch.“

„Gleichfalls.“ Sandra beendete das Gespräch. In diesem Moment erhielt sie ein Foto über WhatsApp, das ihre und seine Armbanduhren zeigte.

Sie sind wieder da. :-) Wie geht es dir?

Becker hat mich schon informiert. Mir geht es gut. Und dir?

Ich fühle mich wortwörtlich zerschlagen. Darf ich dich kurz anrufen?

Gerne!

Der kurze Anruf dauerte eine Stunde.

„Tut mir leid, dass ich mich nicht früher gemeldet habe. Es war einfach unmöglich“, entschuldigte sich Jim. „Ich habe aber mindestens hundert Mal an dich gedacht!“

„Bloß hundert Mal?“

„In einer Minute“, fügte Jim hinzu. „Ich hoffe wir sehen uns bald.“

„An mir soll es nicht liegen.“

„Ich freue mich, Sandra. Ich verspreche, das Date wird entschieden besser als das Erste.“

Die Zeit verging wie im Fluge, während sie angeregt plauderten. Nichtsdestotrotz gähnte Jim mehrmals.

„Ich bin auch müde“, half Sandra ihm aus der verlegenen Situation. „Lass uns morgen telefonieren.“

Jim stimmte ihr zu. „Bis morgen dann, Liebes. Schlaf gut und träume was Schönes.“

„Du auch!“

* * *

In Greiweldingen war die Freude bei Beckers Ankunft groß. Jessy konnte nicht genug von seinem Herrchen gekrault werden, bellte immer wieder freudig und tänzelte um seine Beine.

Catherine kam auf ihn zu und sie küssten sich.

„Setz dich, Tom."

Neben seinem Teller befand sich ein Glas für Rotwein.

„Ist Wein in Ordnung, oder bevorzugst du Bier?"

„Wein ist perfekt."

Zwei Minuten später dampften verführerisch duftende Linguini auf seinem Teller.

„Hast du denn nun deinen Fall geklärt?", wollte Catherine wissen.

„Hätte ich gerne. Aber wie du weißt, passieren oft mehrere Fälle gleichzeitig. Heute haben wir zwar nicht den Mord aufgeklärt, dafür aber einen Überfall und zusätzlich konnten wir eine Taschendiebbande und eine Einbrecherbande entlarven."

Während sie aßen, erzählte Becker Catherine vom Überfall, vom Geldautomat-Ticket, von Mendoza, Rizzo und Perreira. Zum Abschluss fügte er die Romanze zwischen Keller und Sandra hinzu.

„Ich freue mich für Sandra. Ist Keller ein netter Kerl."

Becker nickte. „Scheint mir so." Nachdenklich schwieg er einen Augenblick.

„Was ist los, Tom?"

Becker platzierte seine Gabel leicht schräg am Rand des Tellers und drehte sie, bis so viele Linguine darauf waren, dass er sie nicht in den Mund befördern konnte. „Ich glaube, die Beamtin aus Diekirch, Svenja Szabo, die, sie...die ist in mich verliebt."

Catherine blieb ernst. „Wie kommst du darauf."

Becker zucke die Schultern. „Wie sie mich manchmal ansieht, bewundert, ihr Tonfall, wenn sie mit mir spricht. Sie könnte meine Tochter sein, Catherine und ich bin schließlich verheiratet.“ Er sah ihr in die Augen. „Glücklich verheiratet.“

„Hast du denn mit ihr darüber gesprochen?“

Becker schluckte seinen Linguini und trank einen kleinen Schluck Rotwein. „Es hat sich noch nicht ergeben.“

Catherine runzelte die Stirn. „Hat es sich noch nicht ergeben, oder drückst du dich vor einem Gespräch?“

Becker sah seine Frau an, dann nickte er zögerlich. „Jetzt, wo du es erwähnst, fühlt es sich tatsächlich so an, als schiebe ich es vor mir her.“

„So wie ich dich kenne, Schatz, scheint das sehr wahrscheinlich.“

Becker drehte weitere Linguini auf seine Gabel. „Ich werde es bei der nächsten Gelegenheit tun, versprochen.“

„Das schaffst du, Tom. Es wird für die gemeinsame Arbeit von Vorteil sein, wenn klare Verhältnisse herrschen!“

„Sagt die Psychologin“, fügte Becker hinzu, hob sein Weinglas und zwinkerte seiner Frau zu.

Kapitel 11

Dienstag

In Morgenmantel und Hauspantoffeln schlurfte Becker in die Küche.

Catherine stand am Fenster, eine Kaffeetasse in der Hand und starrte in den Hof. Becker begab sich zu ihr, küsste und streichelte sie.

„Guten Morgen, gibt es etwas Interessantes draußen zu sehen?"

„Nein, ich dachte gerade über deine verliebte Kollegin nach."

„Bist du etwa doch eifersüchtig?", fragte Becker verblüfft.

Sie schmunzelte. „Nichts für ungut, Tom. Nein, bin ich nicht. Ich hätte einen Vorschlag."

„Da bin ich gespannt." Er nahm seinen Kaffeebecher mit dem aufgedruckten Teddybären aus dem Schrank und schob ihn unter den Auslauf des Kaffeevollautomaten. Dann drückte er die Cappuccino-Taste.

„Was hältst du davon, wenn ich beim nächsten Mal, wenn du in Diekirch bist, später nachkomme? Ich könnte deine Kollegen und die Kollegin kennenlernen und du und ich könnten abends gemeinsam schön essen gehen. Wie ist ihr Name eigentlich?"

„Svenja Szabo."

„Svenja würde uns als Paar wahrnehmen. Nicht nur Tom Becker, den Kommissar, das Vorbild."

„Vorbild?"

„Es wäre doch möglich, dass du mehr Vorbild als potenzieller Liebhaber für sie bist."

„Ist das wieder sowas aus deiner Psycho-Trickkiste?"

Sie lachte. „Sei nicht so abwertend. Da ist was dran!"

„Ich habe nichts dagegen einzuwenden. Die Kollegen werden sich sicher freuen, Jessy wiederzusehen, und natürlich auch, dich kennenzulernen! Ich halte dich auf dem Laufenden."

„Einverstanden. Übrigens, am Freitagabend gehe ich mit meiner Freundin Jeanne eine *Friture* essen. Könntest du dich um Jessy kümmern?"

Obwohl die *Friture* ein beliebter Klassiker seit ewigen Zeiten war, mochte Becker diese kleinen frittierten Fische nicht. „Natürlich. Ich habe nichts geplant. Warst du schon mit ihr raus?"

„Ist erledigt."

„Dann husche ich schnell unter die Dusche."

* * *

„Ich bin dann weg, Catherine!"

„Du meldest dich, falls das mit Diekirch klappen sollte."

„Alles hängt davon ab, was die Kriminaltechniker heute melden. Abhängig von den Ergebnissen könnten die Ermittlungen vielleicht etwas hektisch werden."

Catherine blickte ihrem Mann hinterher. „Übrigens, cooles Outfit, heute."

Becker sah an sich hinab: schwarze Jeans, ein grau-weiß-kariertes Flanellhemd und einen Gürtel. Dazu trug er graue Leder-Sneaker mit hohem Schaft und hellgrauer Sohle.

Er nickte. Catherine konnte er nicht beichten, dass er, seit er Svenja Szabo kannte, versuchte sich etwas sportlicher und jünger zu kleiden. ‚Warum eigentlich?', fragte er sich.

Hätte er Catherine gefragt, sie hätte es ihm gesagt. Er befand sich zwar nicht in einer Midlife-Krise, aber dass eine junge Frau ihn attraktiv fand, hinterließ natürlich seine Spuren.

* * *

Während der Fahrt rief Becker Marc Koster an

„Salut, Marc. Wie geht es dir?"

„Alles top. Was sagt dein Fall? Brauchst du Hilfe?"

„Nein, nein. Danke. Ich habe seit Freitag nichts von dir gehört und wollte mich kurz melden. Wie war deine Observierung."

„Perfekt. Ich konnte wichtiges Material sammeln. Kommst du denn voran in deinem Fall?"

„Schleppend, muss ich gestehen. Heute erwarten wir die Ergebnisse der Spurensicherung. In der Zwischenzeit haben wir andere Kriminalfälle in Diekirch gelöst!"

„Im Ernst. Erzähl!"

„Du behältst das alles für dich, Marc!"

„Selbstredend, mein Freund. Da kannst du dich auf mich verlassen!"

So verkürzte Becker sich die Fahrt in die Stadt und erzählte von Mendoza und dem Überfall auf Jim und Sandra, sowie von Rizzo und Perreira.

„Es scheint also, dass du derzeit meine Hilfe nicht benötigst."

„Danke, nein. Außer vielleicht, um ein paar Bierflaschen zu leeren."

„Da bin ich dabei. Wann hast du denn Zeit?"

„Freitagabend. Catherine geht mit einer Freundin ins Restaurant."

„Einverstanden. Ich besorge die Häppchen."

„Da sage ich nicht nein."

* * *

Wie jeden Morgen, wenn er sein Büro betrat, schaltete Becker zuerst die Kaffeemaschine ein, dann den Computer und anschließend das Radio.

„Gestern ist es der Polizei aus Diekirch gelungen, einen Raubüberfall aufzuklären, eine Einbrecherbande auffliegen zu lassen und eine Serie von Juweliereinbrüchen aufzuklären", verkündete der Nachrichtensprecher. „In Bezug auf den aktuellen Mordfall eines Diekircher Bürgers liegen uns derzeit keine neuen Informationen vor."

Es klopfte an der Tür und Sandra trat ein.

„Hallo, Sandra. Gerade eben hat der Radiosender von den Ermittlungen in Diekirch berichtet."

„Ich habe es auch mitbekommen. Sie haben nichts berichtet, was die Ermittlungen beeinträchtigen oder erschweren könnte."

„Kaffee?"

„Das sage ich nie nein, das weißt du."

„Dann bediene dich. Wie ist es mit der Spurensicherung?"

„Deswegen bin ich eigentlich hier. Es ist so weit!“

„Wo sind denn die Ergebnisse?“ Becker blickte auf sein Handy. „Mich hat niemand angerufen. Erste wichtige Ergebnisse bekomme ich doch meistens per Telefon.“

„Ich habe Lara heute schon früh angerufen. Sie teilte mir mit, dass die Tatortbefundprotokolle auf dem Weg sind, aber die Verwaltungswege sind schwerfällig und langwierig.“

Becker nickte. „Das ist mir bekannt. Die Protokolle müssen akkurat schriftlich erfasst und dann an den Untersuchungsrichter, in diesem Fall Holper, weitergeleitet werden. Ich erhalte üblicherweise eine Kopie!“

„Lara hat vorgeschlagen, eine Videokonferenz abzuhalten. Sie und Sam, die Ermittler in Diekirch sowie du und ich!“

„Einverstanden. Wie sieht es mit Fotos von relevanten Spuren oder Informationen zum Spurenlisting aus?“

„Das sollte nicht lange dauern. Lara und Sam werden die nötigen Erklärungen dazu abgeben.“

„Okay. Um wieviel Uhr wird die Videokonferenz stattfinden?“

„Um elf Uhr.“

„Ich rufe Holper an. Vielleicht möchte er teilnehmen.“

“Gib mir Bescheid, damit ich ihm den Link zur Teilnahme maile.“

„Einverstanden, ich versuche sofort, ihn zu erreichen.“

* * *

Die Videokonferenz begann pünktlich um elf Uhr. Holper saß in seinem schweren, dunkelbraunen Lederbürostuhl und starrte auf das Display. Hinter ihm erstreckte sich eine beeindruckende Bibliothek, mit einer imposanten Ansammlung von Fachbüchern.

Aus Diekirch nahmen Schiltz, Szabo und Keller teil. Becker und Biren hatten sich aus ihrem Versammlungsraum zugeschaltet und die Kriminaltechniker Sam und Lara aus dem Konferenzraum der Zentrale.

Mit ernster Miene begrüßte der Untersuchungsrichter die Teilnehmer der Videokonferenz und äußerte die Hoffnung, endlich Fortschritte in diesem Fall zu erzielen.

„Ich schließe mich Ihnen an, Herr Untersuchungsrichter“, sagte Becker. „Ich hoffe, dass wir nun Aufschluss bekommen. Wer übernimmt?“, fragte er.

Sam hob die Hand. „Bei unserer zweiten Tatortbesichtigung haben wir unzählige Spuren gesichert, unter anderem Fingerabdrücke auf Flaschen und Gläsern. Ein Abgleich mit unserer Datenbank erbrachte keine Übereinstimmung mit einer registrierten Person.“

„Na wunderbar“, entfuhr es dem Untersuchungsrichter und der Klang seiner Worte verriet keine Begeisterung.

„Warten Sie es ab. Bitte, Lara“, sagte er zu seiner Kollegin. Einige Mausklicks später erschien ein Schuhabdruck auf dem Display.

„Diesen Abdruck haben wir dreimal in einer dünnen Staubschicht in der hinteren Ecke der Vorratskammer gefunden.“

„Könnten Sie uns bitte genauere Informationen über den Abdruck geben?"

„Es handelt sich um einen sportlichen oder casual Schuh der Größe achtunddreißig. Allem Anschein nach ein Damenschuh."

„Was meinen sie mit casual?", hackte Holper nach.

„Casual bedeutet in diesem Fall locker oder zwanglos. Ein Schuh, den man in der Freizeit zu einem legeren Kleidungsstil trägt."

„Und der in diesem Fall sehr weiblich aussieht."

„Genau, Herr Richter."

„Das schränkt die Suche nach der Person minimal ein", fuhr Holper fort. „Damen mit Schuhgröße achtunddreißig gibt es nicht wenige."

„Da stimme ich Ihnen zu Herr Richter, nur." Sam legte eine Pause ein. "Es handelt sich um einen Schuh der Marke Fratelli Rosetti."

Holper verzog den Mund zu einem kritischen Lächeln. „Das steht wohl unter der Sohle nehme ich an!"

Zu seiner Überraschung bestätigte Sam das. „Genau, Herr Richter. Das Label Rosetti trägt den Markennamen in der Sohle, also unter dem Schuh! Deswegen findet den Schuh, und ihr habt vermutlich den Täter!"

„Langsam", erhob Becker Einspruch. „Sogar wenn wir die Trägerin des Schuhs identifizieren, ist das noch kein Beweis."

Sam übernahm wieder. „Zudem konnten wir in einem Karton, in dem sich eigentlich Staubsaugerbeutel hätten befinden sollen, eine halbvolle Flasche Kräuterschnaps sicherstellen. Die Toxikologie teilte uns telefonisch mit, dass der Schnaps mit Rizin versetzt ist. Der schriftliche Befund ist bereits auf dem Weg zu Ihnen, Herr Holper.

Und dieser Karton befand sich präzise in Reichweite der Stelle mit den Schuhspuren auf dem Fußboden."

„Fingerabdrücke?“, fragte Becker.

Sam nickte zurückhaltend. „Die Flasche war akribisch abgewischt. Wir konnten jedoch einen einzigen Fingerabdruck unter der Flasche sichern! Er befand sich auf dem Flaschenboden, hier hatte der Täter gepatzt. Ein einzelner auswertbarer Fingerabdruck genügt - und bei diesem ist das eindeutig der Fall -, um die Person zu überführen. Der Fingerabdruck stammt nicht von Theis, das wurde bereits überprüft.“

„Das bedeutet, wenn wir die passenden Schuhe finden und der Fingerabdruck mit der Person übereinstimmt, haben wir vermutlich den Mörder oder die Mörderin. Gute Arbeit“, sprach Richter Holper.

Lara spielte Fotos von der Vorratskammer, der Staubsaugertütenverpackung, der Flasche und dem gesicherten Fingerabdruck ein.

„Den vollständigen Bericht erhalten Sie schriftlich, Herr Richter, mit Kopie an Kommissar Becker.“

Becker setzte sich aufrecht und legte den Zeigefinger nachdenklich an die Lippen. „Ich schlage vor, wir machen uns auf die Suche nach dem Schuh!“

„Das wäre wohl sinnvoll“, äußerte Holper kurzerhand.

Beckers Blick wanderte nachdenklich zur Decke, dann zur Wanduhr. „Es ist nun fast Mittag. Wir statten unseren beiden Hauptverdächtigen heute Nachmittag einen Besuch ab.“ Er richtete sich an Szabo. „Vierzehn Uhr in der *Sandwicherie*? Biren wird uns heute begleiten.“

Nur Becker bemerkte Szabos strahlende Augen. „Ich werde da sein.“

„Schiltz und Keller, bleibt ihr bitte in Bereitschaft?“

Sie nickten zustimmend.

„Dann wäre alles geklärt. Sam, Lara, danke für die gute Arbeit. Ich melde mich bei Ihnen, Richter."

Mit einem Mausklick beendete Biren die Videokonferenz.

„Ich rufe jetzt sofort bei den Lannerts an, um den Termin für heute Nachmittag zu fixieren. Wir fahren so gegen dreizehn Uhr fünfzehn los."

In seinem Büro angekommen, rief Becker sofort bei den Lannerts an. Zu seiner Überraschung antwortete der Hausbesitzer persönlich.

„Herr Colonel, guten Tag, Kommissar Becker hier."

„Guten Tag. Wie geht es Ihnen."

„Danke, gut. Und selbst?"

„Sehr gut, Becker. Ich habe mir den Rest der Woche frei genommen. Ich möchte meine Frau und Laetizia bei den letzten Vorbereitungen für die Beerdigung und bei der schrittweisen Rückführung von Laetizia in ein normales Leben in ihrem Haus unterstützen."

„Das scheint mir eine sehr gute Idee, Herr Colonel."

„Danke. Sie rufen aber nicht an, um mit mir zu plaudern, Becker."

„Eigentlich nicht, Herr Colonel. Ich wollte sicherstellen, dass Frau Perreira heute Nachmittag Zeit hat, für ein kurzes Gespräch."

„Wir wollten eigentlich einige Besorgungen erledigen."

„Es wäre wichtig und dauert nicht lange", fügte Becker hinzu.

„Sie dürfen mir natürlich nichts verraten, Becker?"

„Sie kennen die Prozeduren, Herr Colonel. Wir haben wegweisende Erkenntnisse vorliegen."

„Es besteht also schon eine gewisse Dringlichkeit, Becker?“

„Gewiss, Herr Colonel. Das Gespräch könnte bahnbrechend für die Auflösung des Falles sein. Mehr darf ich Ihnen nun wirklich nicht verraten.“

„Ich sorge dafür, dass sie heute Nachmittag für ein Gespräch zu Verfügung steht“, versicherte er. „Um wieviel Uhr wollen Sie denn hier sein?“

„Gegen fünfzehn Uhr?“

„Einverstanden. Wir erwarten Sie.“

„Danke.“

Kapitel 12

Dienstagnachmittag

Hallo, Carole", grüßte Becker die Bedienung der *Sandwicherie* freundlich.

„Herr Kommissar, guten Tag."

Er trat mit Biren an die Theke. „Das ist meine Kollegin Sandra Biren."

„Sehr erfreut. Was darf es heute sein?"

Becker warf einen sehnsüchtigen Blick auf die Tortenauslage und erinnerte sich an seinen Hosenbund, der während der Autofahrt leicht gezwickt hatte. „Einen Kaffee, bitte."

„Für mich ein stilles Wasser, bitte."

Biren folgte Becker zu seinem Stammtisch. Carole brachte die Bestellung. „Einmal Kaffee, einmal Wasser."

„Danke."

Becker steckte den Spekulatius Keks in seine Jackentasche.

„Seit wann isst du die denn?", fragte Biren überrascht.

„Ehm, also, der Keks ist für Jessy", stotterte Becker leicht verlegen.

Ein Klingelton kündigte eine SMS auf Birens Smartphone an. Sie lugte auf das Display. Es war Keller. „Entschuldige", sagte sie zu Tom und öffnete die Nachricht.

Hallo. Schon in Diekirch? Ich freue mich, dich wiederzusehen.

Becker war erleichtert, dass er keine weiteren Erklärungen zu dem Spekulatius-Keks abgeben musste, den er nicht für Jessy sondern für Svenja eingesteckt hatte. Er nippte bedächtig an seinem Kaffee und legte sich in Gedanken einen Dialog für das unumgängliche Gespräch mit Svenja zurecht.

Sandra tippte eine Antwort auf Jims Nachricht. *Wir sitzen in der Sandwicherie. Vierzehn Uhr Rizzo, fünfzehn Uhr Termin bei Lannerts.*

Schön, dich in der Nähe zu wissen. :-)

Sandra lächelte.

Kann ich nur zurückgeben

Die Tür öffnete sich und Svenja Szabo betrat den Laden. „Hi ihr beiden“, grüßte sie. „Ich bin gespannt, wie das heute abläuft.“

„Möchtest du vorher etwas trinken?“, fragte Becker.

„Nein danke, mir würde dein Spekulatius-Keks reichen.“

Birens Blick schoss zu Becker, ihre Blicke trafen sich, und es geschah etwas, das noch nie zuvor passiert war und was Biren in ihrem ganzen Leben nicht erwartet hätte: Becker errötete bis hinter die Ohren. Er fasste sich jedoch schnell und griff in seine Jackentasche. „Ich hatte ihn für Jessy eingesteckt, aber bitte. Nimm ihn gerne.“

Svenja war die pikante Szene zwischen Becker und Biren entgangen. „Ich werde mich mit einem Hundekuchen bei Jessy revanchieren. Ich denke, darüber freut sie sich sicherlich.“

Diese Szene zwischen Becker und Szabo hatte Biren vollends irritiert. Ihr war schon aufgefallen, dass Szabo eventuell Interesse an Becker haben könnte, aber Tom an ihr?

* * *

Nicole Rizzo blickte erstaunt auf Becker und seiner Begleitung. „Diesmal zu dritt? Welche Hiobsbotschaft bringen Sie mir denn heute?“, fragte sie verunsichert. „Muss ich mich hinsetzen?“, fügte sie hinzu.

„Nein, Frau Rizzo“, erwiderte Becker. „Heute habe ich nur eine Frage an Sie.“

„Die wäre?“

„Welche Schuhgröße tragen Sie?“

Rizzo warf ihm einen verdutzten Blick zu. „Meine Schuhgröße?“

„Genau, ihre Schuhgröße, Frau Rizzo.“

Sie blickte auf ihre Füße, bevor sie antwortete. „Siebenunddreißig.“

„Immer?“, fragte Biren.

Rizzo zuckte mit den Schultern. „Manchmal siebenunddreißig ein halb. Leider produzieren die meisten Fabrikanten keine halben Größen mehr.“

„In dem Fall würden Sie den Schuh in Größe achtunddreißig kaufen und eine Sohle einlegen?“, bohrte Biren weiter.

Rizzo winkte ab. „Nein, dann würde ich die Schuhe nicht kaufen.“

„Danke vielmals für diese Information, Frau Rizzo.“

Sie sah Becker an. „Wenn mich nicht alles täuscht, würde ich sagen, Sie haben einen Schuhabdruck gefunden?“

„Dazu dürfen wir Ihnen leider keine Auskunft geben."

Rizzo kräuselte ihre Lippen. „Ach ja, das Ermittlungsgeheimnis! Das kenne ich aus meiner Lieblingskrimiserie."

„Verraten Sie mir, welche Ihre Lieblingskrimiserie ist?", fragte Becker schmunzelnd.

Rizzo zögerte keinen Augenblick und enthüllte: „Bones - Die Knochenjägerin!"

„Interessant", entgegnete Becker. "Dann haben Sie ja vollstes Verständnis für unsere Geheimniskrämerei."

„Haben Sie denn eine Lieblingskrimiserie", fragte Rizzo, bevor Becker sich verabschieden konnte.

„Das Leben ist mir Krimi genug, Frau Rizzo. Vielen Dank an Sie und haben Sie einen schönen Tag."

„Danke gleichfalls!"

* * *

„Wenn Perreira tatsächlich Schuhgröße achtunddreißig hat, sind wir vielleicht einen Schritt näher an unserer Täterin", bemerkte Biren.

„Ich bin mir da nicht so sicher, Sandra", antwortete Szabo. „Selbst wenn der Fingerabdruck noch übereinstimmt, könnte jemand den Schnaps in eine Flasche umgefüllt haben, auf der zufällig ihr Fingerabdruck war. Für mich hat sie kein Mordmotiv."

„Sie hat eine labile Psyche und ertrug den Suff ihres Mannes nicht mehr. Vielleicht wusste sie doch von den Garagen, die sehr wertvoll sein werden, sobald der Gemeinderat diesen ganzen Komplex, diesen *Shared*

Space, endgültig genehmigen wird“, diskutierte Becker sachkundig.

„Es gibt noch viele offene Fragen in diesem Fall“, sagte Szabo.

Sie erreichten den Wagen und verließen Diekirch in nördlicher Richtung zur Villa der Lannerts.

Maryse Lannerts erwartete sie an der Haustür. Sie trug einen olivgrünen, sportlichen Hosenanzug, ein beiges T-Shirt und beige Sneakers.

„Sie sind pünktlich“, sagte sie. „Treten Sie ein.“

„Entschuldigen Sie die Störung“, sagte Becker. „Sie sind ausgehfertig?“

„Mein Mann sagte mir, es sei Ihnen wichtig mit Laetizia zu reden. Nach ihrem Gespräch fahren wir zum Haus nach Diekirch.“ Sie sah ihn an und lächelte. „Ich habe extra für Sie Melitta-Kaffee gekocht.“

„Sehr aufmerksam, Frau Lannerts. Da sage ich nicht nein.“

Sie betraten das Wohnzimmer. Lannerts saß am Esstisch auf dem eine Thermokanne, Tassen, Zucker, Milch und kleine Muffins bereitgestellt waren.

Er erhob sich. In schwarzer Jeans und einem hellen Hemd mit grünen Lacoste-Pullover sah er nicht minder attraktiv aus, als in Uniform.

„Meine Damen. Herr Becker“, grüßte er. „Bitte nehmen Sie Platz.“

„Danke, Herr Colonel.“

Lannerts sank auf seinen Stuhl.

Becker sah sich um. „Ist Frau Perreira nicht da?“

„Doch, natürlich. Sie ist in Ihrem Zimmer und ruht sich aus.“

„Geht es ihr nicht gut? Bei unserem letzten Besuch schien sie eigentlich entspannt zu sein."

„Nachdem ich ihr von Ihrer Visite erzählt hatte, zog sie sich zurück. Sie klagte über Migräne und entschied sich, sich auszuruhen und auf das Mittagessen zu verzichten. Sie bat mich, sie zu informieren, wenn Sie da sind."

„Eine Migräne ist sehr schmerzhaft", fügte Maryse Lannerts hinzu.

„Meine Frau leidet regelmäßig unter Migräneanfällen", erklärte Lannerts.

„Während unseres Telefonats haben Sie meine Neugierde geweckt, Becker. Jetzt können Sie es mir verraten. Welche Trumpfkarte halten Sie denn in der Hand?"

Tom zögerte und wog ab, was er dem Colonel mitteilen könnte und was eben auf keinen Fall. Vielleicht hatte er, als Berufssoldat, eine Sicht- und Denkweise, die den Ermittlungen hilfreich sein könnten. „Trumpf ist ein beeindruckendes Wort, Herr Colonel. Wir haben einen verdächtigen Schuhabdruck in Zusammenhang mit einem weiteren Beweisstück in Theis Haus gefunden."

„Da Sie mit Laetizia reden wollen, gehe ich wohl recht in der Annahme, dass es sich um den Abdruck eines Damenschuhs handelt?"

„Mit großer Wahrscheinlichkeit, wir nehmen es zumindest an."

Maryse Lannerts hob kurz die rechte Hand. „Ich hoffe doch sehr stark, Sie möchten damit nicht andeuten, dass Laetizia etwas mit Christians Tod zu tun haben könnte, Herr Becker?"

„Ich deute gar nichts an, ich stelle nur Fragen und im Augenblick prüfen wir die Schuhgröße von Damen aus dem Umfeld des Ermordeten."

„Laetizia ist unschuldig, Sie werden sehen, Herr Kommissar. Ich hole sie jetzt", fügte Maryse Lannerts hinzu und verließ den Raum.

Der Duft des Melitta-Kaffees erreichte Beckers Geschmackssensoren. „Ihr Kaffee duftet verführerisch", sagte er.

Lannerts schlug sich auf die Stirn. „Entschuldigen Sie. Dabei hat meine Frau ihn extra für Sie gekocht." Er erhob sich, zog die Tassen etwas näher heran und schraubte die Thermoskanne auf. „Die Damen?"

„Nein, danke. Ich habe die Höchstdosis an Koffein für heute erreicht."

„Ich auch", fügte Szabo hinzu.

Lannerts reichte Becker seine Tasse und schob das Tablett mit den frischen Mini-Muffins Richtung seiner Gäste. „Die müssen Sie kosten."

In dem Augenblick schallte ein Poltern aus dem Treppenhaus und die Wohnzimmertür flog auf! „Sie ... Laetizia ist weg! Und ihr Koffer auch", keuchte Maryse Lannerts.

Becker sprang auf. „Zeigen Sie mir das Zimmer!"

„Natürlich. Kommen Sie."

Maryse lief die Treppe hinauf, gefolgt von Becker. Szabo, Biren und Lannerts schlossen sich ihnen an.

Maryse deutete auf eine Tür rechts im Flur. „Dort ist ihr Schlafzimmer."

Becker trat ein. Das Bett war unberührt, die Schranktüren standen offen.

„Die Migräne war ein Vorwand, um zu verschwinden", stellte Becker fest.

„Ich verstehe das einfach nicht, ich habe absolut keine Erklärung dafür."

Becker wandte sich an Biren. „Schreibe Perreira sofort zur Fahndung aus."

Biren wandte sich an Maryse Lannerts „Können Sie beschreiben, welche Kleidung Frau Perreira heute Vormittag trug?"

„Ich kann Ihnen sagen, was sie anhatte, als ich sie zum letzten Mal gesehen habe."

Becker wandte sich an Szabo, die eifrig Notizen machte. „Informiere bitte Schiltz und Keller. Die sollen sich in Diekirch nach Laetizia Perreira umsehen."

„Erledige ich sofort."

„Colonel Lannerts, wann haben Sie sie zum letzten Mal gesehen."

„Nach unserem Telefongespräch habe ich umgehend mit ihr gesprochen. Das war um die Mittagszeit. Dann begab sie sich in ihr Zimmer." Er rieb sich das Kinn. „Ich verstehe das nicht. Es passt nicht zu ihr."

„Die Flucht kommt einem Schuldeingeständnis gleich!", erwiderte Becker.

„Da stimme ich Ihnen zu", murmelte Colonel Lannerts niedergeschlagen.

Beckers Blick fiel auf die Ablage unten im Schrank. „Haben Sie ein paar Gummihandschuhe für mich, sonst holen wir welche aus dem Wagen?", fragte Becker.

„Ich habe eine Packung Einweghandschuhe gleich nebenan im Bad", antwortete Maryse Lannerts.

Becker zerrte die ihm gereichten Handschuhe über. Sie waren deutlich zu eng und reichten ihm knapp bis ans Handgelenk, aber sie erfüllten ihren Zweck. Er griff nach dem Schuhkarton, der auf der Ablage stand. Sowohl auf dem Deckel als auch seitlich prangte der Markenname, Fratelli Rosetti, und die Schuhgröße: 38! Er öffnete den Karton. Ein Paar beige, wie hatte Sam noch gesagt, casual Schuhe, befand sich darin. Der Markenname war in der Gummisohle eingelassen. „Sind das Frau Perreiras Schuhe?“, fragte er.

„Ich denke schon“, antwortete Maryse Lannerts. „Alles hier im Zimmer gehört ihr.“

„Die Schuhe sind beschlagnahmt und das Zimmer wird abgeschlossen. Niemand wird es betreten, bis die Kriminaltechniker eingetroffen sind und ihre Untersuchungen abgeschlossen haben.“

„Alles, was Sie wünschen“, erwiderte Colonel Lannerts in militärisch zackigem Ton.

„Bitte finden Sie Laetizia. Ich habe Angst, dass Sie sich etwas antut“, seufzte Maryse Lannerts.

Becker zuckte mit den Schultern. „Dann wäre sie wohl nicht mit einem Koffer voller Kleidung verschwunden.“

„Vielleicht ist sie einfach nur in ihr Haus zurück“, erwiderte Maryse. „Sie hat psychische Probleme wissen Sie. Ihr ist alles zuzutrauen.“

„Das werden wir überprüfen, Frau Lannerts. Wir fahren sofort hin. Ich würde Sie bitten hier zu bleiben. Sollte sie sich melden, bitte ich Sie, mich umgehend zu informieren.“

„Machen wir, Herr Kommissar.“

„Danke. Bis später.“

Biren setzte sich hinters Steuer, Becker nahm auf dem Beifahrersitz Platz und Szabo stieg hinten ein.

„Ich setze den Untersuchungsrichter schnell in Kenntnis", sagte Becker. Szabo streckte ihm ihre behandschuhten Hände entgegen. „Gib mir den Karton." Becker reichte ihr den Karton nach hinten und rief den Untersuchungsrichter an.

„Holper!"

„Tom Becker hier. Hör zu Fern. Ich halte mich kurz. Die Perreira ist flüchtig. Sie ist mit einem Koffer unterwegs. Und ich habe die Fratelli Rosetti, Größe achtunddreißig in ihrem Schlafzimmer sichergestellt. Wir fahren zu ihrer Wohnung. Fahndung ist ausgeschrieben. Wir brauchen einen Haftbefehl!"

„Ich sage diesmal nicht nein, Tom. Ruf mich noch einmal an, falls sie nicht im Haus ist. Vielleicht hat sie doch eine Erklärung für ihr eigenartiges Verhalten. Andernfalls erhältst du deinen Haftbefehl."

Tom seufzte. „In Ordnung Fern. Bis gleich!"

Sie erreichten den Parkplatz nahe der Laurentiuskirche, sprangen aus dem Wagen, und begaben sich schnellen Schrittes zu Theis' Haus. Becker klingelte und rüttelte an der Tür. Sie war verschlossen. „Verdammt!"

„Was jetzt?", fragte Biren.

„Wir benötigen einen Schlüsseldienst. Ich möchte unbedingt hinein. Vielleicht war sie hier und hat ihren Koffer abgestellt. Eventuell hält sie sich hier versteckt."

„Oder sie hat sich tatsächlich etwas angetan", fügte Biren hinzu.

„Am besten wir fahren rüber zur Wache und rufen den Schlüsseldienst. Der jetzige Ermittlungstand erlaubt es, dass wir uns Zutritt verschaffen", fügte Szabo hinzu.

„Ich informiere Holper, dass wir uns Zutritt verschaffen“, schloss Becker ab. „Einer von euch beiden muss hierbleiben, nicht dass Perreira in der Zwischenzeit verschwindet, immer angenommen, sie ist drinnen.“

„Ich bleibe hier“, bot Biren an.

Becker und Szabo begaben sich erneut zum Wagen, als Svenjas Smartphone klingelte. „Nathalie, hallo!“

Becker nahm ihr den Autoschlüssel aus der Hand. „Ich fahre“, bot er an. Er steuerte den Wagen im Rückwärtsgang aus der Parklücke. Da schoss ein Hund um die Ecke, geradewegs auf das Hinterrad des Wagens zu. Becker trat voll auf die Bremse. Der Hund schoss vorbei und der Schuhkarton flog vom Rücksitz auf den Boden.

„Ich heb ihn schnell auf“, sagte Szabo. “Nathalie ich muss auflegen. Ich melde mich.“ Szabo streifte sich Handschuhe über, stieg aus, öffnete die hintere Wagentür und hob den Karton samt dem Deckel auf. Die beiden Schuhe waren unter den Sitz gerutscht. Sie fischte sie hervor, legte sie auf das Seidenpapier in dem Karton und stieg wieder vorne in den Wagen. Da bemerkte sie den weißen Zipfel eines Stücks Papiers unter dem Seidenpapier. Sie zog ihn hervor und hielt einen Zettel in der Hand.

„Verdammt, Tom!“, rief sie. „Die Schuhe gehören gar nicht der Perreira!“

Becker warf ihr einen entsetzten Blick zu. „Wie kommst du jetzt darauf?“

Szabo wedelte mit dem Zettel. „Das ist ein Versandbeleg, ausgestellt auf den Namen Maryse Lannerts!“

Beckers Faust prallte gegen das Lenkrad. „Verdammt! Ich hätte die Lannerts nach ihrer Schuhgröße fragen müssen. So ein Fehler ist mir noch nie passiert!“

„Vielleicht hat sie der Perreira die Schuhe geschenkt!“, sagte Szabo.

Die Möglichkeit besteht, aber ich bin mir sicher, dass die Lannerts Größe achtunddreißig trägt. Das ergibt jetzt alles einen Sinn. Genau das haben wir übersehen. Immer an Perreiras Seite, immer besorgt, und gerade heute, nachdem ich am Telefon die Dringlichkeit erwähnt habe, verschwindet Perreira. Verdammte Scheiße! Er drehte das Lenkrad herum. „Wir müssen zurück zu den Lannerts.“

„Stopp!“, rief Szabo. „Ich hole Sandra. Wir werden sie wahrscheinlich mehr bei den Lannerts benötigen als vor dem Haus.“

Minuten später war Biren aufgeklärt, alle drei saßen im Dienstwagen und Becker steuerte den Wagen über die *Esplanade*, Richtung Ausgang Diekirch. „Ruf mir Schiltz über die Freisprechanlage an“, bat er Szabo.

„Schiltz!“

„Becker hier. Paul! Es sind die Lannerts. Das Motiv ist mir unklar, aber die hängen mit drin! Kannst du mit Keller sofort zu deren Villa rauskommen?“

„Wir sind gerade in Ettelbrück bei der Zigarettenfabrik auf der Suche nach Perreira. Je nach Verkehrslage brauchen wir zehn bis fünfzehn Minuten.“

„Beeilt euch!“

Auf der *Esplanade* blockierte ein Lieferwagen eine Spur. Becker hupte wütend, was ihm einen Stinkefinger einbrachte.

„Sirene und Blaulicht“, ordnete er an.

Biren drückte die Sirenentaste am Armaturenbrett und beförderte das Blaulicht auf das Dach des Wagens. Wie von Zauberhand entstand eine Rettungsgasse. Nach dem Hindernislauf entfernte Biren das Blaulicht.

Um sechzehn Uhr erreichten sie die Villa der Lannerts. Eine knappe halbe Stunde war vergangen, seitdem sie sie verlassen hatten.

Becker und Szabo rannten die Eingangstreppe hinauf, während Biren am Fuß verharrte. Becker klingelte, doch nichts regte sich. Er drückte die Klinke und die Tür öffnete sich. „Du hältst hier die Stellung, bis Keller und Schiltz eintreffen", befahl er Biren. „Der Colonel und seine Frau könnten immer noch im Haus sein, weil sie nicht so schnell mit unserer Rückkehr gerechnet haben."

In Anbetracht der Tatsache, dass sie es jetzt mit mutmaßlichen Mördern zu tun hatten, griff Biren nach ihrer Dienstwaffe.

Becker und Szabo betraten das Haus. Mit den Pistolen im Anschlag arbeiteten sie sich von Raum zu Raum vor und gaben einander Deckung. Im Wohnzimmer standen noch der Kaffee und die Muffins auf dem Tisch. In der Garage waren zwei Autos geparkt.

„Alles gesichert", flüsterte Becker und deutete mit der Waffe in Richtung der ersten Etage. Die Suche dort war jedoch genauso erfolglos.

„Ins Untergeschoss", murmelte Szabo.

Becker nickte. Sie huschten die Treppe ins Erdgeschoss hinunter und von dort in den Keller. Der Flur war mit Türen rechts und links gesäumt. Ein Hauch frischer Luft strömte ihnen entgegen. Sie durchquerten den Flur, bogen um eine Ecke und standen vor einer offenen Tür, die zur Parkanlage hinter dem Haus führte. „Verdammt", fluchte Becker. „Ich hoffe, dass Keller und

Schiltz bald hier sind. Wir brauchen weitere Verstärkung." Er griff nach seinem Handy. In diesem Moment der Stille, vernahmen sie ein beinahe unhörbares, dumpfes Geräusch.

Szabo legte den Finger an die Lippen. Sie lauschten und schlichen den Flur entlang. An einer Tür steckte ein Schlüssel im Schloss. Becker öffnete die Tür. Mit der freien Hand suchte er den Lichtschalter, schaltete das Licht ein und betrat den Raum mit der Waffe im Anschlag. Es war ein Fitnessraum. Svenja folgte ihm und gab ihm Deckung. „Hier ist niemand", sagte Becker.

„Doch!" Svenja deutete auf die hintere Ecke, wo ein Seil von der Decke hing und leicht schwankte.

Becker lief hin. Hinter einigen Fitnessgeräte verborgen, lag eine Frau und schlug mit schwachen Bewegungen auf die Matte. „Es ist Perreira", rief er und kontrollierte ihre Pupillenreaktion.

Svenja stürzte zu ihnen.

„Sie steht vermutlich unter Drogen. Wir brauchen einen Krankenwagen."

In dem Moment wurde es dunkel im Raum, und die Tür fiel ins Schloss.

„Verdammt! Wir haben uns wie Anfänger reinlegen lassen", sagte Becker. „Mit dem Schlüssel im Schloss haben sie uns hereingelockt."

„Ich rufe Sandra an", sagte Svenja und zückte ihr Handy. „Kein Empfang! Wie ist das möglich?"

Becker zog sein Handy hervor. „Kein Empfang!"

Sie schaltete die Taschenlampenfunktion auf ihrem Handy ein. „Warum haben wir keinen Empfang?"

„Wir haben es mit einem Profi zu tun, Svenja. Einem Berufssoldaten, vielleicht einem Mörder. Einer Person, die an vieles herankommt, womit normale Täter Schwierigkeiten hätten."

„Zum Beispiel Rizin, wenn man bedenkt, dass dieses Gift eigentlich als biologischer Kampfstoff genutzt wird!"

„Wahrscheinlich hat er unseren Handyempfang gestört. Solche Techniken sind dem Militär bekannt und in seiner Position sicherlich kein Geheimnis. Es könnte jedoch genauso gut an den dicken Wänden des Kellers liegen."

„Ich mache mir keine Sorgen, Tom. Sandra ist draußen. Keller und Schiltz sind bald da. Die werden uns gleich befreien." Svenja streichelte Laetizia übers Haar, was sie scheinbar beruhigte. „Bald sind wir in Sicherheit", sagte sie voller Zuversicht.

„Riechst du das?", fragte Szabo plötzlich.

Becker rümpfte die Nase. „Abgase."

„Die Lannerts haben uns überlistet, Tom, und werden uns jetzt auch umbringen. Wir werden sterben", sagte Svenja.

„Wir werden einen Ausweg finden und lebend hier herauskommen. Vertrau mir!"

* * *

Mittlerweile hatten Schiltz und Keller die Villa erreicht.

Biren gab Anweisungen! „Du und Jim arbeitet euch hinters Haus vor, ich gehe jetzt hinein. Becker und Szabo sind für meine Begriffe schon etwas zu lang drinnen. Vielleicht brauchen sie sogar Hilfe. Komischerweise erreiche ich sie nicht mehr per Handy."

* * *

Becker hatte den Lichtschalter erreicht. Obwohl der Raum groß war, verbreiteten sich die Abgase schnell. Laetizia bekam am wenigsten davon mit. Sie war benommen, vermittelte aber den Eindruck, als spürte sie sich durch Svenja Szabos Präsenz beschützt. Szabo hatte eine Rolle Papier gefunden, die normalerweise für die Reinigung von Fitnessgeräten verwendet wird. Sie hielt sich und Laetizia jeweils einen Papierstreifen vor den Mund. „Tom“, keuchte sie. „Was hast du vor?“

„Ich kann nicht feststellen, von wo das Gas einfließt.“ Er deutete auf ein rechteckiges Fenster in Deckenhöhe. „Vielleicht kann ich die Scheibe kaputtschlagen und rausklettern.“ Er warf einen Blick auf seinen Bauchansatz. „Oder du kletterst raus. Ich muss etwas finden, das als Leiter dienen kann.“

„Die Zeit wird knapp, Tom. Das schaffen wir nie! Mach dich anders bemerkbar.“

Becker gestand sich ein, dass Svenja recht hatte. Er realisierte mit Unbehagen, wie schnell drei Menschenleben am seidenen Faden hängen können. Er fand ein großes Handtuch und wickelte es sich um den Kopf und Mund. Es roch nach Schweiß, doch in dieser Situation spielte das keine Rolle.

Seine Bewegungen verlangsamten sich, das Gas begann, seine Sinne zu benebeln. Er griff nach einer Hantel. „Ich werde die Tür einschlagen.“ Seine Stimme klang wie die eines Betrunkenen. Die Abgase entfalteten ihre betäubende Wirkung.

„Es bleibt uns nicht mehr viel Zeit … Papa!“, röchelte Svenja. Schade…Papa“, fügte sie keuchend hinzu.

Langsam verließen Tom seine Kräfte. ‚Papa‘. Hatte sie ‚Papa‘ gesagt? Das war der Grund, warum sie ihm bei ihrer allerersten Begegnung bekannt vorgekommen war. Sie sah genau wie ihre Mutter aus. Dieser Gedanke gab ihm eine bisher unbekannte Kraft.

„Halte durch“, japste Becker. Er robbte zur Tür und schlug mit einer Fünf-Kilo-Hantel dagegen, bis seine letzten Kräfte ihn verließen.

Im gleichen Augenblick wurde die Tür aufgerissen. Das Erste, was Biren abbekam, als sie Becker zu ihren Füssen sah, war eine beißende Rauchwolke von Abgasen. Sie hustete, während sie Becker über die grauen Kacheln hin zur Tür, die in den Park führte, zerrte. Dort legte sie ihn auf die Steinplatten ab und rief nach Schiltz und Keller.

Beckers Unterbewusstsein spürte die Veränderung. Seine Brust war schwer wie Blei. Plötzlich strömte frische Luft durch seine Nase.

Schiltz und Keller kamen herbeigeilt. Biren gab den beiden kurze Anweisungen und sie brachten Svenja und Laetizia aus dem Fitnessraum an die frische Luft. Sie waren benommen und das Atmen fiel ihnen schwer.

Schiltz wählte die Notrufzentrale. „Wir benötigen Krankenwagen und Notarzt.“ Anschließend forderte er Verstärkung an und veranlasste eine Fahndung nach den Lannerts. „Mord und versuchter Mord wird den Flüchtigen zur Last gelegt“, komplettierte er. „Die Möglichkeit, dass sie sich noch auf dem Grundstück befinden, besteht auch. Wir müssen alle Optionen in Betracht ziehen." Er beendete das Gespräch. Er konnte sich keinen Reim darauf machen, wie ein Mann wie Lannerts sich des Polizistenmordes schuldig machen konnte. In dem Moment vernahm er quietschende Reifen und ein sich entfernendes Auto. Er sprang auf und rannte um das Haus herum. Das Garagentor stand offen und der dunkelblaue Audi war verschwunden. Nun wurde ihm jedoch klar, wie die Abgase in den Keller geleitet worden waren. Er zog den Ärmel seiner Jacke über die Hand und stellte den laufenden Motor des Rasenmäher-Traktors ab, an dessen Auspuff ein Schlauch baumelte. Dann gab er die Zusatzinformation bezüglich des Audis für die Fahndung durch.

Laetizia Perreira war apathisch und atmete in kleinen Schüben. Keller überprüfte ihre Pupillenreaktion. „Vermutlich wurde sie unter Drogen gesetzt", sagte er zu Schiltz, als dieser zurückkehrte.

Becker atmete schwer und hustete, richtete sich dann jedoch auf. Biren umarmte ihn. „Gott sei Dank, Tom. Das war knapp, sehr knapp!"

Schiltz kümmerte sich um Svenja. Immer kräftiger sog sie die frische Luft ein. Dann drehte sie ihren Kopf zu Tom und lächelte.

Er nickte, und lächelte liebevoll zurück. Sie sah ihrer Mutter so ähnlich!

Aus der Ferne ertönten die Sirenen eines Krankenwagens. Schiltz empfing den Arzt und zwei Sanitäter, die eine Unmenge an Notfallmaterial mit sich schleppten.

Der hochkonzentrierte Sauerstoff, der den drei Verletzten zugeführt wurde, beschleunigte bei Becker und Szabo die Ableitung des Kohlenmonoxids aus dem Blut und linderte relativ schnell die Symptome.

Der Arzt kümmerte sich um Laetizia Theis-Perreira. Der Sauerstoff aus der Atemmaske wirkte schnell. „Sie steht vermutlich unter Drogen", informierte Keller den Arzt.

Dieser überprüfte zunächst die Pupillenreaktion, und dann die Armbeugen. Er nickte, denn die Einstichstelle am rechten Arm war nicht zu übersehen. Anschließend überprüfte er ihre Vitalwerte.

„Kommt sie durch?", fragte Keller.

Der Arzt nickte. „Hier besteht keine Lebensgefahr. Etwas Pflege, Entgiftung und viel Flüssigkeit mit Hilfe von Infusionen. Sie kommt auf die Beine." Er wandte sich an die Sanitäter. „Wir bringen sie nach Ettelbrück ins Krankenhaus."

„Sie natürlich auch! Zur Kontrolle!", sagte er zu Becker und Szabo.

„Nicht nötig", sagte Becker.

„Das entscheide ich", antwortete der Arzt in Befehlston. „Eine Vergiftung durch Gase ist keinesfalls auf die leichte Schulter zu nehmen."

„Mir geht es gut, Herr Doktor. Ich muss mich jetzt um die Aufklärung dieses Falles bemühen. Wenn ich mich nicht gut fühle, werde ich mich umgehend in die Notaufnahme begeben."

„Ich auch", fügte Svenja hinzu.

Der Arzt zuckte die Schultern.

„Auf Ihre Verantwortung."

Nachdem der Krankenwagen abgefahren war, wählte Schiltz die 113 und forderte zusätzlich zur Verstärkung die Spurensicherung an.

* * *

Alle, die in der Villa verblieben waren, versammelten sich im Wohnzimmer, während sie auf die Spurensicherung warteten.

Die Kaffeekanne und die Muffins standen nach wie vor auf dem Tisch.

„Ehrlich gesagt, bin ich kurz davor zu verdursten", sagte Sandra.

„Ich schaue mal nach, ob ich in der Küche Wasser und Gläser finde", bot Keller an.

„Es ist zwar ungewöhnlich, sich an einem Tatort zu bedienen, aber wir holen Handschuhe aus dem Wagen", bot Sandra an.

„Ich rufe meine Frau kurz an. Wir sollten gleich nach Dienstschluss noch was erledigen. Das klappt heute wohl nicht", fügte Schiltz hinzu.

Plötzlich waren Tom und Svenja alleine im Raum. Sie saßen nebeneinander am Tisch. Tom blickte ihr in die Augen. Du bist Emmas Tochter, richtig?"

Svenja nickte. „Emma ist meine Mama und du, Tom, bist mein Vater!"

Tom erinnerte sich gut an Emma. „Es war 1993", begann er zu erzählen. „Ich war damals siebenundzwanzig Jahre alt und über beide Ohren in Emma verliebt.

Wir gingen einige Monate miteinander aus, bevor sie mir mitteilte, sie werde die Welt bereisen. Es war ihr ewig gehegter Traum. Irgendwann schrieb sie mir, sie sei in Griechenland und würde dort für einige Zeit bleiben.“ Becker machte eine Pause, bevor er fortfuhr. „Sie muss also schwanger gewesen sein, als sie Luxemburg verließ.“

Svenja nickte. „Das war sie.“

Becker schluckte den Kloss in seinem Hals hinunter. „Sie hat mir nie von dir erzählt. Wie geht es Emma?“

„Sie ist vor einem Jahr verstorben“, antwortete Svenja traurig.

„Oh, das tut mir von Herzen leid! Du musst mir alles erzählen. Ich ... ich ...“ Becker fand keine Worte. Er zog Svenja in seine Arme.

Biren und Keller betraten den Raum. Biren trug ein Tablett mit Gläsern, während Keller die Wasserflaschen in den Händen hielt. Sie erblickten Tom und Svenja, die sich in den Armen hielten und tauschten verständnislose Blicke aus. Der alte Brummbär und die junge Polizistin, dachte Biren und räusperte sich. „Tom!“

Svenja und Tom lösten sich voneinander.

„Geht es euch nicht gut?“, fragte Biren.

„Darf ich vorstellen: meine Tochter!“, sagte Becker mit unverhohlenem Stolz.

Schiltz erschien hinter Biren und Keller. „Was habe ich da gehört. Du hast eine Tochter?“

Becker lächelte und legte den Arm um Svenjas Schulter. „Ganz genau. Ich habe eine Tochter. Ihr Name ist Svenja, die Tochter von Tom Becker.“

* * *

An diesem Abend begleitete Svenja Tom nach Greiweldingen. Tom hatte seine Frau im Voraus informiert, was sich zugetragen hatte. Catherine staunte nicht schlecht über die Wendung in diesem Fall.

Svenja und Tom erreichten Greiweldingen gegen zwanzig Uhr.

Jessy begrüßte Tom überschwänglich und dann die Besucherin.

Svenja streichelte die Hündin. „Hallo Jessy. Schön dich wiederzusehen."

„Hallo Svenja", begrüßte Catherine die junge Frau. Die Ähnlichkeit mit Tom war unverkennbar. „Kommt ins Wohnzimmer", lud sie ein.

„Mach es dir bequem, Svenja. Ich bin gleich wieder da", sagte Tom liebevoll, während er Catherine in die Küche führte.

Sein Blick flackerte nervös. „Ich habe eine Tochter, Catherine. Was jetzt? Bist du böse, enttäuscht? Möchtest du...?"

Catherine legte ihm den Zeigefinger an die Lippen. „Ich gestehe, ich habe mir einen Cognac genehmigt, nachdem du mir die Nachricht am Telefon mitgeteilt hast. Aber sie ist deine Tochter! Sie wurde geboren, lange bevor wir uns überhaupt kannten."

Becker nahm seine Frau in den Arm. „Und was sagst du nun dazu?"

Catherine sah ihn an, nahm seinen Kopf zwischen ihre Hände und küsste ihn. „Ich heiße das neue Familienmitglied willkommen. Jetzt haben wir einen Hund und eine Tochter."

Tom schluckte. „Du bist die beste Frau der Welt! Ich liebe dich!"

An diesem Abend bereitete Catherine den beiden eine Platte mit allerlei Leckereien und frisch gebackenem Dinkel-Buttermilch-Nussbrot zu.

„Ich gehe jetzt schlafen", verkündete sie anschließend.

„Bist du sicher?", hakte Tom nach.

„Ganz sicher. Dieser Abend gehört Vater und Tochter."

Tom erfuhr, dass Emma ihre Schwangerschaft erst im sechsten Monat feststellte. Bis dahin hatte sie die ausbleibende Regel auf das Klima und die immer variierenden Nahrungsmittel geschoben. Als sie bemerkte, dass sie schwanger war, befand sie sich in Griechenland. Sie hatte in einem kleinen Gasthaus in der Region Peloponnes Unterkunft gefunden, kümmerte sich um die Gästezimmer und erhielt ein kleines Gehalt. Zudem konnte sie kostenfrei wohnen und essen. Die Gastfamilie unterstützte sie nach der Geburt. Emma beschloss, ihren Traum der Weltreise weiterzuleben und frühestens zu Svenjas Einschulung nach Luxemburg zurückzukehren.

„Und so reiste sie mit mir weiter", erzählte Svenja. „Sie erzählte mir von der Türkei, dem Libanon und Ägypten. In Ägypten lernte sie dann meinen Stiefvater kennen. Er war Rumäne."

„Daher der Name Szabo."

„Richtig. Corvi Szabo. Corvi lebte in Luxemburg, er war damals in Ägypten im Urlaub. Mama sagte, sie liebten sich. Er hielt um ihre Hand an und adoptierte mich. Ich war knapp drei Jahre alt. Für mich war er, bis vor einem Jahr, mein Vater."

„Was ist mit ihm passiert?"

„Meine Eltern ließen sich vor ungefähr zehn Jahren scheiden. Du weißt, dass Mama Schwedin ist?", fragte Svenja.

„Natürlich."

„Wir wollten irgendwann nach Schweden, haben es aber nicht mehr geschafft."

„Wann hat Emma dir von mir erzählt?"

„Kurz bevor sie starb. Sie erzählte mir, dass sie dich sehr mochte, aber eben nicht genug, um mit mir zu dir zurückzukehren. Sie war überzeugt, ich wäre Polizistin geworden, weil es in meinen Genen liegt."

Becker lächelte. „Ich habe Emma sehr geliebt. Catherine war die erste Frau nach ihr, die den Weg in mein Herz fand."

„Es ist schön für mich, zu wissen, dass du Mama so geliebt hast."

Becker nahm Svenja in die Arme und drückte sie fest an sich. „Ich werde dich immer lieben, meine Tochter. Du bist das schönste Geschenk, das Emma mir hinterlassen konnte." Er machte eine Pause und fügte hinzu: „Irgendwann werden wir gemeinsam nach Schweden reisen, Emma zu Ehren!"

Nachdem Svenja, Catherine und Jessy eingeschlafen waren, erkundigte sich Becker über den Fortschritt bei der Suche nach dem Ehepaar Lannerts. Leider gab es noch keine Spur. Die Jagd nach den Flüchtigen würde die Nacht hindurch fortgesetzt werden.

Kapitel 13

Mittwoch

Am Mittwochmorgen fuhren Becker, Szabo und Biren gemeinsam nach Ettelbrück zu Laetizia Theis-Perreira ins Krankenhaus. Von dem flüchtigen Ehepaar Lannerts gab es immer noch keine Spur.

Becker hatte Biren den Auftrag gegeben, den Untersuchungsrichter zu informieren.

„Wie hat Holper gestern reagiert?“, fragte Becker während der Fahrt.

„Erleichtert, dass wir alle heil aus der Sache rausgekommen sind, aber er bedauerte, dass das Lannerts-Duo flüchten konnte.“

„Wie sieht es mit den Durchsuchungsbefehlen für das Haus und für Lannerts Büro in der Armeekaserne auf dem Herrenberg aus?“

„Paul Schiltz hat die Dokumente heute Morgen bei Holper im Gericht abgeholt und das Team von der Spurensicherung arbeitet sowohl in der Kaserne als auch in der Villa. Gestern wurde hauptsächlich der Tatort vorgezogen, heute steht die Detailarbeit an.“

Becker fuhr auf den Kurzzeitparkplatz vor dem Ettelbrücker Krankenhaus. „Sehr gut. Dann hoffen wir mal auf klare Beweise.“

„Ich kann mir immer noch kein Motiv vorstellen“, sagte Szabo.

„Da sind wir schon zu zweit“, fügte Biren hinzu.

„Zu dritt“, bestätigte Becker. „Ich zähle inständig auf das Gespräch mit Perreira. Vielleicht bringt es Licht ins Dunkel.“

* * *

Perreira saß aufrecht in ihrem Bett, als die drei Beamten das Zimmer betraten. Sie streckte Becker die Hand entgegen und bedankte sich herzlich. „Danke dass Sie mir gestern das Leben gerettet haben“, sagte sie. „Hätten Sie mich nicht gefunden, wäre ich gewiss bei meinem Christian im Himmel.“

Verlegen griff er nach ihrer Hand. „Das war doch selbstverständlich.“

„Wir hatten das nötige Quäntchen Glück, Sie zu finden und selbst nicht draufzugehen“, fügte Szabo hinzu.

Perreira lächelte. „Haben Sie die Lannerts gefasst?“

„Leider nein“, antwortete Becker missmutig. „Sie sind flüchtig.“

„Möchten Sie jetzt von mir hören, was sich gestern zugetragen hat?“

„Absolut, jedes Detail ist wichtig.“

„Ich nehme Ihren Bericht auf, wenn Sie einverstanden sind“, erkundigte sich Szabo und startete ihre Diktiergerät-App auf dem Handy.

„Gerne.“

„Maryse und Robert sind seit Jahren meine Freunde und haben sich, seit Christians Tod, vorbildlich um mich gekümmert. Bis gestern.“ Sie schluckte, bevor sie fortfuhr. „Gegen Mittag kam Robert in mein Zimmer und bat mich, ihn in sein Büro zu begleiten. Dort wartete Maryse auf uns. Sie wirkte eiskalt und distanziert. Robert drückte mich in einen Stuhl und legte mir einen Vertrag vor, der besagte, ich würde ihm das Haus und das Grundstück mit den Garagen für den Preis von zweihunderttausend Euro verkaufen. Ich verstand nicht, was vor sich ging und weigerte mich, zu unterschreiben. Bevor ich mich entsann, spritzten sie mir etwas in den Arm." Sie strich sich mit der Hand über die Stelle. „Er hielt mich fest, Maryse drückte die Nadel in meine Vene. Ich erinnere mich, dass ich mehrere Dokumente unterschrieb, aber ich weiß nicht, welche.

Als ich im Kopf wieder etwas klarer war, zwangen sie mich einige Zeilen zu schreiben, in denen ich erklärte, dass ich das Land verlassen würde. Ich bedankte mich dafür, dass sie mir die Bürde des Hauses und des Grundstückes abgenommen hatten, und teilte mit, dass ich mich bald mit einer Kontonummer melden würde."

„Lassen Sie mich das kurz zusammenfassen: Die Lannerts erwerben von Ihnen Grundstück, Garagen und Haus. Es ist lediglich eine Frage der Zeit, bis die Garagen samt dem dazugehörigen Grundstück in den Bauperimeter integriert werden. Damit hätten die beiden ein äußerst profitables Geschäft abgeschlossen." Becker wandte sich an Biren. „Wir müssen Kontenbewegungen und Immobilienkäufe der Familie Lannerts kontrollieren"

Biren nickte.

„Können Sie uns sonst noch weitere Informationen geben", wandte sich Becker nochmal an Perreira.

Sie winkte ab.

„Es ist mir noch nicht verständlich, wie die beiden Sie aus dem Weg räumen wollten. Es ist aber offensichtlich, dass unsere schnelle Rückkehr ihr Vorhaben vereitelt hat."

„Welche schnelle Rückkehr?", fragte Perreira.

Becker erzählte ihr vom vereinbarten Gespräch um fünfzehn Uhr, dass die Lannerts vorgetäuscht hatten, sie sei geflüchtet, und die Geschichte mit dem Fußabdruck und den Schuhen.

„Ansonsten hätten sie mich umgebracht und hätten den Brief als Beweis genutzt, dass ich freiwillig fortgegangen bin."

„Und das Lannerts-Duo wäre stolzer Besitzer eines Grundstücks gewesen, das sie bald sehr reich gemacht hätte", fügte Biren hinzu.

Becker kratzte sich am Kinn. „Da bin ich mir nicht so sicher. Durch mein Gespräch mit Lannerts am Telefon, in dem ich durchblicken ließ, dass wir eine Fährte hätten und um den Termin mit Ihnen bat, bekamen die beiden Torschlusspanik. Denn", Becker lies einmal den Blick schweifen, „ich frage mich, ob ein Notar einen notariellen Akt ausstellen würde, ohne dass Sie, Frau Perreira bei der Unterschrift anwesend wären."

Perreira nickte. „Ich verstehe nichts von administrativen Belangen, Herr Kommissar. Die Frage kann ich Ihnen nicht beantworten."

Becker schritt zum Fenster. „Das war den beiden in der Hektik entgangen, oder sie hatten eine Lösung dafür!"

Biren mischte sich in das Gespräch. „Ein bestechlicher Notar vielleicht. Und das Geld an Frau Perreira wäre auch nie überwiesen worden."

„Dabei dachte ich, sie seien meine besten Freunde“, schluchzte Perreira. „Warum haben sie Christian umgebracht. Sie waren es doch?“

„Es scheint so. Wir werden jedoch erst sicher sein, sobald wir sie gefasst haben und den Fingerabdruck abgleichen können.“

„Möglicherweise entdecken wir in der Villa oder in der Kaserne noch zusätzliche Beweise, die uns weitere Erklärungen liefern. Die Kriminaltechniker drehen jedes Staubkorn um.“

Beckers Handy klingelte. Es war ein Kollege aus der Zentrale. „Der Polizeihubschrauber hat den Audi gesichtet.“

„Wo?“, fragte Becker hellhörig.

„In Gilsdorf auf einem Parkplatz.“

„Handelt es sich zweifelsfrei um den Audi des gesuchten Paares?“

„Ganz sicher. Wir haben das Nummernschild abgeglichen.“

„Dann verstecken sie sich möglicherweise in der Nähe von Gilsdorf. Konzentriert die Suche auf Gilsdorf und Umgebung.“

„Der Campingplatz!“ Laetizias Stimme bebte vor Aufregung.

„Einen Moment“, sagte Becker zum Kollegen am Telefon. „Was ist mit dem Campingplatz, Frau Perreira?“

„Lannerts besitzt ein kleines Mobile Home auf dem Campingplatz in Diekirch. Fischen ist seine Leidenschaft. Weil Maryse nichts von dem Fischzeug und den toten Fischen in ihrer Nähe wissen wollte, hat er sich dieses kleine Camping-Chalet eingerichtet.“

„Das könnte eine Spur sein“, sagte er zu Laetizia und bedankte sich bei seinem Kollegen. „Ich melde mich zurück.“

„Holper!“, meldete sich der Untersuchungsrichter.

„Tom hier, Fern. Es brennt.“ Becker erklärte ihm die Sachlage.

„Worauf wartet ihr noch, Tom? Zugriff!“

„Das musst du nicht wiederholen. Wir sind schon unterwegs.“

Becker richtete sich wieder an Perreira. „Können Sie uns etwas zur Lage dieses Mobile Homes sagen?“

„Leider nein, ich war nie dort.“

Becker benachrichtigte Schiltz und gab ihm in kurzen Worten einen Überblick über die aktuelle Situation. „Komm du mit Keller zur Brücke nach Gilsdorf. Szabo, wir treffen uns dort.“

„Geht klar, Tom.“

„Sie ruhen sich aus!“, sagte er zu Perreira. Schnellen Schrittes verließ er mit Biren und Szabo das Krankenhaus.

Biren fuhr den Wagen, derweil Becker Verstärkung aus Ettelbrück anforderte und sich bei der Zentrale zurückmeldete. „Der Untersuchungsrichter hat uns die Erlaubnis für einen Zugriff auf dem Campingplatz gegeben. Die Kollegen aus Diekirch und Ettelbrück sind angefordert. Falls erforderlich, werde ich zusätzliche Unterstützung anfordern.“

„Okay, Hauptkommissar Becker. Ich leite alles in die Wege, damit wir bereit sind.“

„Danke.“ Becker beendete das Gespräch.

Schiltz und Keller warteten bereits an der Brücke, als Becker mit Szabo und Biren eintraf.

„Wie gehen wir vor?“, fragte Schiltz.

„Biren wird sich beim Campingplatzverwalter erkunden, welches Mobile Home den Lannerts gehört. Wir halten uns im Hintergrund. Sobald uns die Lage bekannt ist, umstellen wir es.“

In dem Moment fuhren die Kollegen aus Ettelbrück vor. Schiltz winkte ihnen zu. Zwei Männer und eine Frau stiegen aus dem Wagen.

Becker begrüßte sie. „Zwei von euch kommen mit uns für den Zugriff. Der Dritte bleibt mit dem Fahrzeug in der Nähe der Einfahrt zum Campingplatz, um jeglichen Fluchtversuch, mit oder ohne Wagen, zu verhindern.“

„*Moien*“, empfing eine Frau Anfang fünfzig Sandra im spartanisch eingerichteten Campingplatz-Büro. „Was kann ich für Sie tun?“

Sandra zeigte ihren Dienstausweis. „Wo finde ich das Mobile Home von Robert Lannerts, bitte?“

„Lannerts...Lannerts.“ Das ist, glaube ich, in Reihe sechs. Eine Sekunde, bitte.“ Sie blätterte durch ein abgewetztes Heft. „Genau. Platz vierundfünfzig, Reihe sechs.“

„Können Sie mir den Standort etwas näher beschreiben?“, fragte Biren.

Die Frau deutete in die Richtung einer Ansammlung von Mobile Homes und Wohnwagen. „Geradeaus, eins von den grauen Chalets. Die Nummer steht auf einer Holzlatte, nicht zu verfehlen.“

„Vielen Dank.“ Biren verließ das Büro und begab sich zu ihren Kollegen.

Die Frau im Häuschen öffnete eine Schublade, schob einen Hunderteuroschein zur Seite und tippte eine Handynummer ein, die sie von Robert Lannerts erhalten hatte. Sie ließ es zweimal klingeln, legte auf und wiederholte das Prozedere.

Becker teilte die Gruppe auf. Er, Biren und Keller würden sich von der Vorderseite der Reihe sechs anschleichen, während Schiltz und Szabo von der Hinterseite der Häuser der Reihe sechs vorgehen würden. Die beiden Kollegen aus Ettelbrück sollten den Fluchtweg versperren, und sich am Eingang bereithalten. „Wenn ihr Personen entdeckt, die sich in irgendeine Richtung absetzen wollen, verfolgt sie.“

Es herrschte Ruhe auf dem Campingplatz. Viele Häuser waren nicht belegt, obwohl auch im Herbst noch einige Camper auf dem Gelände verweilten. In der Nähe von Platz vierundfünfzig überquerte eine Frau den Pfad, der zu Reihe fünf führte. Sie hatte kurzes braunes Haar und eine Sonnenbrille auf der Nase. Becker blieb ihr auf den Fersen. In dem Moment, als er ihre gesamte Statur sah, erkannte er die beigen Sneakers. Er erinnerte sich genau daran, dass Maryse Lannerts dieselben Schuhe getragen hatte, als sie ihren olivgrünen, sportlichen Hosenanzug in der Villa trug.

Er gab Biren und Keller ein Zeichen und eilte auf Maryse Lannerts zu.

Sie sah den Mann, erkannte Becker und flüchtete hinter einen Wohnwagen.

Biren sauste seitlich von Reihe fünf Richtung Ausgang. Keller erkannte eine Möglichkeit der Flüchtigen den Weg abzuschneiden, indem er sich zwischen zwei Wohnwagen hindurch quetschte. Tatsächlich hatten sie Maryse Lannerts in der Zange. Sie lief Keller geradewegs in die Arme.

„Wohin so schnell, meine Dame?“, sagte er, während sie um sich schlug.

Keller ließ die Handschellen einrasten.

„Was wollen Sie von mir?“, schrie Maryse Lannerts. „Ich werde Sie verklagen!“

„Sie stehen unter Mordverdacht, ich denke das reicht fürs Erste.“ Dann informierte er sie über ihre Rechte.

„Sie würden sich selbst einen großen Gefallen tun, wenn Sie uns sofort mitteilen, wo sich ihr Mann befindet“, drängte Becker in forschem Ton.

„Ich weiß es nicht, mein Mann ist schon vor einer halben Stunde weg“, entgegnete sie.

„Keine Spielchen, Frau Lannerts. Ihr Mann ist noch in der Nähe. Sagen Sie uns, wo!“

Lannerts änderte ihren Gesichtsausdruck von ängstlich zu arrogant und erinnerte Becker an seine eigenen Worte: „Sie haben mir vorhin etwas von meinem Recht zu schweigen und von meinem Recht auf einen Anwalt erzählt, na bitte, ich bestehe auf meine Rechte.“ Lannerts wandte den Beamten den Rücken zu, um weiteren Augenkontakt mit ihnen zu vermeiden.

Biren und Schiltz führten sie zum Eingang des Campingplatzes. Ein Mann mit einem Eimer und einer Angelrute schlenderte Richtung Sauer. Er trug einen typischen Anglerhut und eine wasserdichte Angelhose. „Ist die Fischerei überhaupt noch offen um diese

Jahreszeit?“, wunderte sich Schiltz und sah dem Fischer hinterher.

„Da bin ich überfragt“, antwortete Biren.

Sie verfrachteten Maryse Lannerts im Dienstwagen der Kollegen aus Ettelbrück. „Dies ist die Frau des Flüchtigen“, informierte Schiltz den Kollegen. „Vielleicht haben wir ja genauso viel Glück mit dem Mann.“

Schiltz ging zurück und ließ den Blick schweifen. Dabei sah er den Mann mit dem Fischerhut und der Anglerrute, der sich dem Fluss näherte. Schlagartig erkannte er die Gangart, und die Größe der Person bestätigte seinen Verdacht. „Da!“, schrie er Becker zu. „Lannerts, versucht durch die Sauer zu entkommen. Ist der bescheuert?“

Lannerts ließ die Angel im Uferbereich fallen, streifte die weiten Wathosen mit den fest verschweißten Stiefeln ab und sprang geradewegs in das eiskalte Wasser. Er spürte die Kälte ansatzweise, denn er trug einen Neoprenanazug unter seiner Kleidung, den er sofort nach seiner Ankunft im Mobile Home angezogen hatte. Der Plan war, dass er und Maryse sich im Laufe des Tages trennen sollten. Der Neoprenanzug hätte ihn eine Nacht lang im Wald vor Kälte geschützt. Auch Maryse Lannerts trug einen solchen Anzug. Einen Treffpunkt hatten sie an der belgischen Grenze vereinbart. Mit der nötigen Vorsicht und dem kostenlosen öffentlichen Transport hätten beide es in Etappen irgendwie bis zum Treffpunkt geschafft. Dort wartete ein Mietwagen auf einem Parkplatz eines Einkaufszentrums auf sie, von wo sie die Grenze überqueren wollten, um sich Richtung Niederlande abzusetzen. Die Dame von der Campingplatzverwaltung kümmerte sich für ein nicht unerhebliches Sümmchen Schweigegeld um den Mietwagen.

‚Ich schaffe das!', machte sich Lannerts Mut. Mit einem kurzen Gedanken an seine Frau hoffte er, dass sie sich rechtzeitig der Polizei hatte entziehen können. Die Strömung trieb ihn flussabwärts.

Schiltz wandte sich an Becker. „Eigentlich hätte ich über den Weg laufen müssen, der parallel am Wasser entlangführt."

„Dafür ist es nun zu spät, Paul. Folgt mir!", rief Becker. Er rannte zum Dienstwagen der Kollegen aus Ettelbrück, in dem Maryse Lannerts auf der Rückbank saß und riss die Fahrertür auf. „Aussteigen! Ich benötige das Fahrzeug. Kümmern Sie sich um Frau Lannerts!"

Der Beamte tat, was Becker befahl. Szabo sprang in den Wagen. „Ich bin eine gute Schwimmerin. Ich komme mit."

„Ich ebenfalls", sagte Keller und kletterte auf die Rückbank.

„Ihr folgt uns! Immer an der Sauer entlang, flussabwärts", forderte er Schiltz auf.

Schiltz, Biren und die anderen Beamten inklusive Maryse Lannerts spurteten schnellen Schrittes zu den anderen Wagen.

„Sie tun mir weh", meckerte Maryse Lannerts.

Biren ergriff Lannerts Arm. „Sie hatten auch kein Mitleid mit ihren Opfern", zischte sie und zwang sie, mit der Gruppe Schritt zu halten.

* * *

„Wo können wir ihn abfangen?“, fragte Becker.

„Hinter Bettendorf gibt es eine Stelle, nah an der Sauer. Ich kenne die Sauer, vom Kajakfahren. Die Stelle ist nicht tief, da kann ich ins Wasser“, erklärte Keller.

„Das wird gefährlich!“, erwiderte Szabo.

„Es wird verdammt kalt“, erwiderte Keller. „Von Vorteil ist das niedrige Flussbett. Für Kajakfahrer ist es eine gefährliche Stelle. Für unseren Plan ist die Stelle eher günstig.“

„Sollten wir nicht die Feuerwehr um Unterstützung mit dem Schlauchboot bitten?“

„Dazu bleibt jetzt keine Zeit mehr.“

Becker unterbrach das Gespräch. „Svenja. Gib ihn zur Fahndung durch. Fordere den Polizeihubschrauber zur Unterstützung an. Die Zentrale ist bereit, man wartet nur auf unseren Anruf. Und du Jim, führe mich zu der Stelle, die du eben beschrieben hast“, bat Becker.

„Du musst da vorne rechts von der Straße abbiegen.“

Becker lenkte das Auto zügig vom Fahrweg, und kam etwa drei Meter von der Sauer entfernt zum Stehen.

Szabo und Keller sprangen aus dem Wagen. Keller streifte die Schuhe ab und zog sein Hemd aus. Dann benetzte er seinen Oberkörper mit Wasser aus der Sauer. Er erschauderte kurz. „Das wird kein Spaziergang. Falls er noch nicht aus dem Wasser ist, wird er bald kommen.“

Und dann sahen sie ihn. Lannerts ließ sich vom Strom flussabwärts treiben. Er hatte sie noch nicht bemerkt. Keller nickte Becker zu.

Becker hob den Daumen. „Viel Glück!“

Als Lannerts fast auf ihrer Höhe war und eine Flucht keine Chance mehr hatte - eine Umkehr gegen den

Strom war sowieso unmöglich -, watete Keller in das Wasser. Die Kälte schnitt ihm den Atem ab und schnürte ihm die Lungen zu. Er bewegte sich weitere Schritte vorwärts und ruderte mit den Armen, um das Gleichgewicht in dem stark strömenden Gewässer zu halten. Seine Zähne klapperten unkontrolliert.

Lannerts entdeckte den Mann im Wasser. Erschrocken erkannte er Keller. Er sah sich hektisch um, doch es gab keinen Ausweg. Bevor er sich versah, prallte er gegen Kellers Körper. Dessen Glieder waren von der extremen Kälte fast unbeweglich geworden. Ihm fehlte die nötige Kraft, um Lannerts zu überwältigen. Schwankend rang er um sein Gleichgewicht. Lannerts dagegen war in seinem Neoprenanzug gegen die Kälte gefeit. Mit geballter Kraft schnellte seine Hand aus dem Wasser und seine Faust traf Keller mitten ins Gesicht.

Keller strauchelte.

Becker und Svenja verfolgten den Kampf.

„Er schafft es nicht“, sagte Becker. „Nein Svenja, nicht!“, schrie er. Doch es war schon zu spät.

Svenja hatte Schuhe und Jacke abgestreift und stapfte ins Wasser. Mit kurzen Atemschüben versuchte sie den Kälteschock zu überwinden.

Becker sah auf die Uhr. Keller befand sich bereits fast eine Minute im kalten Wasser. Svenja erreichte die Männer und klammerte sich von hinten an Lannerts, der versuchte, sich aus ihrem Klammergriff zu befreien.

Die Wut über den Faustschlag ins Gesicht, gab Keller die Kraft zu einem gezielten Schlag in Lannerts Gesicht, gefolgt von einem zweiten in die Magengrube. Lannerts keuchte und krümmte sich im Wasser.

Keller und Szabo nahmen ihn in die Mitte und zerrten ihn ans Ufer. Dort half Tom, Lannerts aus dem Wasser zu ziehen.

Zeitgleich trafen die anderen Kollegen ein. Keller und Szabo wurden in Rettungsdecken gehüllt, um sie vor einer Unterkühlung zu schützen, und dann in die wärmeren Dienstwagen geführt.

Becker ließ es sich nicht nehmen, schnell nach Svenja zu sehen. Er legte seine Hand unter ihr Kinn und zwang sie, ihm in die Augen zu sehen. „Geht es dir wirklich gut?“, fragte er besorgt.

„Alles klar“, antwortete sie und lächelte ihn an. „Ich bin doch eine Becker.“

Stolz erwiderte er ihr Lächeln.

Lannerts war von seinen Fluchtanstrengungen sichtlich erschöpft. Er wurde in Handschellen gelegt, über seine Rechte informiert und in einen Wagen befördert. Auf dem kurzen Weg zum Auto sah er seine Frau, die mit finsterem Blick auf der Rückbank eines Dienstwagens vor sich hinbrütete. Ein Polizeibeamter nahm neben ihm Platz.

„Sandra, bitte ruf einen Notarzt ins Kommissariat“, sagte Becker ernst. Ein kurzes Schmunzeln zierte sein Gesicht. „Wir haben ein paar Wasserratten zur Untersuchung.“

„Das mach ich sofort. Svenja und Jim sind doch okay, oder?“

Becker nickte. „Das sind zwei harte Burschen, also... ein Bursche und eine...“

Biren schmunzelte. „Burschin?“

Becker zuckte die Schultern. „Wir treffen uns alle im Kommissariat“, ordnete er an und die Kolonne setzte sich in Bewegung.

Becker brach die Fahndung ab und informierte Holper unverzüglich über den Ablauf des Zugriffs.

„Gute Arbeit, Becker“, lobte der Untersuchungsrichter. „Herzlichen Glückwunsch an das ganze Team!“

* * *

Im Kommissariat wurden Robert und Maryse Lannerts getrennt voneinander in Vernehmungszimmer gebracht. Robert Lannerts erhielt trockene Kleidung, bevor der Arzt zur Visite antrat.

Jim Keller blieb im Vernehmungsraum, als der Arzt mit Robert Lannerts sprach.

„Haben Sie Beschwerden, Herr Lannerts?“, fragte er, während er seinen Koffer öffnete und ein Stethoskop herausnahm.

„Leutnant-Colonel Lannerts, bitte! Mir geht es gut.“

„Ich bin Arzt und habe den Eid abgelegt, Menschenleben zu schützen. Wenn es Ihnen gut geht, Herr Leutnant-Colonel Lannerts, dann ist meine Arbeit getan“, erwiderte er sachlich, legte das Stethoskop an seinen Platz und schloss den Koffer. „Auf Wiedersehen.“

„Er gehört Ihnen“, sagte er zu Becker. „Wo sind die beiden Beamten, die im Wasser waren?“

„Einer war mit Ihnen im Zimmer. Ein rauer Bursche!“

„Schicken Sie in raus. Ich möchte gerne ein paar Worte mit ihm wechseln.“

„Okay.“ Becker winkte Biren zu. „Begleite mich zum Verhör von Lannerts.“ Dann wandte er sich wieder dem Arzt zu. „Ich schicke ihn gleich zu Ihnen. Übrigens, die zweite Patientin wäre die Dame dort drüben. Kommissarin Svenja Szabo. Meine Tochter.“

Becker und Biren betraten das Vernehmungszimmer. „Keller, wir übernehmen. Der Arzt möchte Sie kurz sprechen.“

„Herr Colonel“, begann Becker. „Möchten Sie uns nicht einfach erzählen, warum Sie Frau Perreira töten wollten? Und ganz nebenbei zwei Polizeibeamten mit ins Jenseits befördern wollten.“

Lannerts hob den Kopf, sein Blick war arrogant und fest.

„Außerdem denke ich, dass Ihr Vorgehen äußerst naiv war. Ohne eine lebende Frau Perreira hätte kein Notar einem Verkaufsakt zugestimmt!“

Einen kurzen Augenblick erkannte Becker eine leichte Verwirrung in Lannerts’ Gesicht.

„Ich habe das Recht auf einen Anwalt.“

Becker ging zur Tür. „Den können Sie haben. Dann wollen wir mal hören, was Ihre Frau zu berichten hat.“

Lannerts Lippen verzogen sich zu einem schmalen Strich. „Sie hat alles eingefädelt“, presste er hervor. „In Saus und Braus wollte sie leben, über unsere Verhältnisse.“ Er besann sich und hörte auf zu reden. „Meinen Anwalt, bitte!“

Mit Maryse Lannerts verhielt es sich nicht anders. Sie bestand darauf einen Anwalt zu sprechen, ließ jedoch gleichzeitig anklingen, dass alles die Schuld ihres Mannes sei.

Nach einundzwanzig Uhr fuhren zwei Dienstwagen das Lannerts-Duo nach Sanem in die Untersuchungshaft. Die Anstalt war noch relativ neu und reserviert für Untersuchungshäftlinge, bei denen der Richter noch eine Untersuchung führen musste. Auch der gemeinsame Anwalt der beiden verließ erst jetzt das Kommissariat.

„Mal schauen, was der Colonel nach einer Nacht auf einer Pritsche dem Untersuchungsrichter zu berichten hat“, sagte Becker zu Schiltz.

„Die Pritsche macht ihm sicher weniger aus als der zarten Frau Lannerts. Schließlich ist er ein Offizier.“

„Ich denke, es ist an der Zeit, dass wir Feierabend machen. Sandra und ich haben noch einige Kilometer vor uns. Wir hören morgen voneinander. Danke für die perfekte Teamarbeit. Das war eine großartige Zusammenarbeit mit einem erfolgreichen Abschluss.“

Biren staunte. Becker auf seine alten Tage. Plötzlich hatte er eine Tochter, er zeigte eine fürsorgliche Seite und er war voll des Lobes für sein Team.

Schatten über Diekirch

Epilog

Samstag – zwei Wochen nach dem Ableben von Christian Theis

Catherine und Tom Becker hatten eingeladen. Eine fröhliche Truppe hatte sich auf dem Weingut Becker in Greiweldingen versammelt.

An diesem Samstagmorgen erschien in der Boulevardzeitschrift von Bob Majerus ein ausführlicher Artikel über den gesamten Fall. Majerus hatte sich an die Abmachung gehalten und detailgetreu berichtet, so wie Becker es ihm beim Interview erzählt hatte, ohne zu erwähnen, von wem er all diese Informationen erhalten hatte.

„Ich war ihm das schuldig", hatte Becker Schiltz erklärt. „Er hat uns mit der Information vom *Shared Space* in Diekirch auf die richtige Spur gebracht. Das braucht außer uns keiner zu wissen." Schiltz hatte ihm das versprochen.

Den Aperitif, ein Crémant von einem Nachbarsweingut, hatten sie im zukünftigen Weinkeller der Beckers eingenommen.

Für das Abendessen wechselte man dann ins Haus. Am Kopf des Tisches saß Tom. Links von ihm längsseitig seine neugewonnene Tochter Svenja, rechts seine Frau Catherine. Neben Catherine hielten Sandra Biren und Jim Keller unter dem Tisch Händchen und tauschten verliebte Blicke aus. Sie waren offiziell ein Paar. Den Stuhl neben Jim besetzte Richter Fernand Holper. Gegenüber von ihnen hatten Paul Schiltz und seine Frau Gaby Platz genommen. Neben Gaby saß Laetizia Perreira. Becker vermisste an diesem Abend eine Person besonders, seinen Freund Marc Koster. Aber wie hätte er seine Präsenz in dieser Runde begründet? Holper wäre sicher neugierig gewesen, aber er war die letzte Person, die von der nicht ganz legalen Ermittlungstaktik in diesem Fall erfahren durfte. Becker und Koster waren sich einig, dass das Lannerts-Duo nicht aufgrund eines Formfehlers einer Gefängnisstrafe entkommen sollte. Den Erfolg würden sie unter Männern feiern.

Nach der Vorspeise, die aus Hummer auf einem Spinatbett bestand, bat Tom um die Aufmerksamkeit seiner Gäste. „Ich bin normalerweise nicht für lange Reden, aber heute Abend möchte ich ein paar Worte sagen. Zunächst einmal danke ich euch allen, dass ihr unserer Einladung gefolgt seid."

Jessy unterbrach ihn mit einem freudigen Bellen, was den Gästen ein Lachen entlockte. Dann knabberte sie an ihrem Hundekuchen, den Svenja als Tausch gegen den Spekulatius in Diekirch versprochen und mitgebracht hatte.

„Vor nur zwei Wochen kannte ich einige von euch noch nicht und heute seid ihr zu einem Teil meines Lebens geworden. Gemeinsam haben wir einen komplexen Fall gelöst, zwei Mörder zur Strecke gebracht, zwischendurch um einige Leben gebangt und Leben gerettet. Dies ist doch ein Grund zum Feiern, oder, was denkt ihr?“

Die Gäste spendeten Beifall.

„Wenn ich darüber nachdenke, wie wir schließlich die Lösung des Falles erreicht haben - über eine Spur, die eigentlich keine Spur war. Ich erinnere mich an diesen seltsamen Vorfall mit dem Esel und dem Hahn auf der Laurentiuskirche, mit dem Lannerts uns von Anfang an auf eine völlig falsche Fährte locken wollte.“ Er trank einen Schluck Wasser. „Fast hätte er es geschafft! Aber das Böse siegt niemals und wir haben dafür gesorgt, dass das Gute gewinnt. Der Fingerabdruck von Maryse Lannerts auf der Schnapsflasche, die Schuhabdrücke in der Abstellkammer, genau dort, wo der Kräuterlikör versteckt worden war und schlussendlich noch die Apothekerflasche mit dem Rizin-Gift, die wir unter den Fußbodendielen des Büros von Colonel Lannerts in der Kaserne auf dem Herrenberg gefunden haben.

Dazu kommt noch der dreifache Mordversuch durch die Motorenabgase. Insbesondere am Schlauch, durch den die Abgase in den Kellerraum geleitet wurden, haben wir mehrere Fingerabdrücke von Herrn Lannerts gefunden. Die beiden werden sehr, sehr lange hinter Gittern verbringen. Die Habgier hat sie dort hingebracht, dort sollen sie lange Zeit versauern.“

Ein zustimmendes Geraune erfüllte den Raum.

„Nach der Kontenprüfung war es offensichtlich, warum sie dieses Grundstück mit den Garagen wollten. Sie waren pleite! Seit Jahren haben sie über ihre Verhältnisse gelebt.“

Svenja stupste Tom am Oberarm. „Dass sie den Luxus liebten, war bei der Einrichtung der Villa bereits nicht zu übersehen."

„Sowie bei ihrer Kleidung", fügte Laetizia hinzu. „Maryse flog regelmäßig nach Rom oder fuhr mit dem TGV erste Klasse nach Paris, um sich zu kleiden oder Accessoires zu kaufen. Natürlich logierte sie in den besten Hotels."

„Das Wasser stand den beiden bis zum Hals und die Villa wäre bald zwangsversteigert worden", riss Tom das Gespräch wieder an sich. „Ich bin extrem froh, Laetizia, dass du ihnen nicht auch noch zum Opfer gefallen bist."

„Mir geht es genauso, Tom. Da Christian nicht nachgegeben hatte, wollten sie über mich an das Grundstück. Es hätte fast funktioniert. Es ist mir unverständlich, wie Geldgier Menschen so verändern kann."

Tom nickte.

„Ich werde nicht geldgierig sein, sondern Christians Wunsch respektieren und seiner Ex-Frau die Summe zahlen, die er ihr zugedacht hat. Mir wird es finanziell immer noch an nichts fehlen."

Tom Becker griff nach seinem Glas, in dem ein Grauburgunder darauf wartete, verkostet zu werden. „Das Sahnehäubchen auf dem Kuchen dieses Falls war natürlich, dass es der erste Fall war, den ich gemeinsam mit meiner außergewöhnlich tapferen und talentierten Tochter Svenja bearbeiten durfte", sagte er, während er liebevoll zu ihr hinüberblickte. „Ich trinke auf ihre verstorbene Mutter Emma, die mir dieses einzigartige Geschenk gemacht hat, auf meine liebevolle Frau Catherine, die ich von Herzen liebe, und auf euch. Zum Wohl!“

ÜBER DEN AUTOR

Monique Feltgen lebt und schreibt in Luxemburg. Seit 2006 veröffentlicht sie Kriminalromane in deutscher Sprache. Seit 2009 leitet jeweils der gleiche Kommissar, Tom Becker, die Ermittlungen. 2008 wurde sie für ihren Roman *Tatort Rollengergronn* mit dem Luxemburger Literatur-Buchpreis ausgezeichnet. Schatten über Diekirch ist ihr neunter Kriminalroman.

IN DER SELBEN REIHE

Didier Debord, *Il vous faudra vivre avec...*

Pierre Decock, *Lea m'attendra*

Gaston Zangerlé, *La pègre et la boxeuse*

Monique Feltgen, Das *Rousegäertchen-Komplott*

Pierre Decock, *Le moine à la boucle d'oreille*

Pierre Decock, *Victor*

Hauke Schlüter, *Tod in Belval*

Werner Giesser, *Die Gutland-Morde*

Pierre Decock, *Le moine à la boucle d'oreille*

Hauke Schlüter, *Rost*

Erscheint demnächst

Gaston Zangerlé, *Le cadavre du Saut d'Acomat*

Gaston Zangerlé, *Les Sanguinaires des Abymes*

Titelbild : Fotomontage Pierre Decock.

Printed in Poland
by Amazon Fulfillment
Poland Sp. z o.o., Wrocław

32469834R00167